KB058575

징비록 2

일러두기

- 이 책에 실린 내용은 역사적 사실과 다를 수 있습니다.
- 실존 인물의 묘사 중 일부는 소설적 창작입니다.
- 지명은 현재와 다를 수 있습니다.

징비록 2

정형수 · 정지연 극본
김호경 소설

21세기북스

차례

懲毖錄

1.
의병,
들불처럼 일어서다

가등청정加藤清正(가토 기요마사)은 너무 놀라 의자에서 벌떡 일어섰다. 그 바람에 의자가 뒤로 넘어지면서 옆에 세워둔 창들이 우르르 쓰러졌다. 넘어진 의자를 발길로 뻥 차면서 가등청정은 냅다 소리쳤다.

"뭐라? 척후 부대가 전멸을 당해?"

전령은 마치 자신의 잘못이라도 되는 양 허둥거렸다.

"그, 그랬다 하, 합니다."

"최정예 군사들이 어찌 몰살을 당한단 말이냐!"

"양주 해유령이라는 곳에서 매복한 조선군에게 당했습니다."

"이런 빌어먹을! 고이치, 당장 출정 준비햇!"

고이치는 엉거주춤 일어서기는 했으나 머뭇거렸다.

"총대장의 허락이…… 필요합니다. 독단으로 진군할 수는 없습니다."

"허락은 무슨 얼어 죽을 놈의 허락! 내가 알아서 할 테니까 당장 준비햇!"

"넷!"

50여 보 떨어진 대장 군막 안에서 우희다수가宇喜多秀家(우키타 히데이에)와 소서행장小西行長(고니시 유키나가)은 심각한 얼굴로 조선 지도를 바라보았다. 이윽고 소서행장이 깃발 하나를 지도 한가운데 꽂았다.

"척후를 보내 살핀 결과 이광李洸이 이끄는 군사는 현재 공주 쪽으로 향하고 있습니다. 충청도 군사와 경상도 군사까지 가세해 5만에 육박한다 합니다."

"음……. 전라도를 간과했어."

가등청정이 거칠게 군막을 열어젖히며 다짜고짜 소리쳤다.

"우리 2군은 당장 임진강으로 출발하겠습니다!"

"그게 무슨 소린가? 남쪽에서 적들이 올라오고 있어. 작전을 수립할 때까지 기다리게."

"북쪽으로 올라가던 우리 척후 부대가 신각申恪이란 놈에게 궤멸을 당했습니다!"

우희다수가의 눈이 휘둥그레졌다. 그 놀라움 끝에 소서행장이 비웃음을 날렸다.

"얼마나 한심한 척후들이면 허수아비 같은 조선군에게 궤멸을 당하나? 그리고 또 그 복수를 하러 출정하겠다? 장수의 엉덩이가 그리 가벼워서야 어디에 쓴단 말인가?"

얼굴이 새빨개진 가등청정이 한 발 앞으로 나서며 금방이라도 주먹을 날릴 듯했다. 우희다수가가 손을 들어 제지했다.

"고니시 말이 틀리지 않아. 복수심으로 가벼이 움직여선 안 돼."

"제가 바보로 보입니까? 우리의 척후가 당했다는 것은 조선군이 전열을 재정비했다는 증겁니다. 전열을 정비한 조선군이 이곳으로 내려오고, 또 남쪽에 있던 조선군이 한성에 이르면, 우린 포위되고 맙니다!"

미처 그 생각을 하지 못한 우희다수가의 눈 밑에 한순간 그늘이 졌다.

"그래서 제가 먼저 북쪽을 선제공격하겠다는 겁니다!"

소서행장이 칼을 집어 들었다.

"허면, 저희 1군도 함께 가겠습니다. 조선 왕을 잡는 경쟁은 공정해야 하니까요."

푸른 물결이 넘실거리는 임진강을 보며 한응인韓應寅은 이런저런 생각을 해보았다. 왜적이 한성을 떠나 평양으로 진격하는 가장 빠른 길은 개성을 통과하는 것이며 그 길목인 임진강을 반드시 건너야 했다. 강을 건너지 않고 의정부에서 포천, 포천에서 연천을 지나는 길은 한참이나 멀기 때문에 승기가 오른 왜적은 그렇게 멀리 돌아서 진격하지 않을 것이었다. 지도 주변에 빙 둘러선 이일李鎰, 이각李珏, 신할申硈, 이빈李贇, 홍봉상洪鳳祥, 권징權徵, 류극량劉克良, 박충간朴忠侃, 이천李薦, 이성임李聖任, 이양원李陽元을 죽 둘러본 후 김명원金命元이 작전을 하달했다.

"적들은 배가 없기 때문에 쉽게 도강할 수 없소. 우리 군사가 1만 3000명이니 강 상류부터 하류까지 철저히 방어한다면 적들은 조급해져 결국 뗏목이라도 급조해 무모한 공격을 감행하려 할 것이오. 그때를 노려 화살과 포로 공격하면 적들을 모두 임진강에 수장할 수 있소."

한응인이 즉각 반박했다.

"적들이 먼저 공격할 때까지 기다리잔 말이오? 적들은 멀리서 오느라 지칠 만큼 지쳤소. 군영을 꾸리려는 초기에 우리가 선제공격을 감행하면 적의 전열을 흩트릴 수 있소. 적들 또한 우리가 선제공격하리라고 생각지 못할 것이오."

이각이 그 말에 반대했다.

"모르시는 말씀이외다. 선제공격하면 우리 또한 도강이라는 위험을 감수해야 하는데, 강 위에서는 우리나 적들이나 수장되기 십상이오! 도원수 말대로 각자 자리를 지키며 때를 기다리는 것이 상책이오!"

한응인이 욱해서 말했다.

"그렇게 전략을 잘 아는 자가 동래성에서 도망을 쳤소?"

이각이 뚱한 표정으로 응수했다.

"무슨 말씀을 그리 함부로 하는 게요! 이 사람은 죽음이 두려워서가 아니라 후일을 도모하기 위해서…….."

"구차한 변명은 듣기 싫소. 이 자리에 있는 모두가 패군지장敗軍之將들 아니오! 그대들이 각 부대를 지휘할 수는 있으나, 이곳의 모든 전투는 내가 총괄할 것이니, 내 명을 따르시오!"

이일은 마지못해 대답했으나 이각은 그 말을 무시했다.

"전투 경험도 미미한 장수를 따라 군사들을 몰살하느니 차라리 임진강을 떠나 어가를 호위하러 가겠소이다!"

칼을 꽉 쥐고 돌아서 나가려 하자 한응인이 거칠게 불러 세웠다.

"지금 항명하는 것인가! 나는 항명하는 자는 즉각 참해도 좋다는 주상 전하의 어명을 받았다!"

그 말에 이각은 돌아보며 비웃음을 한 번 짓고는 더 거칠게 대꾸했다.

"내가 주상 전하를 직접 알현해서 어리석은 주장을 바꿔달라 청하겠소!"

갑자기 한응인이 칼을 뽑아 허공에 휘둘렀다. 눈 깜빡할 사이에 이각의 목이 하늘로 날아갔다. 몸뚱이는 붉은 피를 분수처럼 내뿜으며 옆으로 쿵 쓰러졌다. 칼로 땅바닥을 찧으며 한응인이 으름장을 놓았다.

"항명할 자 또 누구 있소이까?"

초라한 움막 안에서 류성룡柳成龍은 자신이 방금 들은 말이 거짓이기를 바랐다.

"한응인이 이각을 참했단 말인가? 정말인가?"

앞에 앉은 이항복李恒福과 이덕형李德馨은 동시에 한숨을 내쉬었다. 패장이든 승장이든 한 사람의 병사라도 아쉬운 이때, 같은 편에 의해 장수 한 명이 목숨을 잃었다는 현실이 가슴 아팠다. 세 사람이 연거푸 한숨을 토해낼 때 신명철이 들어왔다.

"경상도에서 초유사 김성일金誠— 영감이 서찰을 보내왔습니다."

류성룡은 김성일의 서찰이라는 말에 한편으로는 반가우면서도 한편으로는 불길한 소식이 아닐까 싶어 가슴이 두근거렸다. 서찰을 서둘러 읽는 그 얼굴에 차츰 안도의 미소가 번졌다.

"불행 중 다행이라는 게 이런 것인가 보네."

그 미소와 말에 안심한 이덕형이 물었다.

"무슨 내용입니까?"

"의령宜寧에서 곽재우郭再祐가 의병을 일으켰다는구먼."

이항복이 반색했다.

"정말입니까?"

"곽재우는 남명南冥(조식曺植) 선생 제자일세. 의기가 있는 인물이지. 이제 의령을 기점으로 팔도 의병들이 들불처럼 일어날 걸세. 희망이 있어, 희망이."

구불구불한 낙동강 줄기를 따라 꼬부라지고 또 꼬부라진 산길에 수레 20여 대가 나타났다. 합천 마을을 노략질해 식량을 수레에 싣고 가던 왜적들은 커다란 소나무 아래에 잠시 멈추었다.

"제깟 조선 놈들이 식량을 아무리 감추어도 별수 없지."

"미련하기 짝이 없는 놈들이야."

왜장이 바위 위에 앉아 이마에 흐르는 땀을 닦아냈다. 그 순간, 숲 깊은 곳에서 화살 하나가 날아와 왜장의 목을 정확히 맞추었다.

"컥!"

비명이 채 끝나기도 전에 갑자기 사방에서 함성이 쏟아졌다.

"한 놈도 남기지 마라!"

덤불과 바위, 소나무 뒤에서 흰옷을 입은 의병 수십 명이 번개처럼 달려와 왜적들을 베기 시작했다. 이 일대에 조선군은 없다고 안심하며 쉬던 차여서 왜적들은 변변히 저항조차 하지 못하고 볏단처럼 쓰러졌다. 마지막으로 남은 왜군 한 명이 허겁지겁 조총을 겨누었다. 그 떨리는 눈동자에 온통 붉은 옷을 입은 남자가 말 위에서 지휘하는 모습이 비쳤다. 왜군은 두려워하면서도 저자가 분명 대장이라 생각했다. 심지에 불을 붙이려는 순간 피융, 바람을 가르는 소리와 함께 화살이 날아와 등에 콱 박혔다. 눈을 부릅뜬 채 숨을 거두며 '저 흰옷 입은 백성들로 인해 조선 침략은 헛된 꿈이 될 것이로다' 생각했다.

곽재우는 아직 숨을 헐떡이는 왜장에게 가차 없이 칼을 휘둘러 숨통을 끊은 뒤 의병들을 바라보았다.

"장하다! 다친 사람은 없느냐?"

칼과 죽창, 활을 든 백성들이 기쁨에 겨워 일제히 대답했다.

"네! 홍의장군님."

어제까지만 해도 그들은 농부였고, 대장장이였고, 나무꾼일 뿐이었지만 오늘은 자랑스러운 의병이었다. 손에 든 무기는 왜적이나 관군에 비하면 무기라고 할 수도 없었으나 용기와 의기는 그들보다 훨씬 높았고, 충정심이 가득했다. 머리에 흰 끈을 동여맨 심대승 沈大承이 앞으로 나섰다.

"행님, 일마들 별거 아인데예!"

곽재우는 너그럽게 고개를 한 번 끄덕인 뒤 냉철하게 지시했다.

"한 번 이겼다 하여 마음 자세가 흐트러져서는 안 된다. 우리의 갈 길은 아직 멀다. 왜적들의 수급을 모두 취하고, 무기와 군량미를 챙겨라!"

"넷."

힘차게 대답하는 의병들의 목소리가 산골짜기에 울려 퍼졌다. 의병들은 쌀가마니가 가득 실린 20여 대의 수레에 왜적들의 무기와 수급을 올리고 산 아래로 내려왔다. 마을에는 벌써 수백 명이 쏟아져 나와 길거리를 가득 메웠다.

"오매! 홍의장군님이 왜적을 단숨에 물리쳤네그려."

"저 왜적의 눈 좀 보소. 흉측하기가 꿈에 볼까 두렵네."

커다란 버드나무 아래 우물가에 멈춰 선 곽재우는 말에서 내려 물 한 바가지를 벌컥 마시고는 모여든 촌민들의 얼굴을 하나하나 보았다. 그들의 눈동자에는 기쁨이 한껏 넘치면서도 한편으로 두려움도 서려 있었다. 곽재우는 바로 그 두려움을 없애는 것이 자신의 소명임을 잘 알고 있었다. 댓돌 위에 올라 겸양하게 입을 열었으나 그 목소리에는 의로움이 가득했다.

"이 사람, 벼슬이라고는 닭 벼슬도 해보지 못한 의령 사람 곽재우요! 비록 나라의 녹을 받은 적은 없지만, 우리의 조상과 우리의 탯줄이 묻힌 이 산천이 왜적들에게 유린당하는 참상을 차마 눈 뜨고 볼 수 없어 붓 대신 칼을 들고 일어났소이다! 의기 있는 조선의 장정들은 들으시오. 왕실과 조정이 비록 왜적을 피해 북으로 몽진 하였다고는 하나, 우리마저 손을 놓고 산속으로 숨어든다면 고향 산천은 왜적들의 땅이 되고 말 것이며, 우리의 자식들 또한 저 잔 악무도한 왜놈들의 노예가 되고 말 것이오. 그토록 참혹한 땅에서 사느니, 이 곽재우와 함께 원 없이 싸워보는 게 어떻소!"

심대승이 큰 소리로 외쳤다.

"왜놈들과 싸웁시다!"

그 소리가 신호가 되어 도열한 의병들도 힘찬 목소리로 따라 외 쳤다.

"왜놈들과 싸웁시다!"

북소리가 마을을 뒤흔들었다. 맨 앞에서 지팡이를 들고 힘겹게 서 있던 꼬부랑 할머니가 갑자기 옆에 있는 사내의 등을 짝 내리쳤 다. 먹쇠는 깜짝 놀라 노모를 바라보았다.

"니 뭐 하노? 퍼뜩 안 나가고."

먹쇠는 사실 자신의 목숨이야 아깝지 않다고 생각하던 차였다. 그러나 늙은 어머니를 홀로 놔두고 선뜻 나서기가 저어되어 망설 인 것뿐이었다.

"어무이……."

노모는 이마에 선명한 주름살을 더 짙게 만들며 눈을 부라렸다.

"이놈아. 에미가 왜놈들 밑에서 짐승처럼 사는 꼴 보고 싶나?"

한바탕 호통을 치며 아들의 등을 와락 떠밀었다. 먹쇠는 이제 안심이 된다는 듯 만면에 비장한 웃음을 짓고는 넙죽 큰절을 올렸다.

"어무이, 꼭 살아 계시소. 내 왜놈들 싹 다 직이삐고 올랍니다."

먹쇠가 대열로 들어가자 노모는 낡고 때가 탄 옷고름을 들어 눈가에 맺힌 눈물을 찍었다. 그 모습을 구경하던 백성들 사이에서 장정들이 '내가 빠져서는 절대 안 되지!' 하는 표정으로 하나둘 의병 대열로 발걸음을 옮겼다. 타오를 듯 붉은 옷을 입고 말에 오른 곽재우는 그윽하고 근엄한 얼굴로 장정들을 바라보았다. 신이 난 심대승이 옆 의병이 들고 있던 징을 넘겨받아 힘차게 치고는 큰 소리로 외쳤다.

"인제 경상도 땅에서 왜적들은 다 쥑은 기나 마찬가지여."

지잉, 지잉, 소리가 마을 고샅을 넘어 멀리멀리 울려 퍼졌다. 그러나 전쟁은 그렇게 호락호락하지 않았다.

바다 건너 나고야名護屋 성에서 풍신수길豊臣秀吉(도요토미 히데요시)은 매우 흡족했다. 그 앞에 앉은 석전삼성石田三成(이시다 미쓰나리)도 마찬가지였다.

"태합 전하, 우리 일본군이 한성을 점령했습니다."

"오! 그래? 누구냐? 누가 이긴 거야? 고니시냐, 가토냐?"

풍신수길은 어쩌면 두뇌 회전이 빠른 소서행장이 먼저 입성했을 것으로 생각했다. 또한, 막무가내로 진격하는 가등청정이 한발 먼저 도성을 점령했을 수도 있다고 여겼다. 석전삼성은 보고서를 보며 고개를 갸웃거렸다.

"그게 좀 이상합니다. 감시역들이 보낸 보고서에는 5월 3일에 고니시와 가토가 똑같이 입성했지만, 고니시가 한발 빨랐다 합니다. 한데, 가토가 직접 보낸 보고서에는 자신이 하루 먼저 입성했다고 적혀 있습니다."

풍신수길은 얄팍한 미소를 지었다.

"그럼 가토가 이긴 거야! 그놈은 단순해서 거짓말 못 해."

손을 들어 귀를 한 번 후비고는 가장 중요한 질문을 던졌다.

"조선 왕은 생포했나?"

"북쪽으로 도망쳤습니다."

풍신수길의 얼굴이 일그러졌다. 왕이 싸우지 않고 도망을 친다는 것은 그의 머릿속에는 없는 사고방식이었다.

"이런, 이런, 이런……. 조선 왕을 못 잡았다면 도성에 들어가나 마나지!"

여태 조용히 있던 전전리가前田利家(마에다 도시이에)가 중요한 질문을 또 하나 던졌다.

"아군의 피해는?"

"고니시의 1군이 7000명에서 8000명 정도의 사상자를 냈고, 가토의 2군은 4000명 정도를 잃었다 합니다."

전전리가는 어느 정도 예상했다는 듯 고개를 주억거렸다. 잔머리를 잘 쓰는 소서행장이 병사를 많이 잃었다는 사실은 풍신수길에게도 실책이었다. 하지만 그런 내색은 하지 않고 가느다란 눈을 자못 둥그렇게 뜨고는 물었다.

"조선 왕은 쫓고 있나?"

석전삼성은 조선 땅 여기저기에서 보내온 전투 보고서를 뒤적이며 빠르게 답했다.

"곧 임진강으로 북진할 거라 합니다. 그리고…… 고니시가 태합전하께 전리품을 보내왔습니다."

"오! 그래? 뭔데?"

"조선 팔돕니다."

눈짓하자 뒤에 서 있던 부장이 둘둘 말린 커다란 비단을 건넸다. 붉은 실의 매듭을 풀자 지도 한 장이 탁자 위에 촤 펼쳐졌다. 조선방역지도朝鮮方域之圖였다. 경상도는 파란색, 전라도는 초록색, 황해도는 노란색, 경기도는 빨간색, 한성은 황금색, 황해도는 보라색으로 울긋불긋 색을 칠한 지도에는 조선군의 주요 성곽과 군현, 병영, 수영, 산맥 등이 자세히 그려져 있었다. 풍신수길의 입이 헤벌어졌다. 침략 전에 밀정들을 보내 조선 각 도를 정탐한 뒤 완성한

지도가 있기는 했어도 완벽하지 못한 것이 흠이었다. 그런데 이제 거의 완벽한 지도를 얻은 것이다.

"오호! 조선이 한눈에 다 보이는구나! 드디어 조선이 내 손에 들어왔어, 하하핫."

석전삼성의 얼굴에도 기쁨의 빛이 넘쳐흘렀다.

"경하드리옵니다, 태합 전하. 저는 이제 조선으로 건너가겠습니다."

"그래, 잘 다녀와. 조선 왕을 반드시 사로잡고, 우리 수군을 몰살한 이순신李舜臣이라는 놈의 목을 반드시 내게 보내. 그리고 한성에 내가 머물 성을 빨리 지어놓으라고 햇!"

"오사카 성에 버금가는 아주 웅대한 성을 짓겠습니다."

2.
속절없이
무너진 임진강

비록 이각을 참했지만 한응인은 나라를 위한 비상조치라 여겼다. 한 장수의 생명보다 임진강을 방어해 조정과 왕실을 지키는 것이 더 중요했다. 한응인의 단호함에 기겁해 별다른 의견을 내놓지 못하는 장수들과 함께 방어 작전을 숙의할 때 밖에서 외침이 들려왔다.

"왜군이 진격해 오고 있습니다."

"드디어 올 것이 왔군. 누구인가?"

"깃발로 보아 소서행장과 가등청정으로 짐작됩니다."

임진강을 사이에 두고 가등청정의 2군은 남쪽에 주둔하고 그 옆에 소서행장의 1군이 진을 쳤다. 그 건너에서는 개성으로 가는 길을 차단한 김명원, 이양원, 한응인 부대가 결전을 준비하고 있었다. 해유령에서 승리한 신각의 부대는 장수를 잃기는 했어도 방어 대열에 합류해 승리의 기세를 드높였다. 그때 흑전장정黑田長政(구로다 나가마사)의 3군은 황해도로 나아갔고, 모리길성毛利吉成(모리 요시나리)의 4군은 강원도로 짓쳐 올라갔다.

"적군은 모두 몇 명인가?"

"정탐에 의하면 대략 2만 3000명으로 추정됩니다."

한응인은 그 정도면 충분히 승산이 있다고 생각했다. 우리 편이 1만 명 정도 적지만 강이라는 천혜의 조건이 있었다. 임진강은 수심이 깊었고, 도강할 수 있는 배는 모두 조선군이 주둔한 북쪽 강변에 묶어두었기에 왜적은 뾰족한 수가 없었다. 그렇게 긴장의 5일이 흘렀다.

한편 평양에서 선조는 정철鄭澈을 보자마자 저절로 눈시울이 붉어졌다.

"어서 오시오."

"전하, 전쟁을 막지 못한 이 늙은이를 죽여주시옵소서."

"아니요. 모두 이 불민한 사람 탓입니다. 그대들의 충언을 깊이 새겼어야 했거늘……."

금방이라도 눈물이 떨어질 것 같았다. 행재소에서 임금의 부름을 받은 정철은 이것이 마지막 소임이라 가슴에 새겼다.

"신이 전하의 방패가 되어 적들의 화살을 막을 것이고, 전하의 칼과 창이 되어 적들의 목을 벨 것입니다. 부디 성심을 군건히 하시옵소서."

"고맙소……. 이제 경을 절대로 버리지 않을 것이오."

선조가 정철의 손을 잡고 마음을 다잡을 때 윤두수尹斗壽가 갑옷을 차려입은 한응인을 데리고 들어왔다. 선조는 금세 조바심이 일었다.

"이광이 이끄는 삼도근왕병은 어디쯤 올라오고 있소?"

"공주를 지났다 했으니, 곧 한강 이남에 도착할 것입니다."

"5만의 삼도근왕병이 한성에 있는 왜군을 공격하면, 임진강에 있는 왜군도 물러날 것 아니겠는가?"

"그렇사옵니다. 한성에 있는 왜군들이 패퇴하면 북쪽으로는 우리 군사, 남쪽으로는 이광의 군사에게 포위된다는 걸 알 테니 필시물러날 것입니다."

선조의 얼굴에 일순 화색이 돌았다.

"임진강에서 적이 물러날 때가 공격할 최적의 시기요. 반드시 적을 박살 내시오!"

윤두수는 한응인의 갑옷을 어루만지며 격려를 잊지 않았다.

"그대를 믿으오만, 부디 신중하게 움직이시오. 그대의 손에 조선의 운명이 달렸소이다!"

"걱정하지 마십시오! 곧 주상 전하의 어가가 왜적들의 시체를 밟고 도성으로 돌아가게 될 것입니다! 지금은 평양성에 잠시 머물러 계시지만 곧 한성에서 백성들을 위무하실 것입니다."

임금과 조정 대신들의 격려를 받은 한응인은 반나절 만에 임진강 막사로 돌아와 적진을 살펴보았다. 움직일 기미가 전혀 보이지 않는 것으로 보아 군사 숫자보다 군량이 모자라 허덕이거나 피폐해진 병사들이 많을 것이라 여겼다. 그때 적장이 권유문勸諭文을 보냈다. 한응인이 누런 종이를 펼치자 네 글자가 반듯하게 쓰여 있을 뿐이었다.

假道入明

가도입명

"뭐라! 명으로 가는 길을 비켜달라? 당장 답서를 보내라! 차라리 일전을 겨뤄보자고."

분에 겨운 이일이 의견을 보탰다.

"적들의 군량미도 넉넉지 않을 테니 일전을 겨뤄도 승산이 충분합니다."

답서를 준비하러 간 부장이 정탐병을 데리고 다시 화급히 돌아왔다.

"장군! 적군이 은밀히 퇴각하고 있습니다!"

"그게 정말이냐!"

"네, 척후 여러 명이 확인했습니다. 강가에 벌여 놓은 여막을 불태우고 군막을 거두었습니다. 지금쯤 파주를 향해 돌아가고 있을 것입니다."

"이놈들이 겉으로 협상하는 척하며 시간을 벌려 했군. 은밀히 퇴각하려는 꿍꿍이였어! 천재일우의 기회다. 전군은 적을 추격할 준비를 갖추라!"

김명원이 그런 한응인을 제지했다.

"도순찰사! 신중해야 하오. 적의 유인책일 수도 있소!"

"무슨 소리요! 적은 한성으로 밀고 올 삼도근왕병을 막기 위해 퇴각하는 것이 분명하오. 때를 놓치면 한성을 수복하기 어려워지오!"

김명원은 신중론을 제기했으나 신립申砬의 형 신할과 권징은 바로 이때가 공을 세울 기회라 여겨 추격을 주장했다. 그러나 류극량은 추격론에 반대였다. 하지만 뛰어난 무예에도 불구하고 노비의 아들이라 천대를 받던 류극량의 주장은 공허한 울림이 되었다. 한응인은 칼을 들고는 류극량을 노려보았다.

"네가 진정 죽고 싶은 게냐?"

류극량은 시퍼런 칼 앞에서 눈 한번 깜빡이지 않았다.

"이 몸이 어릴 때부터 무인으로 살았는데 어찌 죽기를 피하려 하겠습니까. 단지 나랏일을 그르칠까 두려워할 따름입니다. 제가 선봉에 서서 적을 무찌르겠습니다."

그 모습을 꼬나보다가 한응인이 결연하게 소리쳤다.

"전군 출정하라!"

가등청정은 말에 올라 천천히 남쪽으로 내려갔다. 임진강을 낀 파주의 들과 산, 마을은 평화로웠다. 전쟁만 아니었다면 농부들이 열심히 일하고 있었을 논과 밭에는 사람 그림자 하나 없었고 개 짖는 소리조차 들리지 않았다. 가등청정은 자신들의 침략 때문에 일어난 일이기는 해도 그것이 조선의 운명이라 여겼다. 한 식경쯤 아래로 내려갔을 때 전령이 달려왔다.

"장군! 조선군이 도강해 우릴 추격해 오고 있습니다!"

"하하하! 이런 경우를 두고 토끼가 저절로 호랑이 입으로 들어온다고 하는 것이야! 전군 말을 돌려 공격하라!"

명령이 떨어지기 무섭게 왜군들은 일시에 방향을 바꾸어 북쪽으로 짓쳐 올라갔다.

임진년 5월 17일 새벽, 임진강 주변에서 피비린내 나는 전투가 시작되었다. 단단히 무장하고 거짓으로 후퇴한 왜적이 일시에 방향을 돌려 공격을 퍼붓자 조선군은 속수무책으로 당했다. 권징과 박충간은 겨우 전쟁터에서 빠져나왔으나 신할과 홍봉상은 그 자리에서 전사했다. 가장 용감하게 싸운 류극량은 자신의 운명을 예견하며 외쳤다.

"여기가 내가 죽을 곳이다!"

그리고 끝까지 저항하다가 장렬한 최후를 맞았다. 류극량과 함께 조선군은 전멸하다시피 했다. 불행 중 다행을 하나라도 꼽는다면 한성은 20일 만에 함락된 반면 왜군이 임진강을 건너는 데에는 23일이 걸렸다는 사실이었다. 그러나 그것이 어찌 조선에 행운이 될 수 있으랴.

김명원은 너무 참담해 아무런 말도 입 밖으로 낼 수 없었다. 임진강이 무너졌으니 적들은 서관대로西關大路를 따라 개성을 점령하고 곧 평양으로 들이닥칠 것이었다.

3.
바다에서 거둔
위대한 첫 승전보

선조는 이미 넋이 나갔다.

"내 그리 조심하라 신신당부했거늘……. 군사 1만 3000명이 어찌 그리도 허망하게 당할 수 있단 말인가."

이항복이 감정을 억누르지 못하고 주청했다.

"전하, 적에게 속아 가벼이 움직인 한응인과 김명원의 책임을 물어 참하시옵소서!"

그러나 홍여순洪汝諄은 이 위급한 상황에서 한 명의 무장이라도 잃고 싶지 않았다.

"장수에게 패배는 병가지상사이오. 신각도 도망갔다가 승전하지 않았소. 다시금 기회를 주어 목숨을 내놓고 싸우게 하는 것이……."

이원익李元翼이 대뜸 화를 냈다.

"호판께서는 어찌 그리 공평치 못하신 겁니까! 신각이 해유령에서 승전하고도 참형에 처해질 때는 못 본 척하다가 지금은 국운이 달린 전투에서 패한 장수를 용서하라니, 그게 말이 됩니까!"

홍여순은 가슴에서 응어리가 치솟았으나 입을 꾹 다물었다. 패할 때마다 장수를 한 명씩 참한다면 살아남을 장수가 없을 것이었다. 적어도 몇 달 동안은 그러할 것으로 생각했다. 윤두수가 그런 홍여순과 패장 한응인을 두둔했다.

"한응인이 비록 패했다고는 하나, 비굴하게 도망가다 패한 것이 아니질 않소. 무모하게 적을 쫓아 궤멸하려는 조급한 마음이 패인이긴 했지만, 적을 두려워하지 않는 마음마저 벌하긴 어렵소."

갑자기 선조가 버럭 소리를 질렀다.

"그만! 그만! 지금 그게 문제가 아니오!"

대신들은 지엄한 임금 앞에서 자신들이 소란을 떨고 있음을 그제야 깨달았다. 황송한 표정으로 선조를 보며 더 다급한 문제는 무엇이냐고 눈으로 물었다.

"임진강이 무너졌는데…… 이곳인들 어찌 장담할 수 있단 말이오! 더 북쪽으로 피해야 하지 않겠소?"

대신들은 뜻밖의 말에 당황했다. 전쟁에서 이길 방안을 내놓는

게 아니라 자신의 안위만을 고심하는 임금 앞에서 할 말을 잃었다. 어처구니없는 침묵을 깨고 윤두수가 입을 열었다.

"그건 아니 되옵니다! 평양까지 내주면 그야말로 어가가 머물 곳은 북쪽 변경밖에 없사온데, 어디서 적을 막을 수 있겠습니까?"

정철은 나라를 지키는 것보다 임금을 지키는 것이 더 중요하다 생각했다.

"허나, 임진강이 무너진 이상 왜적이 대동강까지 파죽지세로 밀고 올 터, 전하께서 이곳에 계시면 너무 위험하오! 서둘러 피하실 곳을 알아보아야 합니다."

"이보시오, 영부사 대감! 조정에 복귀했으면 전하를 도와 왜적을 물리칠 생각을 해야지, 어찌 도망갈 궁리부터 한단 말이오! 아직 우리에겐 이광이 이끌고 올 5만의 군사가 있습니다. 또한, 대동강이 있어 우리가 먼저 섣불리 공격하지 않고 수성에 치중하면, 반격할 기회가 있을 것이옵니다. 결코, 평양을 버리면 아니……."

선조가 짜증이 가득 담긴 목소리로 그 말을 잘랐다.

"대체 언제 이광이 평양까지 온단 말이오! 평양에 남은 군사가 얼마나 되오?"

김응남金應南이 불안한 기색으로 보고했다.

"3000여 명 정도 됩니다."

"그 군사로 이곳을 막을 수 있단 말인가? 어찌 그리 현실을 모르는 소리만 하는 것이오!"

선조는 자신의 위급함을 몰라주는 윤두수가 원망스러우면서도 북으로 올라가자고 강경하게 주장하지 못해 가슴이 답답했다. 그때 문밖에서 류성룡의 목소리가 들려왔다.

"전하, 신 류성룡이옵니다."

선조는 흠칫하다가 짧게 일렀다.

"문을 열라."

평복 차림의 류성룡과 이덕형이 엎드려 있었다. 그 모습을 보자 선조는 자격지심으로 가슴이 더 답답해져 일부러 비웃듯 말했다.

"왜……. 그대 말처럼 임진강이 무너져서 과인의 얼굴이 어찌 일그러졌는지, 그게 궁금해 온 것인가?"

류성룡이 더욱 머리를 조아렸다.

"전하……. 그것이 아니라…… 평양을 지킬 수 있는 좋은 소식이 있어 함께 들었을 뿐이옵니다."

잘못 들었나 싶은 선조가 한 무릎 앞으로 나앉았다.

"그게 무슨 소리요?"

"전라도 장성군長城郡 개천介川에 사는 부자 이춘란李春蘭이 곡식 4000석을 보내왔사옵니다."

"4000석을?"

선조가 깜짝 놀라 눈을 두어 번 깜빡이자 류성룡이 흥분을 억

누르며 차분하게 보고했다.

"하옵고, 전라좌수사 이순신이 옥포에서 적선 50척을 발견하여 26척을 격침했습니다. 이어 합포 앞바다에서 6척, 적진포 앞바다에서 11척을 격침했다 하옵니다."

선조와 대신들은 모두 놀라 입을 쩍 벌렸다. 애초에 이순신을 등용할 때 부否와 가可로 갈려 논란이 많았음을 잘 알고 있기 때문이었다. 윤두수는 마음속으로 기쁨의 미소를 지었다. 적극적으로 천거한 이순신이 이렇게 빨리 승전보를 보내올 줄은 자신도 예측하지 못했다.

"이로 인해 경상도를 통해 올라오는 적들의 보급로가 끊겼사옵니다."

"그, 그게 사실인가? 어서, 어서 장계를 가져오라!"

내관 이봉정李奉貞이 손에 들고 있던 장계를 건넸다. 떨리는 손으로 장계를 펼쳐 읽는 선조의 얼굴이 시나브로 환해졌다.

전라좌수사 이순신이 아룁니다. 신은 지난 5월 7일, 옥포에 정박해 있는 적선 50여 척을 발견했습니다.

이순신은 대장선 장루檣樓(전망대)에 서서 말없이 망망대해를 응시했다. 당장 현재의 소원은 오늘 밤 수영으로 돌아가 일기에

'승리'라는 두 글자를 쓰는 것이었고, 앞날의 소원은 왜적을 말끔히 물리치고 어머니를 모시고 오손도손 사는 것이었다. 하지만 그날이 언제 올지 가늠할 수 없었다. 장루 아래에서 송희립宋希立이 소리쳤다.

"장군. 이제 곧 옥포입니다."

"……."

"장수들이 기다리고 있습니다."

협소한 작전실 탁자에 옥포 일대가 그려진 지도가 펼쳐져 있고 그 주위에 녹도만호鹿島萬戶 정운鄭運, 낙안군수 신호申浩, 흥양현감 배흥립裵興立, 광양현감 어영담魚泳潭, 보성군수 김득광金得光이 모였다. 송희립이 침착하게 보고했다.

"우리 진영은 판옥선 28척, 협선 17척, 포작선 46척이고, 옥포를 점령한 왜군 함대는 대소 선박 50여 척입니다."

정운이 옆에서 거들었다.

"옥포가 전라 지방과 충청 지방으로 이를 수 있는 해로의 목줄임을 저들도 잘 아는 것입니다."

"……."

이순신은 말없이 지도를 뚫어지게 바라보다가 지휘봉을 들어 한 곳을 가리켰다.

"이곳 옥포를 포위하면 적들은 서둘러 바다로 탈출하려 할 것이다. 그때, 넓게 진을 펼쳐 공격한다."

장수들이 비장한 표정으로 동시에 힘차게 대답했다.

"적들을 모두 수중고혼水中孤魂으로 만들겠습니다."

등당고호藤堂高虎(도도 다카도라)는 조선 땅으로 건너온 이후 딱히 무공을 세울 기회가 없는 것에 조바심이 일었다. 이제나저제나 하던 차에 드디어 기회가 왔다.

"조선의 군선 수십 척이 포구를 향해 오고 있습니다!"

미소를 지으며 등당고호는 서서히 일어섰다.

"기다리던 때가 왔군. 모두 승선해 공격 태세를 갖추어라!"

짙푸른 파도가 일렁이는 옥포 앞바다에 처음으로 함선들이 가득 찼다. 이순신은 장루 위에서 왜선 함대를 주의 깊게 살폈다. 적선에 거대한 대포가 없을지라도 무작정 공격해선 안 될 것이었다. 함대가 물살을 가르며 앞으로 나아가자 정운이 명령을 기다렸다.

"장군! 작전을 하명해주십시오."

"아직 이르다. 더 나아가라."

판옥선이 적선 코앞까지 다가가자 이윽고 무겁게 입을 열었다.

"일렬로 진을 펼쳐라."

그 명을 정운이 큰 소리로 하달했다.

"전 함대, 일렬로 진을 펼쳐라!"

진격을 알리는 북소리가 둥, 둥, 둥 바다에 가득 찼다. 등당고호는 피식 웃음이 나왔다. 일찍이 중국中國(주고쿠) 지방 정벌과 시즈가타케 전투에서 혁혁한 공을 세운 자신을 이기겠다고 덤벼드는 조선 수군이 하찮기 그지없었다. 조선군을 궤멸하는 데는 밥 한 끼 먹을 시간이면 충분했다.

　"전열을 갖춰라!"

　의기양양한 등당고호와 달리 부장은 바짝 마른 입술을 축이며 허둥거렸다.

　"장군! 이미 늦었습니다. 적들이 우리를 포위했습니다."

　"어떻게 해서든 포위망을 뚫고 넓은 바다로 나가야 한다. 속도를 올려라!"

　"속도를 올려랏!"

　뿔 나팔 소리에 적선의 속도가 높아졌다. 그러나 이순신은 꿈쩍도 하지 않았다. 정운은 이제 명령이 떨어져야 한다고 생각했다.

　"장군. 치시지요!"

　"가벼이 움직이지 말게. 침착하게, 태산같이 무겁게 기다리게."

　가까이 다가오는 적선에서는 징 소리와 뿔 나팔 소리가 요란했다. 그 소리를 한 귀로 흘려들으면서 이순신은 적선과 판옥선의 거리를 계산했다.

　"조금만 더…… 조금만……."

포탄이 적선에 날아갈 수 있을 만큼 거리가 가까워지자 이윽고 오른손을 번쩍 들어 올렸다.

"공격하라!"

순간, 꽝 굉음과 함께 조선 군선에서 포탄이 발사되었다. 옥포 해전이 시작된 것이었다. 판옥선과 왜선인 관선關船(세키부네), 안택선安宅船(아타케부네)에서 무수히 많은 화살이 날아올랐다. 조선군의 포탄은 포물선을 그리며 관선에 연이어 떨어졌고 그때마다 배는 한쪽이 부서져 나갔다. 화살에 맞은 병사들이 비명을 내지르며 바다로 뛰어들었다. 등당고호는 불길에 타올라 침몰하는 안택선을 보며 이것은 꿈이라 생각했다. 조선 땅으로 건너올 때 이런 참담한 모습이 자신 앞에 펼쳐지리라고는 상상조차 못 했다. 사색이 된 부장이 엉금엉금 기어와 다급히 소리쳤다.

"장군. 퇴각하지 않으면 모두 죽습니다."

"으아악!"

분통 어린 괴성을 내질렀으나 그 말을 받아들일 수밖에 없었다.

"전부 퇴각하라."

명령을 내리는 등당고호의 머릿속에 풍신수길의 매서운 눈길이 설핏 떠올랐으나 그것은 차후의 문제였다. 지금 당장은 목숨을 건사하는 게 급했다.

불에 타며 가라앉는 적선들을 보며 정운이 감격에 겨워 외쳤다.

"장군! 대승입니다!"

임진년壬辰年(1592) 5월 7일 바다에서 올린 첫 승전보였다. 이 첫 승전이 조선을 참담함에서 구하고 풍신수길을 패전으로 몰아가는 수많은 승리의 첫 디딤돌이 되리라고는 아무도 예측하지 못했다. 단지 이순신 혼자만이 알고 있었다.

"이건 시작에 불과하다. 적들의 끝은 더욱 참혹할 것이다."

선조는 감격에 겨워 장계를 읽고 또 읽었다. 그 눈에서 금방이라도 눈물이 뚝 떨어질 것 같았다.

"이 승전보가 정녕 사실인가. 그리…… 그리 목말라했거늘……."

류성룡 역시 눈시울이 붉어져 감격스레 대답했다.

"그렇사옵니다. 앞으로는 승전이 계속될 것이옵니다."

윤두수가 희망에 찬 목소리로 아뢰었다.

"이순신이 바다를 봉쇄했다면, 적의 보급로가 차단된 것이나 마찬가집니다. 반격이 시작된 것입니다. 하늘이 돕고 있사옵니다. 성심을 금강석처럼 굳건히 하시옵소서."

선조는 고개를 끄덕였다.

"내 이순신이 이리할 줄 알았습니다. 품계를 뛰어넘는 발탁이 결코 틀린 게 아니었어요. 장합니다. 평시 같으면 직접 불러 그의 손을 잡고 어주를 내리고 싶소만, 그리 못 하는 게 한스러울 뿐이오. 우선 이순신을 가선대부嘉善大夫에 봉하시오."

이제 겨우 한 번의 승리를 거둔 수군 장수에게 종2품의 품계를 갑작스레 하사하는 것은 상궤에 어긋나는 일이라고 반대하는 목소리는 없었다. 병조판서 김응남이 행여 반대의 목소리가 나올까 싶어 빠르게 대답했다.

"네, 전하."

그날의 일을 《선조실록》은 이렇게 기록하고 있다.

전라수사 이순신은 주사舟師를 동원해서 타도他道까지 깊숙이 들어가 적선 40여 척을 격파하고 왜적의 수급을 베었으며 빼앗겼던 물건을 도로 찾은 것이 매우 많았다. 비변사가 논상할 것을 계청하니, 상이 가자加資하라고 명했다.

— 선조 26권, 25년(임진년 5월 23일)

그러나 기쁨이 계속 이어질 수는 없었다. 이봉정이 들어와 머리를 조아리며 미안한 목소리로 아뢰었다.

"임진강 전투에서 패한 김명원과 한응인, 이일이 당도했사옵니다."

선조의 눈꼬리가 치켜 올라갔다. 행과 불행이 교차하는 순간이었다. 이순신의 장계를 내려놓고 곤룡포를 쥐고는 벌떡 일어서 밖으로 나가자 대신들이 황황히 그 뒤를 따랐다. 행재소 마당에는 김명원과 한응인, 이일이 무릎을 꿇고 앉아 고개를 깊이 숙이고 있었다. 그들을 바라보는 류성룡, 윤두수, 정철, 이덕형, 이항복, 김응남, 홍여순의 얼굴에는 오만 감정이 복잡하게 얽혔다. 눈을 찌푸리며 세 장수의 엎드린 등을 바라보다 선조가 호통쳤다.

"적과 싸우다 죽든가 아니면 차라리 자결하고 말 일이지, 무슨 낯짝으로 이곳으로 돌아온단 말이냐!"

한응인이 가장 먼저 변명했다.

"전하, 신이 어찌 살고자 돌아왔겠습니까. 전하께서 직접 신의 목을 치시고, 군문에 효시하여, 패군지장의 참담함을 보여 군사들에게 교훈으로 삼으시라 찾아왔사옵니다."

김명원도 비통한 목소리로 아뢰었다.

"신들을 베어 죽여주시옵소서."

이일은 죽여달라고 짧게 말할 뿐이었으나 정녕 죽고 싶은 마음이 간절했다. 충주에서 패배한 것에 이어 벌써 두 번째였다. 더구나 임진강에서 철수하면서 이순신이 옥포에서 첫 승리를 거두었다는 소식을 듣고는 참담함을 가눌 수 없었다. 임란이 일어나기 전인 1587년 북병사北兵使로 있을 때 조산만호造山萬戶 이순신을 구금한 적이 있었는데, 그 이순신이 수군 장수가 되어 왜적을 물리친 것이다.

그 전라수군 절도사는 한때 자신의 직책이 아니었던가. 더욱 고개를 조아리는데 등 위로 선조의 질타가 쏟아졌다.

"그나마 네놈들이 철면피는 아니로구나. 오냐! 내 그 뜻을 가상히 여겨 직접 거두어주마!"

선조가 느닷없이 옆에 있는 호위 무사의 칼을 빼 들었다. 시퍼런 칼이 하늘로 올라갈 때 류성룡은 그 몸짓이 진정이라는 느낌이 들어 다급히 앞으로 나섰다.

"전하, 지금은 장졸 한 사람의 힘도 아쉬운 시깁니다. 하물며 장수야 말해 무엇하겠습니까. 부디 이들에게 사력을 다해 공을 세울 기회를 주시고, 국난을 극복한 뒤 그 공과를 논하셔도 늦지 않을 것이옵니다."

선조가 이번에는 류성룡을 벨 듯이 노려보았다.

"이런 자들에게 무슨 공을 기대하는가!"

"신각의 우愚를 잊으셨나이까?"

순간 선조는 멈칫했다. 지금 류성룡은 임금의 실책을 정면으로 비판하는 것이었다.

"……."

선조는 부들부들 떨다가 칼을 땅바닥에 내팽개쳤다.

"너희는 이미 죽은 목숨이다. 여생은 그 죄를 갚기 위해 살아야 할 것이다!"

호위 무사가 땅에 떨어진 칼을 주워 들자 선조가 불쾌한 듯 '큼' 소리를 내며 헛기침을 한 번 내뱉고 돌아섰다. 문득 '우를 잊으셨나이까'라는 류성룡의 외침이 가슴을 치고 올라왔다.

'우라니! 내가 어리석다는 말인가? 임금이 어리석다는 말을 신하가 여러 대신 앞에서 아무렇지도 않게 내뱉다니!'

선조는 화가 치밀어 고개를 홱 돌려 다시 한 번 류성룡을 노려보았다.

4.
삼도근왕병 5만 명,
전멸하다

부산포는 어제와 똑같이 파도가 일렁였고, 무심한 갈매기들은 해안을 오가며 먹이를 찾느라 분주했다. 수백 척의 왜선이 정박해 있는 포구에 거대한 안택선 여러 척이 닻을 내렸다. 배에서 내리는 석전삼성 앞으로 궁부장희宮部長熙(미야베 나가후사)가 달려갔다.

"어서 오십시오, 이시다 님."

"음. 부산은 무척 아름다운 포구로구나."

"그렇사옵니다. 모래사장의 모래도 곱고, 저 멀리 금정산金井山을 필두로 구덕산九德山, 엄광산嚴光山 등 여러 산이 있는데 그 모습이 꼭 가마솥 같다 하여 부산釜山이라 부른다 합니다."

"그런 뜻이 있었나? 그 가마솥에 쌀이 넘쳐나야 우리가 조선 땅과 명나라를 공략할 수 있을 텐데."

"반드시 그러할 것입니다."

구봉산龜蜂山 아래 초량의 넓은 벌판에 진을 친 왜군 본영에는 군막들이 끝없이 펼쳐져 있었고 수많은 무기가 곳곳에 산더미처럼 쌓여 있었다. 대장간을 만들어 칼과 창을 손질하고, 부상병들을 치료하고, 말들에게 먹이를 먹이고, 곧 내륙으로 진격할 병사들을 훈련했다. 흰옷을 입은 조선의 남녀 백성들도 많았다.

"저들은 어디에서 데려왔는가?"

"산속에 숨어 있던 피난민들을 붙잡아 와 사역을 시키고 있습니다."

"설마 우리 기밀을 빼내지는 않겠지?"

"그럴 일은 없을 것입니다. 벌써 수십 명의 목을 본보기로 베었고…… 또 설사 기밀을 빼낸다 해도 한성, 아니, 평양까지 올라가는 도중에 굶어 죽을 것입니다."

석전삼성도 그럴 것으로 생각했다. 무슨 부귀영화를 누리려고 목숨을 걸고 왜군의 기밀을 빼내 머나먼 평양까지 간단 말인가. 깃발이 드높이 휘날리는 대장 군막 안 한가운데 있는 의자에 석전삼성이 앉자 그 옆으로 부장들이 도열했다. 궁부장희가 지도를 가리키며 빠르게 보고했다.

"현재 임진강까지 점령한 상탭니다."

"이제 대동강 너머 조선 왕이 있는 평양만 점령하면 되는가?"

"그렇습니다."

"조선 왕이 도망가지 않고 평양성에서 싸워줘야 할 텐데⋯⋯. 전라도에서 올라간 조선 군사들은?"

"아직 특별한 동태가 보고되지 않았습니다."

"5만 명이라⋯⋯. 분명 우키타가 막아내겠지."

그 시각 한성 종묘의 본영 군막에서 우희다수가는 이렇게 할까 저렇게 할까 머리를 굴렸다. 그가 당장 처리해야 할 일은 두 가지였다. 하나는 평양으로 진격해 조선 왕을 사로잡는 것이고, 또 하나는 밑에서 올라오는 응원군을 막아내는 것이었다. 지도를 보며 장수들과 함께 작전을 구상할 때 조선군이 용인 쪽으로 진격해 오고 있다는 보고가 들어왔다.

"용인? 그리 멀지 않은 곳까지 용케도 잘 올라왔군."

왜장들 사이에서 협판안치脇坂安治(와키사카 야스하루)가 벌떡 일어났다.

"장군님! 제가 막겠습니다."

"수군을 맡은 자네가? 이곳까지 보급하느라 쉴 틈이 없었을 텐데⋯⋯."

"제게 공을 세울 기회를 주십시오. 이 와키사카, 비록 지금은 수군을 맡고 있지만 시즈가타케의 칠본창七本槍 중 한 명입니다."

우희다수가는 용감하게 나서는 협판안치를 그윽이 주시했다. 천정天正(덴쇼) 11년(1583), 근강국近江國(오미노쿠니) 이향군伊香郡(이카군), 시즈가타케에서 벌어진 대전투에서 협판안치는 태합 전하를 모시고 가등청정, 복도정칙福島政則(후쿠시마 마사노리), 가등가명加藤嘉明(가토 요시아키), 평야장태平野長泰(히라노 나가야스), 편동차원片桐且元(가타기리 가쓰모토), 조야무칙糟野武則(가쓰야 다케노리)과 함께 혁혁한 공을 세웠다. 비록 가등청정보다 무예는 떨어지지만 그라면 충분히 조선군을 막아낼 수 있을 것이었다. 또 수군을 이끌었기에 아직 무공을 세우지 못해 조바심이 나 있었다.

"어떤 전술로 막을 생각인가?"

협판안치는 지도의 한 곳을 가리켰다.

"용인의 북두문산北斗門山과 문소산文小山에 방어선을 구축하고, 적이 공격해 올 때를 기다릴 것입니다. 이어 방어에만 치중하다가 적이 잠시 공격을 쉬려 할 때 산골짜기를 따라 내려가 급습하면 어떻겠습니까? 저들은 급조된 군대라 기습 공격을 받으면 놀라 흩어지고 말 것입니다."

"좋아. 와키사카, 자네를 믿겠네!"

어깨를 두드려주자 협판안치는 기세 좋게 소리쳤다.

"적들을 반드시 물리쳐 조선 땅에서 제 첫 무훈을 세우겠습니다."

이광 역시 자신이 이끌고 온 삼도근왕병이 급조된 부대라는 약점을 잘 알고 있었다. 숫자는 5만 명에 달했으나 무술과 명령 체계는 금방이라도 무너질 듯 위태했다. 오는 도중에 도망치는 병사들도 적지 않았다. 그런데도 용인까지 올라온 것이 신통한 일이었다. 용인 벌판에 진을 세우고 장수들을 불러 모았다. 나주목사 이경록李慶祿, 전 부사 이시지李詩之, 전라도 방어사 곽영郭嶸, 전 부사 백광언白光彦, 경상도 관찰사 김수金睟, 충청도 관찰사 윤선각尹先覺이 머리를 맞댔다. 총대장 이광이 먼저 입을 열었다.

"적은 북두문산과 문소산에 방어선을 치고 있소."

김수가 간단하게 작전 의견을 말했다.

"척후병의 보고대로 적의 규모가 1000여 명이라면 대군이 밀려오기 전에 우리가 먼저 공격하는 게 낫지 않겠소?"

"나도 같은 생각이오."

그때 갑옷 철컥거리는 무거운 소리와 함께 한 장수가 군막 안으로 들어왔다. 그는 인사는 생략하고 곧바로 본론으로 들어갔다.

"결코, 가벼이 움직여서는 안 됩니다!"

장수들이 돌아보자 권율權慄이 긴 칼을 차고 성큼 다가왔다. 김수가 그를 꼬나보았다.

"그게 무슨 소리요?"

"전라도 광주를 지키는 목사牧使로서 순찰사 영감을 따라 이곳까지 왔으나……. 이곳 전투에서 한 번 이기는 것이 중요한 게 아닙니다. 더구나 적은 산세를 이용하고 있습니다. 밑에서 산 위에 있는 적을 공격하기란 쉽지 않습니다. 우선 우리 진영을 튼튼히 지켜 상황을 면밀히 살핀 후, 되도록 싸움을 피해 평양으로 가 모든 군이 합세해야 합니다. 그런 연후에 반격에 대한 전략과 전술을 짜는 것이 더 중요합니다."

김수가 불쾌한 얼굴로 그 말을 반박했다.

"이보시오, 권 장군. 초기에 적의 사기를 꺾는 것이 중요하오. 우리는 대군이고, 적은 1000명에 불과하니 이리 좋은 기회가 어디 있단 말이오!"

이광도 맞장구쳤다.

"그렇소."

권율은 섣부르게 기세만 등등한 두 장수가 못마땅했다.

"우리가 대군이라 하지만 갑자기 동원된 백성들이 대부분입니다. 게다가 불리한 지형까지 안고 싸운다면 열 명이 왜적 한 명을 당해내기 힘듭니다."

김수가 허허 비웃음을 지었다.

"권 장군이 생각보다 겁이 많습니다그려. 정히 생각이 그렇다면 빠지시오."

김수는 그 말끝에 탁자를 쾅 내리치며 소리쳤다.

"모두 출정합시다!"

장수들은 권율을 무시하고 일제히 군막을 나갔다. 다만 곽영만이 권율의 뜻에 찬동했으나 전쟁터로 나가지 않을 수 없었다. 5만 명이라는 숫자를 믿고 조선군은 일제히 공격을 개시했다. 자신감 넘치는 이시지와 백광언이 선봉장을 맡았다. 그러나 협판안치의 갑작스러운 기습에 곧 무너지고 말았다. 두 장수가 전사하자 기겁한 이광은 잠시 부대를 후퇴시켜 광교산 서쪽에 진을 쳤다.

"오늘은 우리가 패했지만, 내일 공격은 반드시 승리를 거둘 것이다. 새벽에 기상해서 전군이 조식을 마친 후 곧장 공격한다."

그러나 다음 날 아침, 이광이 숟가락을 들어 밥을 한 입 떠 넣기도 전에 사방에서 와 함성이 들려왔다. 허겁지겁 일어나 칼을 들었지만 이미 늦었다. 벌떼처럼 달려든 왜적들은 삼도근왕병 5만 명을 단숨에 짓이겼다. 겨우 왜적 1600여 명이 조선군 5만 명을 상대해 올린 승리였다. 협판안치는 입가에 미소를 지으며 다음 승전보는 평양에서 올리겠다고 결심했다. 그의 실수는 오직 하나, 권율 부대를 놓친 것이었다.

"전하! 전라도 순찰사 이광이 이끌고 오던 근왕병이 적의 기습을 받아 전멸했습니다."

선조는 낯빛이 새파랗게 변했다.

"저, 전멸이라니……. 자그마치 5만이 넘는 군사가……. 어찌 그런 일이 있을 수 있단 말인가?"

"산 아래에서 기습을 당해 전열이 흐트러졌다 하옵니다."

선조는 기가 막혀 더는 말이 나오지 않았다.

"너무 상심 마시옵소서. 그나마 권율과 황진黃進이 이끄는 군대가 가까스로 퇴각하여 전열을 재정비하고 있다 하오니 흩어진 군사들을 다시 모을 수 있을 것이옵니다."

그런데도 선조는 불안하기 짝이 없었다. 벌떡 일어서 편전 안을 이리저리 거닐며 혼잣말로 중얼거렸다.

"삼도근왕병만 믿고 있었거늘……. 사태가 이리되면 평양성도 더는 안전하지 않은 게 아니오? 다시금 떠나야 하는 게 아닌가 말이야!"

이항복이 그런 임금을 진정시키려 애썼다.

"전하! 아직 몽진을 거론하시기에는 이르옵니다. 그에 앞서 명나라에 원군을 청하시옵소서."

원군이라는 말에 선조의 눈이 반짝 빛났다. 그러나 윤두수가 화급히 반대했다.

"원군이라니요? 결단코 아니 됩니다!"

이항복은 의외의 반대에 놀라 입을 열지 못하고 선조는 그런 윤두수를 빤히 바라보다 그 말을 확인하듯 천천히 물었다.

"어, 째, 서, 요?"

"명나라가 아무 보답 없이 도와주겠습니까. 구원병을 보내는 대가로 조선의 군사지휘권은 말할 것도 없고, 전쟁이 끝난 뒤에도 내정에 간섭하려 들 것입니다."

일변 그 말이 틀리지 않기에 선조는 망설여졌지만 당장 발등에 떨어진 불이 더 급했다.

"허나 지금 같아선 지푸라기라도 잡아야 하는 상황 아니오! 이제 평양으로 올라올 근왕병도 없고, 평양성을 지킬 군사도 3000명 정도가 전부예요!"

"일단 명나라에서 원군이 오면 사태는 돌이킬 수 없습니다. 더욱이 지금 상황에서는 원군이 온다 해도 그 많은 병사를 전부 먹일 군량미조차 마련되어 있지 않습니다."

이항복이 끼어들었다.

"군량미라면 평양성에 이미 10만 석이 비축돼 있습니다. 명의 지원을 받아 속전속결로 적을 친다면, 원병으로 인한 폐해도 최대한 줄일 수 있습니다."

지푸라기일망정 살 방법을 잡았다고 생각한 선조는 윤두수가 뜻밖에 강경하게 나오자 당황하지 않을 수 없었다. 그러나 한 사람의 반대만으로 좋은 기회를 놓칠 수는 없었다.

"그만, 그만 됐소이다! 이 문제를 당장 비변사에서 논하시오!"

편전 밖으로 나온 이항복은 마침 다가오는 이덕형을 붙잡았다.

"상황이 급박하네. 어서 부원군 대감께 비변사 회의에 참석해달라 청하시게."

이덕형이 잰걸음으로 류성룡에게 갈 때 윤두수, 정철, 이원익, 홍여순, 이항복이 비변사에 모였다. 정철은 무조건 반대였다.

"원병을 요청하는 일은 절대 반대입니다. 우리 땅을 침범한 왜적을 스스로 막지 못한대서야 어디 후손들에게 면이 서겠습니까."

홍여순도 같은 의견이었다.

"맞습니다. 게다가 명나라도 요즘 난을 진압하느라 정신이 없는데 구원병을 요청한다 해서 보내줄 여력이 되겠습니까. 이거야말로 빚더미에 앉은 사람에게 돈 빌리는 것과 뭐가 다릅니까! 무안만 당할 겁니다."

윤두수는 말할 것도 없었다.

"설령 온다 해도 문제예요. 보내면 가까운 요동의 병사일 텐데, 그 난폭한 요동 병사들이 자행할 민폐를 생각해보세요. 원병은 절대 안 됩니다."

원군 요청에 반대하는 의견이 봇물 터지듯 나온 후에야 이원익이 조심스레 의견을 개진했다.

"우리 힘만으로 아니 된다면 명과 연합하여 급한 불을 끄는 것도 방법일 수 있습니다."

그때 류성룡이 성큼 들어왔다.

"명나라 군대에 전적으로 의존하자는 게 아닙니다. 원병을 불러 활용하자는 겁니다. 삼도근왕병이 무너진 마당에 우리의 힘만으로 안 된다면 명에 원병을 요청하는 것도 전략입니다."

어지간한 일에는 류성룡에게 반대하지 않았던 윤두수였지만 원군 요청만은 결사반대였다.

"우리의 힘만으로 안 된다는 그 나약한 생각이 문제요. 우리 수군이 바닷길을 막아 적의 보급로를 끊어놨소. 군량미는 부족할 것이고 왜적들은 지쳐 있을 것이오. 또 비록 우리 군이 패하긴 했지만 전쟁을 치르면서 적에게 손실도 입혔소. 이쯤 되면 우리의 힘만으로 목숨 걸고 싸워볼 만하지 않소?"

두 사람의 불꽃 튀는 논박에 다른 대신들은 끼어들 엄두조차 내지 못했다. 두 사람의 대결을 문밖에서 조용히 듣던 이봉정이 슬그머니 물러나 선조에게 귀엣말했다. 선조는 그나마 안도의 한숨을 내쉬고는 무언가를 나직이 지시했다.

어두운 밤, 행재소의 인적 없는 뜰을 선조가 망연히 거닐 때 류성룡이 다가왔다.

"찾으셨습니까, 전하."

"흠. 그렇소만."

선조는 뜸을 들이다 천천히 물었다.

"명나라 원병을 요청하는 일에 찬성한다고요?"

"네, 전하. 원병을 잘 활용한다면 전쟁을 끝낼 수 있습니다."

선조는 달을 한 번 올려다보고는 그윽하게 말했다.

"이번에 부원군에게 소임을 하나 맡기려 하는데……. 명나라에서 진무鎭撫 임세록林世祿이 정황을 살펴보기 위해 왔소."

나머지 말은 임금으로서 차마 얼굴을 똑바로 보고 말할 수 없어 돌아서서 근엄하게 일렀다.

"그를 잘 설득해 구원병이 올 수 있도록 해주시오."

"성심을 다하겠나이다."

5.
대명군,
조일전쟁에 개입하다

　평양 대동관大同館에 발을 내디디며 류성룡은 착잡하기만 했다. 세종 연간에 불에 탄 중국 사신 접견관을 새로 증축한 뒤 150년이 흐른 후 자신이 구원병을 요청하기 위해 이곳에서 명의 사신을 접견하리라고는 꿈에도 생각하지 못했다. 임세록은 둥근 달을 한 번 바라보고 찻잔을 바라보기만 할 뿐 아무런 말이 없었다. 명나라에서도 명성이 자자한 류성룡을 직접 대하자 감개가 무량했으나 조선이라는 나라를, 특히 이연李昖이라는 임금을 믿을 수 있는지 판단하기 어려웠다. 직속상관인 요동도지휘사遼東都指揮司 총병관總兵官 양소훈楊紹勳이 조선을 정탐하라는 임무를 주면서 몇 번이나 강조한 것이 임금의 실체였다. 그전에 관전보寬奠堡의 참장參將 동양정佟養正이 의주목사 황진에게 물은 일이 있었다.

"지원병이 필요하지 않은가?"

그러자 황진은 이렇게 장담했다.

"조선이 비록 왜적의 침략을 받아 나라가 일시에 황폐해졌으나 우리 힘으로 충분히 이길 수 있습니다."

그런데 한 달도 지나지 않아 지원병을 요청하는 것은 앞뒤가 맞지 않는 언행이었다.

"단도직입적으로 묻겠소이다. 아무리 생각해도 이해가 되지 않소. 왜가 어떻게 한 달도 안 돼 한성을 점령할 수 있소? 혹 조선이 왜와 결탁하여 명나라를 치려고 북상하는 게 아니오?"

"터무니없는 말입니다! 왜적과 결탁하다니요?"

"명나라에서는 지금 행재소의 왕은 가짜이고, 진짜 왕은 따로 숨어서 상황을 주시하고 있다는 소문까지 돌고 있소."

류성룡은 어이가 없었다. 대답할 가치조차 없었으나 그렇지 않다고 부인해야 했다.

"그런 호언난설胡言亂說을 믿으셨단 말입니까. 일어나시지요. 저와 함께 갈 곳이 있습니다."

"갑자기 이 밤중에 어딜?"

"거짓 소문으로 생긴 오해를 어찌 말만으로 풀 수 있겠습니까. 직접 보여드리겠습니다."

대동강 왕성탄王城灘에는 바람결에 풀잎 서걱거리는 소리와 풀벌레 우는 소리가 가득했다. 덤불 옆에서 이천리는 몸을 바짝 낮추었다. 그 뒤로 임세록과 류성룡이 천천히 앞으로 나아갔고 맨 뒤에는 신명철이 칼을 들고 호위했다.

"이제 걸어서 강을 건널 것입니다."

신명철의 말에 임세록은 깜짝 놀랐다.

"걸어서 강을 건널 수 있단 말이냐?"

"강폭이 좁고 수심이 얕아서 대동강에서 유일하게 걸어서 건너는 곳입지요. 이곳 토박이들이 가르쳐준 곳입니다. 적들은 절대 모릅지요."

바지를 걷어 올리고 조심스레 강을 건넌 네 사람은 숲으로 달려가 커다란 바위 뒤에 몸을 숨겼다. 100여 보 바로 앞에 횃불들이 끝없이 줄지어 세워져 있고 수많은 군막이 어둠에 잠겨 있었다. 창을 든 몇몇 병사들만이 드문드문 오갔다.

"저곳이 가등청정의 진영입니다. 줄잡아 1만 명은 넘을 것입니다."

임세록의 눈이 둥그렇게 커지는 순간 느닷없이 외침이 들렸다.

"누구냣!"

왜병 하나가 창을 들고 조심스레 다가왔다. 신명철의 칼이 달빛에 번쩍이는 순간 왜적의 목이 임세록의 발아래로 툭 떨어졌다.

"휴."

가슴을 쓸어내리는 임세록에게 류성룡이 낮은 목소리로 물었다.

"이제는 믿으시겠습니까? 이 왜군들은 일부에 불과합니다. 전체 병사는 15만이 넘을 것입니다. 명나라에서 원군이 오지 않으면, 왜군은 기세를 몰아 요동까지 진격할 것입니다. 명과 조선이 연합해야만 왜적을 물리칠 수 있습니다."

임세록은 발치의 왜병 머리를 차내며 이런 야만인들이 명나라로 넘어오는 일은 절대 있어서는 안 된다고 생각했다.

쿵, 쿵.

망치가 말뚝을 내리칠 때마다 강물이 출렁거렸다. 의령 남강南江 정암진鼎巖津의 물살은 빠르게 서쪽으로 흘러갔다. 강을 건너 북쪽으로 올라가면 의령, 남쪽으로 내려가면 함안咸安, 오른쪽 위는 밀양密陽, 왼쪽 아래는 진주晉州였다. 강을 건너는 길목에서 왜군 10여 명이 뙤약볕에 땀을 흘리며 말뚝을 박았다. 지도를 든 부장이 몇 번이고 병졸들에게 일렀다.

"말이 건널 수 있도록 단단한 땅에만 표시해야 한다."

힘들게 망치질하는 왜병들은 일을 빨리 끝마칠 욕심뿐이어서 강 건너 갈대밭이 스르륵 움직이는 모습을 보지 못했다. 조선 정탐

병은 물고기처럼 빠르게 갈대밭을 빠져나와 의병군 막사로 달음박
질쳤다.

심대승이 고개를 갸웃거렸다.

"말뚝을 박는다꼬?"

붉은 옷을 입은 곽재우의 눈이 반짝 빛났다.

"왜군 진영이 이동하려는 것이다. 그래서 미리 늪지대를 피해
표식을 해두는 것이야. 바닷길이 막혀 군량미 보급로가 끊겼으니
강을 넘어 곡창지대인 전라도를 치겠다는 전략이지. 흐음…… . 전
라도에서 군량미를 확보하면 적들은 날개를 달게 돼! 반드시 적의
진격을 막아야 한다. 대승아, 날랜 병사들로 열 명만 뽑아라!"

심대승은 이게 웬 떡이냐 싶어 옆에 세워둔 칼을 집어 들었다.

"네, 형님! 다람쥐처럼 날쌘 의병을 딱 열 명만 추려내겠습니
다."

달이 구름 속으로 숨자 갈대숲에 열한 명의 사내들이 몸을 드러
냈다. 왜적들이 힘들게 꽂아놓은 말뚝을 모두 뽑아낸 뒤 파인 자국
을 흙과 자갈로 감쪽같이 덮어놓았다. 그리고 한참 위로 올라가 한
번 발을 들이면 절대 빠져나올 수 없는 늪지대에 말뚝을 차례로 꽂
았다. 심대승은 신이 나서 콧노래를 불렀다.

"흐흐. 왜군들이 이곳에 빠지가 마 허우적거릴 때, 울 아덜이 쏜
화살에 고슴도치가 되겠제."

곽재우의 예측은 틀림이 없었다. 날이 밝자 안국사혜경安國寺惠瓊(안코쿠지 에케이)은 2000명을 이끌고 정암진을 건넜다. 어제 꽂아둔 말뚝을 따라 강을 건너면 전라도로 진격할 수 있는 보루를 마련할 수 있었다. 첫 번째 말이 강에 이르는 순간 히힝 울어대며 늪에 빠지기 시작했다. 뒤이어 달리던 말들이 멈출 틈도 없이 연이어 강속으로 밀려 들어갔다. 무언가 잘못되었다고 깨닫는 순간 갈대밭에서 화살이 날아오기 시작했다.

"복병이다. 모두 후퇴하라!"

그러나 퇴로는 이미 차단되어 있었다. 앞으로 나아가면 강에 빠져 죽고, 뒤로 물러서면 조선 복병의 칼과 창에 찔려 죽었다. 아수라장을 겨우 빠져나온 안국사혜경은 몇 명의 병사들만을 이끌고 동쪽으로 죽어라 내달렸다.

우희다수가는 분통이 터지거나 참담하기보다는 의아함이 먼저 들었다. 침략하기 전, 몇 년에 걸쳐 정탐한 보고서에는 조선의 대신들과 장수들의 이름이 일목요연하게 적혀 있었다. 지금 전쟁을 가로막는 자들은 그 명단에 없는 자들이었다. 이순신이라는 낯선 자가 수군을 궤멸했고, 이번에는 곽재우라는 자가 등장했다.

"홍의장군 곽재우? 그놈은 어디 군영 소속이냐?"

"관군이 아니라 의병대장입니다. 정암진에서 우리 부대를 초토

화했습니다. 벌써 두 번째입니다."

우희다수가는 더 혼란이 일었다.

"의병? 처음 듣는 군대로군……. 어디에 속한 병졸들인가?"

"아무 곳에도 속하지 않고…… 자발적으로 일어난…… 의로운 병사들이라 합니다."

있을 수 없는 일이었다. 조정에서 명을 내리지도 않았는데 스스로 군대를 만들어 대항하다니! 어떻게 대처해야 할지 묘안이 떠오르지 않았다.

묘안이 없기는 선조도 매일반이었다. 오직 명나라 원군만이 위기를 구할 수 있다고 생각하지만, 대신들의 의견은 여전히 엇갈렸다. 특히 윤두수가 강경했다.

"전하, 기어이 명군을 부를 작정이십니까?"

선조는 거의 애원하다시피 했다.

"이 나라가 풍전등화의 형세요. 제발, 과인의 뜻에 따라주어요."

윤두수가 수긍하지 않고 반박하려 하자 선조는 짐짓 무시하고는 류성룡 쪽으로 고개를 돌렸다.

"명군이 와주겠소?"

"조선에서 왜적을 막지 못하면 명나라 또한 곧 전쟁터가 될 것입니다. 그러니 반드시 구원병을 보낼 것입니다. 임세록에게 급한 대로 요동군이라도 보내달라 했사오니, 곧 소식이 있을 것입니다.”

“아무리 서두른다 해도 대동강 건너편에 진을 치고 있는 왜적들보다 빠르겠소? 내일이라도 당장 평양을 떠났으면 하오.”

선조는 마음이 다급해 참을 수 없는 지경이었다. 그러나 참을 수 없기로 따지자면 윤두수가 더하면 더했지 덜하지 않았다.

“전하! 그건 아니 되옵니다! 신의 우려에도 불구하고 명나라에 구원병을 요청하신 뜻은 무엇이옵니까? 적과 싸우기 위해서가 아니옵니까?”

“명나라 구원병이 오면 싸울 것이오. 허나 적을 앞에 두고 마냥 구원병을 기다릴 수는 없지 않소.”

류성룡은 명의 지원군을 부르자는 의견에는 찬성이었으나 평양을 떠나자는 의견에는 반대였다.

“전하, 백성들이 동요할까 우려스럽습니다. 며칠만 기다리시옵소서. 명 사신이 정황을 알리면 구원병이 곧 올 것입니다.”

여태 침묵을 지키던 정철이 임금 편을 들었다.

“그 며칠을 기약할 수 없지 않소. 만약 전하께서 도성에서 몽진을 떠나오지 않으셨다면, 도성을 점령한 왜적의 손에 시해되셨거나 포로가 되셨을 것입니다. 사세가 급박한 만큼 다시 몽진을 떠나 후일을 도모하는 것도 방법입니다.”

윤두수가 정철을 노려보았다.

"이보시오. 정철 대감. 송나라 문천상文天祥 선생의 시에 이런 구절이 있소이다. '나는 칼로 간신의 목을 베려 한다.' 설마 시문에 조예가 깊은 정철 대감이 모르지야 않겠지요?"

정철은 기겁했다. 문천상의 시 〈과령정양過零丁洋〉이 떠올랐다.

人生自古誰無死 留取丹心照汗青

사람은 예부터 누가 죽지 않았는가, 마땅히 충성스러운 이름을 한청에 올려 후세까지 비치게 해야 하리

그러나 정작 '간신의 목을 베려 한다'는 시 구절이 떠오르지 않자 자괴감이 들어 버럭 소리를 내질렀다.

"이보시오, 좌상! 지금 이 사람을 겁박하는 게요?"

한때 속마음을 털어놓고 인생과 국사를 논했던 사이였으나 이제는 사사건건 의견 다툼이 심했다. 그 책임이 정철에게 있다고 여기는 윤두수는 고개를 절레절레 저었다.

"변했습니다. 변해도 너무 변했어요!"

"대체 무엇이 변했다는 거요? 그러는 좌상은."

참다못한 선조가 냅다 소리 질렀다.

"그만들 두시오. 당장!"

싸움판으로 변해가는 행재소의 모습에 류성룡은 가슴이 아팠다. 임금 앞에서 대신들이 인신공격에 가까운 비난을 퍼붓는 것은 불과 몇 달 전만 해도 있을 수 없는 일이었다. 한숨을 내쉬고는 선조 앞으로 다가가 앉았다.

"전하, 평양은 도성과 다릅니다. 도성에서는 인심이 무너져 성을 지키려는 군사와 백성이 없었으나 평양 인심은 굳건합니다. 더욱이 성이 마치 요새와 같아 한 명의 군사로 도적 1000명을 지킬 수 있으니 부디 유념하여주시옵소서."

선조는 골치가 아팠다.

"알았소. 일단 다시 생각해보리다."

그때 문밖에서 이봉정이 아뢰었다.

"대사헌 이덕형 들었사옵니다."

"들라 하라."

안으로 들어온 이덕형은 서둘러 본론을 꺼냈다.

"왜군이 서찰을 보냈사온데, 충주에서 미처 못 나눈 강화 협상을 하자 합니다."

서찰의 겉면에는 '朝鮮國 禮曹判書 李公 閣下(조선국 예조판서 이공 합하)'라 쓰여 있었다.

조선국 예조판서 이공께 드립니다. 무기를 놓고 대화하고 싶습니다. 이번 강화가 성사되면 우리는 일본으로 돌아갈 것이니 부디 대화할 수 있

기를 바랍니다.

일본 제1번대 총대장 소서행장

선조는 고개를 저었다. 왜적의 말을 믿을 수 없었다.

"강화가 성사되면 일본으로 돌아가겠다……. 설마 이게 진심이 겠소?"

"신이 만나 저들의 의도를 파악해보겠사옵니다."

"좋소. 그리하시오."

이덕형은 단출한 차림새로 임진강가의 적진을 찾아갔다. 협상 탁자에 나타난 사람은 소서행장이 아니라 현소였다.

"소서행장은 어찌 안 나왔소?"

현소가 변명 아닌 변명을 늘어놓았다.

"제게 모든 걸 일임했습니다. 제가 고니시 장군과 같고, 고니시 장군이 태합 전하와 같으니 염려하지 않아도 됩니다."

말은 그렇게 태연하게 하면서도 차를 따르는 손은 부들부들 떨렸다. 이덕형을 힐끗 보고는 괜스레 다정하게 말했다.

"세상사 한 치 앞을 못 본다더니, 어제는 친구로서, 오늘은 적으로서 이렇게 마주 앉아 있습니다그려."

"전쟁을 일으킨 그쪽에서 할 말은 아닌 거 같소."

"일본은 여전히 조선과 전쟁을 원하지 않습니다. 우리는 조선이 아니라 명나라를 치려는 것입니다."

이덕형은 어이가 없어 찻잔을 떨어뜨릴 뻔했다. 마음 같아서는 지금 당장 일본으로 건너가 풍신수길이라는 자의 낯짝을 보고 싶었다. 현소가 나직이 간청했다.

"명나라로 갈 수 있도록 길을 열어주십시오."

"그런 엉터리 말은 아예 하지 마시오. 일본에서 명나라로 가는 길이 조선만 있는 게 아니잖소. 바닷길을 통해 절강으로 가도 되는 일! 솔직히 말하시오!"

현소는 답답했다. 전쟁이 일어난 지 한 달도 안 돼 도성이 함락되었으면서도 일본의 실력을 낮추어 보는 조선 조정이 한심했다. 태합께 이까짓 조선은 한 줌에 불과하고 더 큰 야망은 명나라임을 어찌 모르는 것인지 이해할 수 없었다.

"우리는 명나라가 최종 목푭니다."

"그래요? 그렇다면 지금 당장 군사를 이 나라 밖으로 물리시오. 그리하면 주상 전하께 주청드려보겠소."

"지금 당장은 어렵습니다."

"어렵다니? 조선과 전쟁을 원하지 않는다고 말하지 않았소이까!"

"일단 전쟁을 시작하면 끝내는 데도 명분이 있어야 합니다. 명나라로 가는 길을 내주면 자연히 전쟁은 끝날 것입니다."

"우리 조선은 죽어도 명나라로 가는 길을 내줄 수 없소이다."

"그렇다면 강화도 어렵겠습니다."

이덕형은 벌떡 일어나 소리쳤다.

"이런 허망한 궤변으로 왜 자꾸 협상하려는지 그 속내가 정말 궁금하구려. 우리 수군에게 패하고, 북상하면서 늘어난 사상자와 사야가少也加(김충선) 같은 이탈자들 때문에 어려움에 처한 것 아니오? 그래서 시일을 끌려는 얄팍한 속셈이겠지. 왜적들은 결국 이 땅에서 무주고혼無主孤魂이 되고 말 것이오!"

이덕형은 큰소리를 치고 나왔지만 선조에게 아무런 칭찬을 받지 못했다. 선조는 그를 칭찬하거나 나무랄 마음의 여유조차 없었다. 결렬, 북상, 패배, 피난, 점령, 죽음 같은 단어들만 머릿속에서 오락가락했다. 앞에 늘어선 대신들이 '가도멸괵假途滅虢'이라는 글자를 놓고 이러쿵저러쿵 떠들어댈 때 선조가 느닷없이 명을 내렸다.

"서둘러 가마를 대령하라. 평양을 떠나야겠다!"

일시에 논박이 멈추었다. 류성룡과 윤두수가 동시에 강경하게 반대했다.

"전하! 아니 되옵니다."

그러나 두려움에 사로잡힌 선조는 이미 마음을 굳혔다.

"강화 협상이 결렬되지 않았소! 이제 적들이 곧 공격해 올 거요. 도승지는 신주를 먼저 옮기고, 세자와 비빈들에게 떠날 차비를 하라 이르시오."

김응남은 어찌할 줄 모르고 선조와 대신들을 살피다가 마지못해 대답했다.

"네."

선조는 류성룡과 윤두수의 얼굴을 빤히 노려보다가 빈정대듯 명을 내렸다.

"부원군 류성룡 대감은 이곳에 남아 명에서 올 사신과 원군을 기다리고, 평양을 방어하는 일은 윤두수 대감이 맡으시오! 얼마나 잘하는지……. 흠, 내가 지켜볼 것이오."

6.
마지막
몽진이 되기를

행재소 마당에 말 여러 필이 매여 있었다. 가장 튼튼한 말에 선조가 올라타자 무장한 병사가 말고삐를 쥐었다. 대신들이 오만 가지 표정을 지으며 그 뒤를 따라 말에 오르자 저만치에서 광해군光海君이 걸어 나왔다. 가고 싶지 않은 듯 주춤거릴 때 행재소 앞문이 시끌벅적해졌다. 신주를 든 홍여순이 어인 일인가 싶어 밖으로 나가자 병사들이 몽둥이를 들고 백성들과 몸싸움을 벌이고 있었다. 홍여순은 대신의 체통도 잊고 드세게 소리쳤다.

"이놈들, 물러서지 못하겠느냐! 여기 선대왕들의 신주가 보이지 않느냐!"

하지만 백성들은 막무가내였다. 흐트러진 머리에 흰 띠를 동여

맨 촌민 하나가 삿대질을 했다.

"홍여순, 이놈! 온갖 뇌물로 배를 채우면서도 나랏일을 그르치더니, 이젠 백성들을 전쟁 통에 놔두고 혼자 살겠다고 내뺀단 말이냐!"

홍여순은 기가 막혀 얼굴이 새빨갛게 달아올랐다.

"네 이놈, 어느 안전이라고!"

"네놈 안전이다, 이놈아! 에라, 이 짐승만도 못한 놈아!"

촌민이 갑자기 발로 홍여순의 가슴을 차버렸다. 홍여순이 억 소리를 내며 쓰러지자 그 위로 무수한 발길질이 쏟아졌다. 조정 대신이 촌민들에게 무참히 짓밟히고 신성한 임금의 신주들이 땅바닥에 나뒹굴었다. 신주는 이제 하찮은 나뭇조각에 불과했다. 가까스로 정신을 차린 홍여순이 가슴을 부여안고 호통쳤다.

"네 이놈! 여기가 어디라고! 네놈 이름이 무엇이냐?"

"이름? 을쇠다. 이제 속이 씨원하냐? 이 드러운 놈아!"

주먹을 들어 또다시 홍여순을 내리쳤다. 그 주먹과 욕지거리가 곧 자신에게로 날아올 것 같아 선조는 뒤로 물러서면서 다급히 외쳤다.

"문을 닫아라!"

그 전에 임금을 발견한 촌민들이 우르르 몰려들었다. 광해와 신하들이 황황히 선조를 에워싸고 간신히 편전으로 도망쳤다. 호위 군사들이 문을 닫아걸고 그 앞에서 일제히 칼을 치켜들었다.

"이놈들! 멈추어라! 더 들어오면 모두 벨 것이다!"

홍여순을 걷어찬 을쇠가 지지 않고 응수했다.

"상감마마께 좀 물어봐주오. 집으로 돌아가게 해주겠다고 철석같이 약속해놓고선 왜 혼자 도망치려 하냐고!"

백성들이 너도나도 울부짖었다. 그 소리가 담을 너머 들려오자 선조는 귀를 틀어막았다. 백성들은 문을 두드리다가 열릴 기미가 보이지 않자 길길이 날뛰기 시작했다.

"이 판국에 임금이 무슨 소용이고, 나라가 무슨 소용이란 말인가! 저놈의 신주들을 모조리 없애버리자!"

흥분한 백성들이 땅바닥에 나뒹구는 신주를 발로 짓밟으려 할 때 근엄한 호통이 들렸다.

"네 이놈들, 당장 멈추어라!"

그 목소리에 을쇠와 백성들은 흠칫했다. 호통을 친 사람은 류성룡이었다. 백성들은 그 목소리에 서린 위엄 때문에 류성룡한테는 이놈, 저놈 소리를 하지 못했다. 류성룡은 을쇠를 향해 엄숙하게 일렀다.

"누가 네놈에게 나라를 부정해도 된다 하더냐! 네놈이 임금의 몽진을 못마땅해할 수는 있으나, 그렇다고 어찌 조선이라는 나라의 근본까지 부정하려 드느냐! 임금을 욕보일 힘이 있다면 왜적을 물리치는 데 써라. 네놈이 끝까지 난동을 부리면 백성이 아니라 반민이다! 내가 기어코 네놈의 목을 칠 것이다!"

을쇠는 흠칫하다가 뒤에 늘어선 촌민들을 훑어보고는 착 가라앉은 목소리로 물었다.

"댁은 뉘시오?"

"나는 류성룡이다."

류성룡이라는 말에 백성들이 갑자기 한 발짝 뒤로 물러섰다.

"주상 전하가 떠나신다 해도 나는 이곳에 남을 것이다. 허니, 너희는 떠나도 좋다."

모두 긴가민가 망설일 때 아이를 둘러 업은 아낙 한 명이 앞으로 나섰다.

"저분은 거짓말을 할 분이 아니우. 피난민촌에서 우릴 돌보지 않았수."

먼발치에서나마 류성룡을 한두 번이라도 본 촌민들은 고개를 주억거렸다. 을쇠도 그중 한 명인지라 차마 모르쇠를 잡을 수 없어 괜스레 씩씩거리다 못을 박듯 말했다.

"어디 두고 봅시다."

선조는 안도의 한숨을 내쉬고는 슬며시 밖으로 나왔다. 언제 소란이 일어났느냐는 듯 행재소 앞은 평온했다. 류성룡은 홍여순을 일으켜 신주를 건네주고는 선조를 망연히 응시했다. 그 눈빛에는 이래도 평양을 떠나겠느냐는 힐책이 담겨 있었으나 돌아온 것은 비웃음이었다.

"이제 백성들은 나보다 그대를 더 임금처럼 따르는구려."

류성룡의 손이 부들부들 떨렸다. 그 모습을 분명 보았으련만 선조는 차갑게 외면했다.

"신주를 고이 모셔라. 이제 평양을 떠날 것이다."

망연자실한 류성룡을 남겨두고 먼지 날리는 길에 선조의 몽진 행렬이 이어졌다. 경복궁을 떠나 개성으로 파천을 떠났을 때와 개성을 떠나 평양으로 어가를 옮겼을 때보다 공포심과 허둥거림이 한결 가라앉기는 했으나 마음이 초조하고 비참한 것은 변함이 없었다. 어가가 숙천肅川에 이르렀을 때 선조는 이덕형을 불렀다.

"경을 청원사請援使로 임명하니 지금 즉시 요동으로 가도록 하오. 우리의 급박한 상황을 알리고 하루라도 빨리 원병을 보내도록 재촉하시오."

대동강은 말없이 서쪽으로 흘러내려 갔다. 망루에 올라 도도한 물줄기를 보며 류성룡은 한숨을 내쉬었다. 도망치기에 급급한 선조의 뒷모습을 떠올리며 문득 '만약 임금이 이 자리에서 싸우다가 전사하면 어떻게 될까?'라는 궁금증이 일었다. 그것이 더 큰 혼란을 몰고 올 수 있다는 생각이 들어 차라리 끝없는 도망이 낫다고 여겼다. 고개를 흔들어 불길한 생각을 떨쳐내고는 김명원에게 걱정스레 물었다.

"민심도 떠난 마당에 막을 수 있겠습니까?"

"민심은 떠났어도 성에 남아 있는 군사가 3000여 명 있지 않습니까. 그리고 저 대동강이 버티고 있는 한 적은 결코 쉬이 평양성을 함락하지 못할 것입니다."

"며칠은 그리되겠지만……. 방어가 아니라 반격을 해야 합니다. 그러려면 명의 원군이 반드시 필요합니다. 이곳에 명나라 군사 몇 명이라도 있다면 적은 쉽게 공격할 수 없을 것입니다. 명 군사를 공격하는 건 곧 명과 전쟁을 하겠다는 뜻입니다. 해서, 내가 몇 명이라도 명나라 군사를 데려오려 합니다. 다녀와도 되겠습니까?"

여태 둘의 대화를 듣고만 있던 윤두수는 망설였고 류성룡은 기다렸다. 윤두수가 이윽고 결심한 듯 입을 열었다.

"다녀오시지요!"

"최대한 서두르겠습니다. 무운을 빕니다."

무겁게 발걸음을 옮기는 류성룡과 그 뒤를 따르는 신명철과 이천리를 보며 윤두수는 '무운?' 하고 되뇌었다. 문신에게 무운을 빌어야 하는 어처구니없는 상황이 가슴 아프기만 했다.

전라좌수영에 모인 장수들은 과연 전략을 이렇게 펼치는 게 올

바른지 판단하기 어려웠다. 송희립이 울분을 터뜨렸다.

"왜적이 벌써 평양에 이르렀는데 죽을힘을 다해 바다를 지키는 게 무슨 소용이 있단 말인가."

이순신은 그저 착잡하기만 했다. 신호, 배흥립, 어영담은 군막의 천장만 바라볼 뿐 말이 없었다. 정운이 오만상을 찌푸렸다.

"육지의 전세를 생각하면 땅 위에 우리 함대를 투입하고 싶은 심정입니다."

이순신이 문득 그 말을 받았다.

"수군이라 해서 육지에서 싸우지 못하겠는가."

"무슨 말씀입니까?"

"전쟁은 칼과 창으로만 싸우는 게 아닐세. 눈치 빠른 병사들을 뽑아 두 명씩 짝을 지어 각 도로 파견하게. 나무꾼이든 장사치든 무엇으로라도 변복해서 팔도 곳곳을 다니게 해. 그렇게 적들의 동향을 빠짐없이 파악해 고목告目을 보내도록 지시하게나."

정운이 무릎을 쳤다.

"좋은 생각입니다. 문안 편지로 위조해 고목을 보내면 왜적은 눈치채지 못할 것입니다. 조선 팔도의 모든 정보가 이곳 전라좌수영에 모이겠군요."

장수들이 묘책을 얻었다 싶어 반색할 때 김득광이 들어왔다.

"허내만許乃萬이란 노인이 장군을 뵙길 청하고 있습니다."

"허내만? 모르는 노인인데……. 일단 모시게나."

노인은 이마에 굵은 주름 서너 개가 선명했고 다리는 가늘었으나 눈은 형형하게 빛났다. 이순신은 병영에 느닷없이 찾아온 노인이 궁금했다.

"무슨 일입니까?"

"소인 같은 늙은이가 나라를 위해 할 일이 없겠습니까?"

그때 정탐에는 젊은이보다 노인이 더 제격이라는 생각이 스쳤다. 이순신은 허내만의 손을 잡고 물었다.

"무엇이든 할 수 있겠소? 목숨을 내놓아야 하는 일이오."

"그만한 각오도 없이 왔겠습니까."

"적들이 웅거하고 있는 부산으로 가서 터를 잡으시오."

"……."

"그곳에서 적의 동정을 살피고 중요한 정보를 보내시오. 할 수 있겠소?"

허내만은 결연하게 대답했다.

"이 늙은이에게 아주 딱 맞아떨어지는 일입니다."

노인이 허리를 굽혀 인사하고 나가자 장수들은 각자의 진영으로 돌아가 병사들을 골라냈다. 훈련장에 모인 병사들 20여 명에게 이순신은 손바닥보다 작은 나무판에 '舜(순)'을 새겨 나누어 주었다.

"이것은 비밀 호패다. 조선 장수들을 만나면 이 패를 보여주고, 혹여 적에게 발각되면 이름이 순영, 순석, 순필이라고 둘러대라……. 그것마저 안 되면 목숨을 내놓아야 한다. 너희 둘은 강원도로, 너희 둘은 경상도로, 너희 둘은 함경도로 떠나라."

허름한 옷에 누구는 지게를 지고, 누구는 괴나리봇짐을 메고, 또 누구는 《논어집주論語集註》를 옆구리에 끼고 두 명씩 짝을 지어 조선 팔도로 떠나갔다. 가는 모습은 분명했으나 돌아올 모습은 누구도 분명하지 않았다. 병사들이 결연한 걸음으로 앞서거니 뒤서거니 진영을 나서자 이순신은 군막으로 돌아가 붓을 들었다.

부원군 대감, 보십시오. 개성이 함락되고 적이 평양까지 이르렀다는 소식을 들었습니다. 하지만 이미 열흘이 지난 소식이라 육지의 전세는 어떠한지 궁금하고, 답답하고, 걱정이 큽니다. 우리 수군이 옥포, 합포, 적진포에서 승리한 소식은 들으셨는지요? 앞으로는 적이 함부로 바다를 건너지 못할 것입니다. 왜군의 군량미 보급로 또한 모두 끊어놓을 것입니다. 허니 힘드시겠지만, 결코 낙담하지 마십시오. 제 목숨과 바꿔서라도 바다를 철통같이 지킨다면, 이 땅을 침범한 왜적들은 결국 스스로 무너지고 말 것입니다. 대감, 그때까지 어떠한 고난이 있어도 용기와 희망을 놓지 마시기 바랍니다.

부엉, 부엉.

밤 부엉이가 처량하게 우는 소리를 들으며 마우麻尤는 가죽으로 만든 손바닥만 한 서찰집을 만지작거렸다. 부엉이 울음에 섞여 대동강 물살이 철썩거리는 소리도 들렸다. 마우는 눈을 가늘게 뜨고는 소서행장을 채근했다.

"왜 강을 넘어 공격하지 않는 것이오?"

소서행장은 '저 서찰집에 분명 내 일거수일투족이 기록되어 있으리라'라고 생각하며 당장 빼앗아 불 질러버리고 싶은 욕구를 꾹 눌러 참았다.

"이틀 전에 뗏목으로 도강하다가 우리 군사 200여 명이 죽었소. 일시에 강을 건너지 않으면 함락하기 어렵소. 공격하지 않는 것이 아니라 신중을 기하는 것이오."

"이미 조선 왕이 도망갔다는 소문이 있는데……. 아군의 피해를 두려워해서야 어떻게 전쟁터에서 승리를 거둘 수 있겠소? 당장 강을 건너 공격을 감행하시오. 그렇지 않으면 장군에 대한 좋지 못한 보고가 태합 전하께 전해질 것이오!"

제1군 총사령관이자 그동안 파죽지세로 조선 땅을 유린하고 가장 먼저 한성을 점령했건만 마우는 그 모든 걸 '그까짓 거'라는 표정으로 소서행장을 노려보고는 밖으로 나갔다. 소서행장은 분노를 삭이지 못해 탁자를 내리쳤다. 의자에 앉아 어떻게 하면 평양성을 함락할 수 있을까 골똘히 생각하다 평의지平義智(소 요시토시)가 흔들어 깨울 때까지 깜빡 잠이 들었다.

"장군! 적들이 기습해 왔습니다."

"뭐? 기습이라니? 넘어오는 적의 배를 못 봤단 말이냐!"

"배는 보지 못했습니다. 어디선가 갑자기 나타났습니다."

"어서 군사들을 깨워 반격햇!"

얼결에 칼을 들고 밖으로 나오자 군막 수십 개에 불이 붙어 새벽하늘이 붉게 타올랐고 함성과 비명이 곳곳에 난무했다. 김명원은 병사들을 독려해 새벽에 몰래 강을 건너 왜군 진영을 기습했다. 선봉장 고언백高彦伯은 용감하게 싸워 초반에 승기를 잡았다. 그러나 그 기세는 그리 오래가지 못했다. 잠에서 깨어난 왜병들은 허둥거렸지만 곧 전열을 갖추어 반격을 개시했다. 소수의 병사들로 대군을 치려는 김명원의 작전은 실패로 돌아갔고 병사들은 배에 올라 도망치기 시작했다. 그러나 배에 오르지 못한 병사들이 더 많았다. 우왕좌왕하다가 걸어서 강을 건널 수 있는 쪽으로 몰려들었다.

"한 놈도 남기지 마라."

소서행장의 서슬 퍼런 명령에 왜병들이 늑대처럼 달려들었다. 단잠을 깨운 것에 대해 복수라도 하는 양 거세게 밀어붙이자 조선 병사들은 한편으로는 막아내면서 한편으로는 도망치느라 혼백이 빠질 지경이었다. 소서행장은 어슴푸레한 새벽하늘 아래에서 조선군들이 한곳으로만 몰리는 모습을 보고 문득 계책이 떠올랐다.

"공격을 멈추어라!"

뿔 나팔 소리가 들리자 왜병들이 일순 공격을 멈추고는 뒤로 주춤 물러났다. 조선 병사들은 이제 살았다 싶어 엎어지고 넘어지며 강을 건너 어둠 속으로 허겁지겁 사라졌다. 소서행장은 천천히 강가로 다가갔다.

"이곳의 이름이 무엇이냐?"

"왕성탄이라 합니다. 저곳은 능라도인데……."

"대동강 중에서 가장 물이 얕은 곳이로구나. 오늘 저녁, 밥을 든든히 먹고 이곳을 건너 평양성을 친다. 적이 우리에게 좋은 길을 알려주었어. 하하핫!"

평양성의 윤두수와 이원익, 김명원은 기습 작전이 실패했다고 생각하지 않았다. 병사들을 일부 잃기는 했지만 조선군의 강성함을 보여주었고, 적의 말 300여 필을 빼앗아 왔기 때문이었다. 하지만 안도의 숨을 고르기도 전에 대군이 왕성탄을 건너 밀어닥쳤다. 윤두수는 기습이 함락의 원인이었음을 깨달았으나 이미 늦었다. 성 안에 남아 있는 백성들을 모두 피하게 하고 무기고로 달려갔다. 그러나 무기를 전부 옮길 수는 없었다.

"모두 꺼내서 풍월루風月樓 연못에 버려라."

병사들이 닥치는 대로 칼과 창, 화살들을 연못에 빠뜨리는 모습을 보고 황황히 군량 창고로 발걸음을 옮겼다. 무려 쌀 10만 석이 쌓여 있었다.

"어찌할까요?"

태우자니 너무 아깝고, 그대로 두자니 적의 군량이 될 것이었다. 이러지도 못하고 저러지도 못할 때 이원익이 말했다.

"곧 명군이 오면 평양성을 탈환할 것입니다. 그러니 이대로 놔두는 것이 좋을 듯싶습니다. 왜적이 그동안 먹는다 해도 많은 양이 남을 것입니다."

그 말이 맞기를 바라며 안타까운 눈길로 군량미를 쳐다보던 윤두수는 몸을 돌렸다.

"모두 성을 빠져나가라."

한 식경이 채 지나지 않아 소서행장은 늠름하게 평양성으로 들어왔다. 너무 쉬운 입성이었다. 다만 조선 왕이 결사 항전을 하지 않은 것이 아쉬울 뿐이었다.

"도대체 어떤 인물인지, 그 뻔뻔한 얼굴이 진정 보고 싶구나."

7.
조정을
둘로 나누어라

하늘을 찌를 듯한 소나무 숲을 지나 류성룡은 산길을 내달렸다. 저 멀리에서 먼지가 일면서 말 달리는 소리가 희미하게 들려왔다. 나부끼는 깃발을 보고 신명철이 중얼거렸다.

"깃발 색깔이 화려한 것으로 보아 명군이 틀림없습니다."

아니나 다를까 다가오는 사람들은 임세록이 이끌고 온 병사들이었다. 완전무장을 갖춘 병사 50명을 보자 류성룡은 안심되면서도 그 험악한 얼굴들 때문에 장차 조선이 시달림을 많이 받겠다는 근심도 들었다. 임세록은 손을 들어 뒤의 병사들을 가리켰다.

"급한 대로 정예 병사 50명을 꾸려 평양으로 가던 중이었소."

"고맙습니다."

"요동부총병遼東副總兵 조승훈祖承訓이 곧 군사를 이끌고 올 것이오."

류성룡은 임세록의 손을 꼭 쥐었다.

"정말, 정말 고맙습니다. 이제 평양성을 지킬 수 있을 것입니다. 어서 출발하시지요."

말을 돌려 오던 길을 되돌아가려 할 때 저 앞에서 말 한 필이 급하게 달려왔다.

"멈춰라! 어디서 오는 전령이냐?"

"평양성이 함락되었습니다!"

류성룡은 현기증이 일어 말에서 떨어질 뻔했다. 가까스로 정신을 차리고 물었다.

"적이 배를 만들기라도 했단 말이냐?"

"그게 아니오라 우리가 왕성탄을 넘어 기습했다가 역습을 당하고 도망친 길을 적들이 따라 넘어온 것입니다."

"어서 빨리 박천博川 행재소로 가자."

선조는 아무런 생각도 들지 않았다. 허탈하게 웃음만 나왔다.

"그럼 그렇지. 내가 뭘 기대하겠는가."

홍여순이 어린아이 달래듯 진언했다.

"전하 성심을 굳건히……."

선조가 탁자를 내리치며 버럭 소리쳤다.

"그 소리 집어치우지 못할까! 뭘 굳건히 하란 말이냐! 그대 같으면 지금 마음을 굳건히 할 수 있겠느냐! 수성을 하라, 민심을 모으라, 고을을 떠나지 마라. 수없이 발목을 잡으면서 대체 그대들이 나한테 보여준 게 무엇이냔 말이야!"

입을 열어 말하는 신하는 한 명도 없었다. 문 앞의 누군가가 가만히 한숨을 내쉬었다. 그 소리가 방 안 전체를 진동하게 할 지경이었다.

"한성, 개성, 평양……. 그곳에서 내 그대들의 말을 듣고 남았다면 나는 이미 이 세상 사람이 아니었을 것이야!"

이봉정이 들어와 머뭇거리다가 황공한 목소리로 아뢰었다.

"전하, 함흥으로 가던 중전마마께서 발길을 돌리셨다 하옵니다. 함경도 또한 이미 도처에 왜군이 깔려 있어서……."

"함경도까지?"

선조는 혼이 빠져 넋두리를 늘어놓았다.

"이제 어디로 간단 말이냐……. 어디로? 내 신세가 이리도 처량하다니. 어떤 방도라도 내놓아야 할 게 아니오? 말들 좀 해보시오."

평양성을 마지막으로 빠져나와 어가 행렬에 합류한 윤두수가 겨우 입을 열었다.

"전하, 평양성을 지키지 못한 신들을 죽여주시옵소서!"

이원익과 김명원은 앵무새처럼 그 말을 따라 했다.

"죽여주시옵소서."

선조는 그 말이 지겨웠다. 한성을 떠나왔을 때도 대신들은 '죽여주시옵소서'라고 말했고, 임진강이 함락되었을 때도 '죽여주시옵소서'라고 말했다. 이자들을 정말 죽여버리고 싶다는 욕망이 치솟았으나 지금은 그들에게 의지할 수밖에 없었다. 그런 자신의 신세가 더욱 한심했다.

"그대들이 지키지 못한 것이 아니라…… 하늘이 과인을 버린 것이에요……. 하늘이……."

류성룡은 죽음은 아무것도 아니라고 생각했다. 죽을 때 죽더라도 지금은 나라를 위기에서 구해야 했다.

"요동에 주둔해 있는 명나라 군사들이 곧 온다 했으니, 반드시 전세가 역전될 것입니다."

"언제 올지, 얼마나 올지 모르지만…… 내 그때까지 무사할지 모르겠소."

"어떻게든 참고 버티셔야 하옵니다. 전하께옵서는 이 나라와 만백성의 목숨이시옵니다."

"그렇지요. 그리 생각지 않았으면 나 또한 항우項羽처럼 강물에 뛰어들고 말았을 것이오. 하지만 내 몸이 내 한 몸이 아님을 알기에 지금까지 그 수모를 받으면서도 버티었고요. 그러니 앞으로도 버텨야 하지 않겠소? 해서 내 생각해보았는데…… 전세가 역전될 때까지 내가 온전히 버틸 방법은…… 요동으로 가는 길밖에 없는 것 같소."

류성룡은 너무 놀라 아무런 대꾸도 하지 못했다. 윤두수와 이원익, 김명원, 이항복, 정철도 마찬가지였다. 방금 전까지 '죽여주시옵소서'라는 주청을 올린 것은 까마득히 잊고 이제 임금의 말을 반박할 논리를 찾으려 했다.

"전하 그것은……."

선조는 그들의 마음을 벌써 짐작한 듯 일변 무시하면서 빠르게 일렀다.

"적어도 왜적들이 국경을 넘어 명나라 군사들이 버티고 있는 요동까지 쫓아오지는 못할 것이오. 그리고 명군이 참전해 전세가 역전되면 그때 다시 돌아와 싸우면 되지 않겠소. 다른 현명한 방법이 있으면 말해보시오. 그 길 외에 내가 어디로 가야 할지?"

윤두수가 격하게 반대했다.

"요동으로 가신다니요? 있을 수 없는 일이옵니다!"

여태껏 선조의 의견을 군말 없이 받아들이던 정철도 이번에는 반대했다.

"아니 되옵니다. 곧 요동의 대군이 온다 하였는데, 요동내부遼東內附라니요? 뜻을 거두어주시옵소서!"

이항복은 선조의 편을 들 수밖에 없었다.

"의주에서 힘을 다해 적을 막되, 그럼에도 불구하고 어쩔 수 없는 지경이 된다면 요동으로 넘어가 때를 기다리는 것도 방편이 될 것입니다."

"그렇소. 옛날 안남安南(베트남)이 멸망하자 안남국 왕은 중국에 입조했소. 그리고 중국이 병사를 보내 나라를 회복해줬고, 안남국 왕도 다시 돌아갈 수 있지 않았소?"

류성룡은 터질 듯한 분노를 겨우 가라앉혔다.

"어가가 단 한 발자국이라도 국경을 넘어가는 순간, 이 나라는 더 이상 조선이 아닙니다! 우리 조선과 안남은 다릅니다. 지금까지 도성과 개성, 그리고 평양을 떠나 이곳까지 파천하신 것은 전하께서 곧 이 나라이시고, 전하께서 곧 만백성의 어버이이시기에 어가가 왜적들에게 잡히면 이 나라와 만백성이 파멸하고 만다는 생각 때문이 아니었사옵니까! 한데, 전하께서 나라를 떠나신다면 이 나라는 누구의 나라이고, 이 땅의 백성은 어느 나라의 백성이란 말입니까!"

윤두수가 거들었다.

"그렇사옵니다. 주군이 없는 땅에서 왜적과 명군이 싸운다면 그야말로 짐승들이 영역 다툼하듯이 산천초목을 물어뜯고 짓밟을 것이옵니다."

정철도 그 의견에 찬동했다.

"하옵고 우리가 비록 큰 곤경에 처해 있으나 전라도와 충청도가 온전하고, 경상도 또한 적이 북상하느라 온전한 곳이 많습니다. 강원도와 함경도는 아직 큰 병화를 입지 않았는데 수많은 백성을 어디에 맡기려 하시나이까. 뜻을 거두어주시옵소서."

평소 말이 없던 김응남까지 나서서 반대의 뜻을 아뢰었다.

"또한, 이순신이 바다를 장악해가고 있으니 적들은 군량미 때문에 조만간 큰 곤경에 처할 것입니다. 하온데 지금 요동내부를 하시면, 겨우 사기를 올리고 있는 우리 관군이 희망을 잃게 됩니다."

이제 이원익의 차례였다.

"그리고 명이 요동내부를 허락할지 안 할지도 알 수 없는 일. 행여 전하의 뜻이 백성들에게 알려지기라도 하면 그야말로 모든 백성이 이 나라를 뜰까 걱정이옵니다."

대신들 모두 반대의 뜻을 밝히자 선조는 당황했다. 류성룡이나 윤두수는 그렇다 치고 정철과 김응남까지 반대하리라고는 예상하지 못했다. 임금의 마음을 알아주는 신하는 이항복 한 명뿐이었다. 선조는 주먹을 부르르 떨다가 버럭 소리를 내질렀다.

"그럼 과인더러 대체 어디로 가란 말인가! 사방이 왜적인데……. 반대만 하지 말고, 대안을 내놓으라 이 말이다! 허고, 과인이 이 나라를 떠나고 싶어 이러는 것인가! 그대들은 내 발목을 붙잡기만 했지, 대체 한 것이 무엇인가! 도성을 수성했는가? 개성을 지켰는가? 평양을 지켜냈는가 말이야! 그러므로 과인은 요동으로 떠날 것이니."

류성룡이 비통하게 응수했다.

"전하……. 어명을 받들지 못하겠나이다. 어찌 필부匹夫의 행동을 보이시옵니까! 이 나라와 백성을 어디에 맡기시려고 필부의 행동을 하시려 하옵니까!"

그 말을 들은 선조는 피가 거꾸로 도는 듯했다.

"지, 지금 뭐라 했느냐? 필부라…… 했느냐?"

선조는 새빨개진 얼굴로 벌떡 일어서 호통을 치다가 갑자기 가슴을 쥐어 잡으며 옆으로 쓰러졌다.

"전하!"

이봉정이 황급히 달려가 부축했으나 대신들은 잠깐 놀라기만 할 뿐 아무도 부축하려 하지 않았다. 심지어 동정의 눈빛을 짓는 사람도 없었다. 다만 이봉정이 임금을 껴안고 허둥대는 모습을 그저 묵묵히 지켜보기만 했다. 오히려 그 눈들이 서릿발처럼 차갑게 곤두섰다.

귀인 김씨(인빈)는 지아비의 이마에 맺힌 땀을 정성스레 닦아냈다. 한 나라의 임금이지만 지금은 한 명의 남편일 뿐이었다. 한숨을 내쉬는 선조 앞에 탕약 그릇을 건네자 선조는 한 모금 마시고 갑자기 방바닥에 팽개쳐버렸다. 남은 탕약이 사방으로 흩어졌고 김씨의 고운 치마에도 흩뿌려졌다.

"전하……."

선조는 입가를 쓱 훔치며 중얼거렸다.

"필부! 필부라니! 이, 이 수모를 받고 내가 살아야 한단 말이오."

김씨는 치마에 묻은 탕약을 닦아내며 거들었다.

"신첩도 그 얘기를 듣고 분이 치밀어 올라 견딜 수 없었습니다. 어찌 신하 된 자의 입에서 그런 망극한 말이……. 평시 같으면 멸족하고 능지처참을 해야 할 일입니다."

김씨가 씩씩거릴 때 문밖에서 이봉정이 일렀다.

"세자 저하 들었사옵니다."

선조는 차갑게 끙 소리를 냈다.

"보고 싶지 않다. 물러가라."

분명 그 소리를 들었으련만 광해는 쉬 물러나지 않았다. 문 앞에 한참을 무릎 꿇고 앉아 있다가 아무래도 아버지를 뵙기는 어렵겠다 싶어 그만 돌아갈 심산으로 몸을 일으키며 애절하게 말했다.

"국난 극복과 전하를 위해서라면 이 못난 세자, 언제든 몸을 던질 각오가 되어 있으니 부디 성심을 굳건히 하시옵소서."

순간 선조는 좋은 계책이 퍼뜩 떠올랐다.

"잠깐, 세자는 들라!"

광해는 몸을 돌리려다가 조심스레 문을 밀고 침전으로 들어갔다. 선조는 웬일인지 살갑게 물었다.

"고된 파천길이다. 몸은 괜찮으냐?"

"네, 전하. 신은 무탈하옵니다."

"내색하지는 않아도 너 또한 지쳤음을 내 모르는 바 아니다. 허나 넌 이 나라의 세자가 아니더냐. 반드시 이 난관을 이겨내야 할 것이다."

광해는 울컥해서 눈물이 흐를 것 같았다.

"그리 심려해주시니 몸 둘 바를 모르겠나이다. 신이 전하를 위해 할 수 있는 일이 있다면 하명하시옵소서. 무슨 일이든 분골쇄신 粉骨碎身하겠습니다."

"그래, 고맙구나. 내 오래전부터 생각해둔 네 소임이 하나 있는데……. 명일 아침에 대신들은 모두 모이라 일러라. 그 자리에서 중대한 발표를 할 것이거늘 너는 내 명을 무조건 따라야 한다."

"……."

"알겠느냐?"

"네. 전하."

다음 날 아침 류성룡, 윤두수, 정철, 이항복, 이덕형, 김응남, 이원익, 홍여순이 선조 앞에 앉았다. 그 옆에는 처음으로 조정 회의에 참석한 광해도 있었다. 선조는 헛기침을 여러 번 하며 뜸을 들이다 무겁게 입을 열었다.

"내 마음을 정했소."

대신들은 또 무슨 어처구니없는 하명이 떨어질까 싶어 선조를 빤히 응시했다.

"요동으로 향하는 것을 그토록 반대하니…… 세자에게 임시로 내선內禪을 하고 과인은 요동으로 가겠소."

'아무렴, 그러면 그렇지'라는 표정이 대신들의 얼굴에 일제히 나타났다. 윤두수는 임금이 갈수록 용렬해져가는 모습을 참아내기 힘들었다.

"그 무슨 말씀이시옵니까! 전하께서 아직 정정하신데 내선이라니요! 불가합니다."

"내선은 내선이오만 양위讓位를 한다는 것은 아니오. 조정을 둘로 나누어 과인이 요동에 있는 동안 세자를 중심으로 한 조정이 이 땅에 남아 있다면 이 나라에 조정과 왕실이 사라졌다고는 말할 수 없지 않소!"

류성룡은 반대가 지겹기는 해도 반대하지 않을 수 없는 선조의 조치 때문에 허망하기조차 했다.

"조정을 둘로 나누는 분조分朝는 전례가 없는 일입니다."

"그러니 임시라 하지 않는가! 과인의 어가가 요동에서 안전을 도모하고, 세자가 이끄는 조정이 이곳에 남는다면 실리와 명분을 모두 얻는 것 아닌가! 그리고 이 국난을 극복한 후 과인이 다시 돌아와 조정을 하나로 합치면 될 것 아닌가 말이오!"

정치보다는 풍류, 논박보다는 술을 더 좋아하는 정철도 선조의 명을 도저히 묵과할 수 없었다.

"아무리 임시방편이라 하나 왕실과 조정은 둘로 나누어질 수 없습니다. 왕이 둘이고, 조정이 둘이라는 것이 어찌 있을 수 있단 말입니까!"

선조는 막무가내였다.

"답답들 하시오! 요동에 있는 과인이 명을 내리지 않으면 될 것 아니오! 오늘 이후로 세자가 모든 국사를 임시로 다스리고 인사나 상벌 등의 일을 다 알아서 스스로 처결하면 될 일! 어려운 상황에서 왕실과 조정을 보호할 궁여지책이니 모두 과인의 뜻을 따르시오!"

또 다른 반대가 나올까 싶어 선조는 재빨리 매듭을 짓고는 광해에게 눈길을 돌렸다.

"세자, 네가 조정을 맡아 한 치의 어긋남 없이 국사를 처리하라. 온몸과 마음을 다해 국난을 극복하도록 하여라."

광해가 어쩔 줄 몰라 미처 대답도 하기 전에 선조는 벌떡 일어나 소리쳤다.

"대사헌은 여태 요동으로 떠나지 않고 뭘 하고 있는가!"

밖으로 나온 류성룡은 힘없이 걷다가 털썩 주저앉았다. 다른 대신들은 그저 멍하니 하늘을 올려다보며 한숨만 내쉬었다. 그날, 4월 13일 이후 단 하루도 한숨을 내쉬지 않은 날이 없었다. 누군가 분에 겨워 자조적으로 중얼거렸다.

"조정이 쪼개졌네……. 나라가 둘로 쪼개졌네. 주상께서 자기 한 몸 살자고…… 나라를 나누고 백성을 쪼개버렸네. 이런 나라가…… 이런 왕이 어디 있단 말인가."

류성룡은 천천히 몸을 일으켰다.

"나는 가지 않을 것이네. 나는 왜적의 칼에 죽더라도 이 땅에서 죽을 것이네. 그리 소원이라 하시니 보내드리고…… 우리는 이 조선 땅에서 뼈를 묻으세."

그 말끝에 모두 한마디씩 비통하게 울분을 쏟아냈다.

"어찌 이럴 수 있단 말입니까. 주상께서 정녕 요동으로 가신다면…… 나는 평양성에 있는 적진으로 달려가 죽을 것입니다."

"틀린 말이 아닙니다만, 주상 전하가 너무 불쌍합니다그려……. 어쩌다 이리됐을꼬. 그리 영민하던 주상이 어쩌다……."

모두 답변 없는 넋두리를 늘어놓을 때 사령이 다가와 윤두수 앞에 섰다.

"세자가 부르십니다."

윤두수는 큰기침을 한 번 하고 류성룡과 정철에게 눈짓했다. 세 사람은 광해의 처소로 들어가 마주 앉았다. 광해는 숨을 한 번 가다듬고 입을 뗐다.

"참담하실 그 마음들…… 내가 압니다."

"……."

"나 또한 처음 전하의 말씀을 듣고 참담하기 그지없었습니다. 허나…… 자식 된 도리로서 어버이의 곤경을 보면 당연히 몸을 던져서라도 구해야 하는 것이 천리 아닙니까. 못난 이 사람이…… 나라의 곤경과 어버이의 곤경을 맞아 참으로 감당하기 힘든 소임을 맡게 되었습니다. 부디, 경들이 전력을 다해 도와주세요."

정철이 안쓰럽게 광해를 보았다.

"저하의 충심과 효심이 그러하시니, 신들이 어찌 따르지 않겠습니까!"

윤두수는 이제 광해를 도와 국난을 극복해야 한다고 생각했다.

"남은 목숨 저하와 함께할 것이니, 부디 자중자애하셔야 하옵니다."

류성룡도 이미 마음을 굳혔다.

"그렇습니다. 언제고 이 국난은 극복될 것입니다. 그다음에는 나라의 산하를 다시 중흥해야 할 것입니다. 저하의 소임은 국난을 극복하는 데에만 머물지 않고 재조산하再造山河의 소임까지 닿아 있음을 새기셔야 합니다."

광해는 씁쓸히 웃었다.

"재조산하의 소임까지는 바라지 않습니다. 그건 전하의 몫이 되길 바랄 뿐입니다."

휘황찬란한 자금성 황실 정전에서 만력제萬曆帝는 거대한 용상에 앉아 문무백관들을 거만하게 일별했다. 국사라는 핑계로 황제를 불러낸 대신들이 지극히 못마땅했다. 저만치 대열의 끝에서 누군가 비꼬듯 주청했다.

"황상 폐하, 지금이라도 조선으로 파병하라는 명을 거두셔야 합니다."

그 말을 들은 석성石星이 눈을 부라렸다.

"지금쯤 조승훈이 이끄는 군사가 압록강을 건너고 있을 텐데, 그 무슨 말이오!"

"조승훈의 군사는 그렇다 쳐도 추가 파병은 불가하오. 아직 발배의 난도 진압되지 않은 상황이잖소."

"그러니 왜적을 미리 막아야지요. 아직 발배의 난이 진압되지 않아 어지러운 상황에서 왜적이 쳐들어오면 그야말로 이 나라는 큰 혼란에 휩싸이게 되오."

"엉터리 주장은 집어치우시오. 과거 성조成祖(영락제의 묘호) 때 안남의 반명 세력을 제거하느라 파병한 우리 군사 중 9만이 희생당했소. 그러고도 반명 세력을 제거하는 데는 실패했소."

"왜국이 조선에 명을 치기 위해 길을 빌려달라고 한 것을 잊었소? 조선 다음에는 당연히 우리 명이오. 조선을 점령하면 왜적은 바다 건너 곧바로 산둥성으로 올 수도 있고, 압록강을 건너 곧바로 베이징으로 쳐들어올 수도 있다는 걸 모르시오? 왜적이 우리 땅을 밟기 전에 막아야 하는 것은 당연한 일이오!"

귀를 후비며 듣고 있던 만력제는 요즘 들어 자신의 몸이 더 뚱뚱해져간다고 생각했다. 이러다간 제명에 살지 못할 것 같다는 걱정이 들었다. 그런데도 대신들은 조선이라는 하찮은 나라에서 벌어진 전쟁을 놓고 이러쿵저러쿵 말들이 많았다.

"그만들 하시오. 이런 일로 다투니 짜증이 나오. 이런 논의는 그대들끼리 미리 충분히 상의한 뒤에 날 불렀어야지. 지금 짐 앞에서 뭣들 하는 것이오?"

"송구하옵니다, 황상 폐하."

"그래서 내가 어전회의를 기피하려는 것이오. 한데, 병부상서는 왜적이 꽤 두려운가 보구려. 설마 우리 대명이 금수와도 같은 그깟 조그만 섬나라에 당하기라도 할까 봐 그러오?"

석성은 설마 그럴 리가 있겠느냐는 표정을 지었다.

"천부당만부당한 말씀이옵니다. 허나 왜적이 조선만 점령한다 하더라도 문제는 심각합니다. 그동안 왜 해적들 때문에 골치가 아팠사온데, 왜적이 조선의 해상권까지 장악하면 우리 명의 대외무역에도 악영향을 미칠 것입니다. 허니, 추가로 대군을 보내 그 불씨를 제거하시옵소서. 전쟁은 곧 군비의 소실입니다. 본토에서 적과 싸우는 것보다 조선 땅을 빌려 싸우는 것이 우리의 영토와 재산을 훼손하지 않으며 군비 또한 절약하는 방안입니다. 하옵고 조선과 맺은 군신의 의리를 저버려서는 아니 되옵니다."

"하긴…… 조선이 우리 황실에 충성을 참 잘했지. 좋아. 이여송 李如松한테 발배의 난을 진압하는 즉시 그 군사를 이끌고 조선으로 가라 하시오!"

"황은이 망극하옵니다."

대군이 곧 밀어닥칠 것을 까마득히 모르는 가등청정은 이쯤 해서 조선의 여자 맛을 보아야 한다고 생각했다. 장수는 전쟁터에서는 피를 흘리며 호랑이처럼 싸워야 하지만 군막으로 돌아오면 어여쁜 여자를 품어야 했다. 그런데 몇 달 동안 여자를 품에 안지 못했다. 함경도까지 진격한 마당에 더 이상 서두를 것이 없었다.

"반반한 조선 여자를 붙잡아 오너라."

명을 받은 부장이 병졸 몇 명을 거느리고 민가를 뒤졌으나 여자는 한 명도 없었다. 허리가 꼬부라진 할머니들과 열 살도 되지 않은 계집아이들뿐이었다. 용케 한 명을 발견해 끌어내 오자 동네의 늙은이들이 꼴에 남자라고 항거를 했다.

"저놈들도 모조리 끌고 가라."

왜병들은 밤늦게까지 쉬지 못하고 토색질을 하러 다닌 것에 분풀이라도 하듯 늙은이들을 마구 두들겨 팬 다음 밧줄로 꽁꽁 묶어 진영으로 끌고 갔다.

"이놈들, 당장 놓거라!"

조금이라도 저항하면 뭇매가 쏟아졌다. 여자는 벌벌 떨면서 행여 몽둥이찜질을 당할까 싶어 끽소리도 하지 못하고 처연하게 끌려왔다.

"흠. 그만하면 됐다."

가등청정은 조선 여자가 일본 여자들보다 훨씬 미인이라 생각했다. 그러나 고분고분하지 않은 게 흠이었다. 탁자에 술 서너 병과 돼지고기 몇 접시를 놓고는 여자를 부드럽게 달랬다.

"떨기는……. 이 가토가 생긴 건 이래도 무척 부드러운 남자다. 잡아먹지 않을 테니 어서 한 잔 채워라!"

옆에 앉은 과도직무鍋島直茂(나베시마 나오시게)와 상량뢰방相良賴房(사가라 요시후사)이 히죽거리며 웃었다.

"아무래도 가토 장군님이 무서운가 봅니다."

"허허, 나는 여자에게 절대로 무섭지 않은 사람이래도."

여자는 고개를 강하게 저었다.

"제발 살려주세요. 전 지아비가 있는 몸입니다."

"너만 지아비가 있느냐? 나도 마누라가 있다. 괜찮아!"

부장들이 와하하 웃음을 터트리자 가등청정은 여자를 와락 끌어당겼다. 화들짝 놀란 여자는 가등청정의 몸을 매몰차게 밀어내다가 느닷없이 손목을 물어뜯었다. 피가 뚝뚝 떨어지자 가등청정은 묘한 기분이 들었다. 조선 땅에서 피를 흘리기는 처음이었다. 그런데 그 상대가 병사가 아니라 여자라니, 일변 신선하기도 하면서 괘씸하기 짝이 없었다.

"이년이!"

"으악!"

벌떡 일어나 뺨을 후려치자 여자는 비명을 내지르며 땅바닥으로 나동그라졌다.

"이년의 남편을 찾아서 죽여버리고, 이년은 병사들의 노리개로 만들어라!"

부장이 여자를 끌고 나가자 과도직무가 '하핫' 웃으며 대신 술을 따라주었다. 사내들끼리 맛없는 술을 권커니 잡거니 할 때 보고가 올라왔다.

"고니시 장군이 평양성을 함락했습니다."

"벌써? 조선 왕은?"

"도망가고 없었답니다."

가토는 붉어진 얼굴로 술 한 잔을 홀짝 마시고는 이죽거렸다.

"흠. 고니시 녀석이 닭 쫓던 개 신세가 되었구먼. 사냥은 그렇게 하는 게 아니지. 나처럼 길목을 틀어막고 있어야지. 두고 봐. 조선 왕은 틀림없이 이곳 함경도로 도망 올 테니까!"

자신이 닭 쫓던 개가 되었음을 소서행장은 잘 알고 있었다. 부산, 충주, 한성, 개성, 평양을 먼저 점령했건만 오매불망 원하는 조선 왕은 늘 그보다 한 발 더 빨랐다.

"쥐새끼 같은 놈!"

그러나 그보다 더 쥐새끼 같은 놈이 앞에 앉아 있었다. 감시역 마우는 늘 소서행장이 못마땅한 듯했다.

"왜 진격하지 않고 또다시 주저하는 것이오?"

'네깟 놈이 전쟁을 알기나 알아?'

소서행장은 분노가 치솟았으나 꾹 참고 느긋하게 대답했다.

"여기까지 오는 동안 생각보다 사상자가 많았소. 군을 재정비할 시간이 필요하오."

"조선 왕이 바로 코앞에 있소. 이럴 때 더 박차를 가해야 하는 것 아니오? '금적금왕擒賊擒王', 조선의 왕만 잡으면 끝날 일 아닌가 말이오."

소서행장은 피식 웃음이 나왔다. 평생 칼 한번 잡아보지 못하고 할 줄 아는 것이라고는 남의 뒷조사나 해서 수첩에 적는 것이 전부인 녀석이 말은 청산유수처럼 쏟아냈기 때문이었다.

"모르는 말씀. 그것은 어디까지나 우리의 생각이오. 나 역시 조선의 왕만 잡으면 끝날 일이라 여겨 부산에서 이곳까지 두 달 만에 달려왔소. 한데, 조선 왕은 한성을 버리고 지금까지 계속 도망을 가고 있소."

"그러니 서둘러 잡아야 한다는 것 아니오!"

"서두르기만 해서는 이 전쟁이 끝나지 않을 수도 있소."

"그게 대체 무슨 소리요?"

"조선 왕을 잡을 생각으로만 달려왔기에 전라도와 충청도를 점령하지 못했소. 이순신에게 막혀 보급로가 끊기는 바람에 에케이 부대를 보내 전라도 곡창지대를 털어 군량미를 확보하려 했더니 듣도 보도 못한 곽재우라는 의병에게 전멸당하고 말았소. 이 사태가 모두 진격만 하느라 후방을 가벼이 여긴 탓이오! 그런데도 이대로 계속 진격하면 후방은 완전히 끊겨 고립되고 말 것이오. 지금은 전열을 가다듬고 때를 보아야 하오."

논리가 정연했으나 마우는 막무가내였다.

"그것은 평계에 불과하오. 속전속결로 조선 왕을 잡으면 전쟁은 끝난다는 것을 모르시오? 계속 진격을 미루면 이 상황을 태합 전하게 고할 수밖에 없소!"

급기야 소서행장이 탁자를 꽝 내리쳤다.

"뭐야! 내 군사들은 고립되어 죽어도 상관없다는 것인가! 상황도 모르면서 태합 전하께 고자질만 하는 네가 뭘 알아!"

풍신수길은 눈앞의 사실이 도저히 믿기지 않았다.

"이 보고서는 분명 잘못되었어. 대체 이따위 보고가 어디 있느냐!"

손이 부들부들 떨렸다. 옥포해전에서 패배한 것은 돌이킬 수 없는 치명타였다. 그것뿐만 아니라 바다에서 벌인 싸움은 족족 전멸이었다. 공들여 만든 안택선과 관선 수십 척을 바닷속으로 가라앉게 한 패전은 분노가 치밀게 했다.

"도도가 패하다니……. 분명 전쟁 전에 조선은 우리 수군에 겁을 먹고 수군을 폐지하자고 논했다 하지 않았느냐!"

서찰을 집어던지자 전전리가가 차분히 응대했다.

"고정하십시오, 태합 전하."

"고정? 고정하라고? 조선은 신립이나 이일 같은 장수들로 오합지졸이나 다름없다고 하지 않았나?"

"그랬지요."

"한데, 도대체 이순신 이놈은 어디서 튀어나온 놈이야! 정탐 보고에도 없던 이름인데!"

"작년에 하급 관리였다가 파격 승진된 자라 제대로 파악하지 못했습니다."

"파격 승진? 도도가 당했을 정도면 분명 재주가 있다는 것인데……. 이순신 이놈을 누구를 시켜 없애버리지?"

"그동안 와키사카를 비롯한 유능한 수군 장수들이 육상군에 편입되어 싸웠지 않습니까. 그들을 속히 남쪽으로 내려보내시지요."

풍신수길은 잠시 생각을 모았다. 협판안치는 원래 수군이었다. 그가 육전에서 할 일은 없을 것이었다. 원래의 자리로 되돌려 보내면 분명 이순신을 잡을 것이었다.

"오호. 그렇지! 나의 칠본창 와키사카가 있었지! 육상군에 합류한 수군에게 지금 즉시 바다로 돌아가라 명하게. 쓰시마에 대기하고 있는 전선을 더 보내서 조선 수군을 모두 박살 내고 이순신의 수급을 반드시 내게 보내라 햇!"

"네!"

자신의 명령에 흡족해진 풍신수길은 패전 따위는 벌써 잊고 거드름을 피웠다.

"바닷길이 편해야 조선에 건너갈 때 내 어머니가 놀라시지 않지."

풍신수길이 조선 수군을 박살 낼 계책을 세울 때 선조는 도망갈 계책을 세우느라 분주했다. 박천의 임시 행재소 마당에서 선조는 의주로 떠나기 전에 대신들에게 명을 내렸다.

"세자는 분조를 이끌고 선대왕들의 신주도 모시도록 하라!"

광해가 머리를 조아렸다.

"네."

"그리고 군사를 보내 중전을 모셔 오도록 하라."

"네, 전하."

"부원군은 정주定州로 가 명나라 원군의 군량미를 준비하시오. 만반의 준비를 해야 할 것이오!"

류성룡은 마지못해 대답했다.

"네……."

선조는 그런 류성룡을 한참이나 노려보고는 다른 대신들에게 물었다.

"나머지 대신들은 과인과 세자를 나누어 따라야 할 것인데……. 자신의 의견을 말하시오."

최흥원崔興源이 가장 먼저 입을 열었다.

"신은 세자 저하를 따라가겠사옵니다."

선조는 헛기침하고는 고개를 끄덕였다. 나이 많은 대신이 세자 옆에 있는 것도 나쁘지 않다고 생각했다.

"그리하시오."

심충겸沈忠謙이 뒤를 이었다.

"신 또한 저하께서 종묘사직을 모시오니 분조를 따르도록 하겠사옵니다."

선조의 얼굴이 살짝 일그러졌다.

"알았소."

정철은 무덤덤하게 말했다.

"신 또한 저하를 모시겠나이다."

윤두수는 당연히 광해 편이었다.

"신 윤두수도 저하를 따라 왜적과 싸우겠나이다."

세자를 따르는 것은 물론이거니와 왜적과 싸우겠다는, 묻지도 않은 말까지 덧붙였다. 그 말을 자신을 향한 비난이라 여긴 선조는 붉으락푸르락했다.

이원익이 그런 임금의 눈치를 보다가 입을 열었다.

"신도 왜적과 싸우겠나이다."

김응남도 마찬가지였다.

"신도 같은 생각이옵니다."

선조는 금방이라도 얼굴이 터질 것 같았고 광해는 어쩔 줄 몰랐다. 대신들이 요동으로 건너가지 않고 조선 땅에 남아 목숨을 바치겠다는 충정은 이해가 가지만, 그 충정이 자신을 곤란에 몰아넣고

107

있었다. 용렬한 임금이 언제 돌변해 터무니없는 명을 내릴지 알 수
없었다. 그 변덕을 막아야 했다.

"어찌 이러십니까! 아직 어가가 이 땅을 떠나지 않았는데, 모두
어가를 모시지 않으면! 이 어찌 신하 된 도리라 할 수 있겠습니까?
그러니……."

선조가 벌컥 괴성을 내지르며 광해의 말을 끊었다.

"그만두라! 이 한 몸 살겠다고 나라를 떠나려는 왕은 왕이 아니
다? 그래요! 다들 세자를 따라가라. 다들!"

홍여순이 슬그머니 나섰다.

"전하, 신이 모시겠사옵니다."

"필요 없소! 그대도 세자를 따라가오!"

침묵을 지키던 이항복이 목소리를 높였다.

"전하, 신이 모시겠나이다."

선조는 그 말이 귓전으로도 들리지 않았다.

"됐다 하지 않소! 나는 아무도 필요 없소."

광해가 다급히 진언했다.

"저는 대신들이 적은 게 오히려 좋습니다. 의주까지는 모두 어
가를 호종토록 하고, 그곳에서 분조를 따를 자를 정하시지요."

선조가 대신들을 매섭게 쏘아보았지만 모두 그 눈을 피했다. 먼
산을 바라보고, 옷을 만지작거리고, 헛기침을 해대고, 괜스레 발로

땅을 쑤셔댔다. 류성룡은 군량미를 관리하는 일을 맡아 정주로 떠나는 것이 홀가분하기 그지없었다. 해가 중천에 뜨고서야 어가는 북쪽을 향해 출발했다. 이것이 마지막 파천이 되기를 모두 마음속으로 간절히 바랐지만 운명은 아무도 알 수 없었다. 광해는 말고삐를 쥐고는 류성룡에게 당부했다.

"이 척박한 상황에서 원군의 군량미를 책임진 부원군의 어깨가 무거우실 겁니다. 나라의 국운이 부원군께 달렸습니다. 꼭 해결해주십시오."

"식량이 없으면 제 살이라도 베어낼 테니 심려 마십시오."

뿌연 먼지를 일으키며 어가 행렬이 천천히 앞으로 나아가는 모습을 류성룡은 마루 위에 올라 망연히 지켜보았다. 그리고 행렬의 꼬리가 보이지 않자 힘없이 주저앉았다. 저만치에 있던 신명철이 침을 뱉고는 마당의 돌멩이를 발로 힘껏 찼다.

"죽기 살기로 도망칠 바에야 죽기 살기로 싸우겠다. 후손들이 뭐라고 할지……. 임금이라는 작자가 부끄럽지도 않나!"

8.
군량미가 없으면
전쟁에 패하거늘

"그만 투덜거리고 정주로 떠날 준비나 하게나."

이천리가 볼멘소리로 대꾸했다.

"뭐 준비가 필요합니까? 그저 이 칼 하나만 있으면 되지요."

그 말이 옳다 싶어 류성룡은 헛웃음이 나왔다. 조선 관리와 병
졸, 백성이 모두 그 마음으로 똘똘 뭉쳤다면 왜적은 부산에서 며칠
버티다가 물러났을 것이었다. 하지만 내 목숨이 우선이라며 사분오
열해 줄행랑을 치는 바람에 조선 강토 전체가 피를 흘리는 참상을
겪고 있었다. 이제 명군 참전으로 전쟁이 끝나기를 바라며 말에 올
라 정주를 향해 내달렸다. 산과 들, 냇가를 지나고 너른 벌판을 질
주할 때 문득 정추鄭樞의 시 〈정주 길에서定州途中〉가 떠올랐다.

定州關外草萋萋 沙磧無人日向西 過海腥風吹戰骨 白楡多處馬頻嘶

정주 관문 바같은 풀 무성한데, 모래벌판에 사람 없고 해는 지려는구나

바다를 거친 비린 바람 전사들 백골에 부는데, 흰 느릅나무 많은 여기

말 자주 우네

200년 전 고려 때 지은 시가 오늘을 예견하는 것 같아 씁쓸하기 그지없었다. 더 씁쓸하고 의아한 것은 정주 관아에 닿을 때까지 사람 한 명, 개 한 마리 볼 수 없다는 점이었다.

"이곳은 아직 피해가 없을 텐데, 사람들이 어찌 이리 보이지 않는단 말이냐."

이천리가 고개를 갸우뚱했다.

"그러게요. 영락없는 귀신 마을이네."

신명철이 말에 박차를 가해 고을 입구로 향했다.

"우선 관아로 가시지요."

빛바랜 동헌東軒 목판이 걸려 있는 관아 마당으로 들어서자 병사 서너 명이 벙거지를 벗어 던지고 후다닥 튀어나왔다. 허둥대는 꼴이 영락없이 도망치는 모습이었다. 세 사람이 어리둥절해서 서 있을 때 난민들 수십 명이 몽둥이와 낫, 괭이를 들고 병사들을 뒤쫓아 나왔다. 관군들이 꽁지가 빠져라 고샅길로 사라지자 난민들은 다시 안으로 들어가 쌀가마니를 들고 우르르 몰려나왔다. 류성룡이 대뜸 호통쳤다.

"이놈들! 무슨 짓들이냐!"

난민 하나가 눈을 부라렸다.

"네놈도 관원이냐?"

난민이 몽둥이를 번쩍 치켜들어 내리쳤다. 류성룡이 그 몽둥이에 어깨를 맞고 픽 쓰러지자 그제야 상황을 파악한 신명철과 이천리가 난민의 뒤통수를 힘껏 가격했다.

"이 시끼, 죽을라꼬 환장했구먼!"

쌀가마니를 내려놓고 난민들이 달려들자 두 사람은 동시에 칼을 빼 들었다. 관아 앞마당은 이제 칼을 든 두 사람과 괭이를 든 난민들의 대결 장소가 되었다. 그 모습이 너무 한심해 류성룡은 아무런 말도 나오지 않았다. 옷을 털고 일어서자 신명철이 위엄을 갖추고는 으름장을 놓았다.

"이놈들! 물러서지 않으면 모두 벨 것이다!"

난민들은 이 사람들이 쫓겨난 병사들과 다르다는 것을 금방 눈치챘다. 서로 흘긋거리다가 갑자기 일제히 줄행랑을 놓았다. 이천리는 혀를 쯧쯧 차며 칼을 거두었다.

"대감, 괜찮으십니까?"

"나는 괜찮다. 대체 무슨 일인지 서둘러 알아보거라."

이천리는 난민들을 뒤쫓았고 신명철은 류성룡을 따라 관아 안으로 들어갔다. 왜적이 침범하지 않았음에도 관리는 한 명도 없었고, 동헌과 현감의 사저는 엉망진창이었다. 무기고는 파괴되어 망가진 창과 화살들이 여기저기 뒹굴고 있었다. 바로 조선의 모습이었다. 이천리가 난민들을 뒤쫓아 곡식 창고로 가자 그곳은 벌써 아수라장이었다. 노인, 농부, 대장장이, 머슴, 어린아이, 아낙네 할 것 없이 악귀가 되어 쌀을 약탈해 가느라 정신이 없었다. 심정은 충분히 이해가 가지만 과연 이래도 되는지 공감은 가지 않았다. 터덜터덜 뒤돌아 오자 양반네 기와집 처마 아래에 관군 십여 명이 허탈하게 앉아 있는 게 보였다. 그나마 칼과 창을 쥐었지만 한눈에 봐도 패잔병의 몰골이었다.

"정주 관아의 관군들이오?"

눈에 잔뜩 경계심을 담고 아전이 힘없이 대답했다.

"그렇소만. 뉘시오?"

"난 부원군 류성룡 대감을 모시는 군관 이천리요. 지금 관아에 와 계시는데 곡식을 약탈하는 백성들을 목격하셨소. 대체 무슨 일이오?"

"아이고! 말도 마시오. 왜놈들한테 평양도 떨어지고, 상감께서 피난을 가셨다는 소식이 퍼지고는 백성들이 전부 폭도로 변했소."

"폭도? 배가 고파 그랬다 해도…… 그걸 그냥 놔두었단 말이오?"

"그럼 어찌하오? 저들은 숫자가 많고 우리는 겨우 30여 명도 안되는데."

"쯧쯧, 임금이 내린 임명장이 아깝기 짝이 없구먼."

벌겋게 달아올라 어쩔 줄 모르는 아전을 남겨두고 이천리는 발길을 돌렸다. 다음 날부터 두 사람은 며칠 동안 정주 일대를 샅샅이 살피고는 보고했다.

"이곳 정주만 그런 게 아니라 가산嘉山에 있던 군량미 1000석이 순식간에 털렸고, 순안順安, 숙천, 안주安州, 영변寧邊, 박천의 군량미도 모두 털렸다 합니다."

"저 멀리 구성龜城, 철산鐵山, 선천宣川, 운산雲山, 맹산孟山은 가까스로 노략질을 면했는데, 관의 명이 안 서서 관리들이 골치를 앓고 있다 합니다."

"약탈당한 군량미만 해도 2000석은 족히 넘는다는데, 명군의 군량을 어찌 마련한단 말입니까?"

"대체 어쩌다가 이 지경이 됐단 말이냐! 무슨 수를 써서라도 군량미를 다시 찾아와야 한다. 그 쌀은 이 나라를 구원해줄 쌀이다."

"하지만 군사들도 죄다 도망치고 없는데, 난민들을 어찌 잡아들여 쌀을 회수한단 말입니까?"

쉽지 않은 일이지만 방법이 없지는 않을 것이었다. 류성룡은 생각하다가 번쩍 고개를 들었다.

"남아 있는 군관들과 아전을 당장 불러들여라."

추레한 병사들 열댓 명을 이끌고 쭈뼛쭈뼛 들어서는 아전은 혹여 불호령이라도 떨어질까 슬슬 눈치만 보았다. 류성룡은 그 비루한 모습에 화가 치밀었으나 꾹 참고는 부드럽게 물었다.

"난민이 수백이라 하더라도 분명 그 우두머리가 있을 것이거늘. 같은 고을 사람이니 너희도 알 것 아니냐?"

아전은 다행이다 싶어 송구하다는 듯 머리를 조아렸다.

"맞습니다요. 소, 돼지를 잡던 백정 바우라는 놈입니다. 그 밑에 칠성이라는 놈과 영출이라는 놈이 있고요."

"세 명이라……. 인근에 아직 온전한 식량 창고가 있느냐?"

"남아 있을 리가 있겠습니까?"

"허면 볏섬에 흙을 채워 쌀인 것처럼 위장해서 난민들을 유인해 우두머리를 잡아 오너라."

아전은 빈 가마니를 스물다섯 개 정도 구해 와서는 뒷마당에 쌓아놓고 병사들에게 흙과 지푸라기를 담으라 일렀다.

"살다 보니 별일을 다 하네그려."

"이게 다 못난 임금 탓이지."

"쉿, 이 사람아! 말을 함부로 하지 말게. 어디 임금 탓만 할 수 있나. 애초에 왜적이 쳐들어오지 않았으면 이런 일도 안 생겼겠지."

병사들은 투덜거리며 가마니를 채운 뒤 수레에 실었다.

"이제 슬슬 가볼까. 이리 실으니 영락없는 곡식일세."

앞에 두 명이 호위하고, 대여섯 명은 수레 세 대를 밀거나 끌고, 뒤에 서너 명은 호위하며 따라왔다. 쌀이란 쌀은 죄다 털렸음에도 여봐란듯이 저잣거리를 지나는 모습이 난민들의 눈에 의심스러워 보였지만 당장 눈앞에 쌀이 있다는 사실에 욕심이 아니 생길 수 없었다. 땀을 흘리며 볏섬을 창고에 차곡차곡 쌓을 때 여기저기 숨어서 엿보는 눈이 한두 개가 아니었다. 이슥한 밤이 되자 난민들 수십 명이 손에 몽둥이와 괭이를 들고 슬금슬금 창고로 모여들었다. 관군이라 해봤자 어설픈 열댓 명에 불과하지만 그래도 나라의 식량을 터는 것이 가슴에 찔려 얼굴들이 밝지 못했다. 사람들 끝에 허름한 옷을 입은 이천리와 신명철이 슬그머니 끼어들었다. 변복을 한 관군 서너 명도 몽둥이를 들고 며칠 굶주린 사람의 표정을 한 채 난민 대열에 합류했다.

"네 이놈들, 너희는 누구냐?"

횃불을 세워놓고 창고 앞에 허수아비처럼 서 있는 병사 두 명이 소리를 질렀다.

"내사 뉘권지 알 것은 읎고, 살고 싶으면 후딱 도망쳐라 이눔아."

몰려든 난민들에 기겁한 병사들은 '걸음아, 나 살려라' 도망을 쳤다.

"끌끌. 처량하기는 너나 나나 매일반이다. 자, 모조리 실어라."

바우가 명령하자 난민들은 안으로 우르르 몰려갔다. 바우 뒤에 선 영출과 칠성은 그 모습을 흐뭇하게 지켜보았다. 뒤에서 누군가 슬그머니 다가와 세 사람의 얼굴에 벼락같이 검은색 두건을 씌웠다. 컥 소리는 쌀을 훔치는 와자지껄함에 묻혀 들리지 않았고 세 사람은 다른 난민들 모르게 어둠 속으로 질질 끌려갔다.

류성룡은 동헌에 앉아 세 사람을 차례차례 살폈다. 불과 몇 달 전만 해도 순박한 백성이었음이 분명했다. 그러나 지금은 사정을 봐줄 상황이 아니었다.

"네 이놈들! 나라가 화급한 지경에 처해 있으면 팔을 걷어붙이고 왜적과 싸우지는 못할망정 오히려 군량미를 약탈하다니! 그 죄는 우리 군사를 죽이는 것과 똑같은 대죄임을 몰랐더냐!"

바우가 애걸했다.

"대감, 제발 살려주십시오."

"죄를 지었으면 응당 그 처벌을 받아야 마땅한 일! 장杖 백 대씩으로 처벌하겠다!"

"장 백 대면 죽습니다요. 제발 살려주십시오!"

류성룡은 세 사람을 노려보다가 목소리를 낮추었다.

"한 가지 방법이 있긴 한데……."

"무엇입니까? 무엇이든 시키는 대로 하겠습니다."

"쌀을 훔쳐간 백성들에게 그 쌀을 전부 관아로 가져오라 설득하라. 그러면 죄를 묻지 않겠다. 하지만 그렇지 않으면 너와 네 가족은 물론 나머지 전부도 참형에 처하겠다. 또 지금 인력이 부족해 귀성貴城 고을에 있는 군량미 2000석을 이곳으로 옮기지 못하고 있다. 이곳으로 운반해 올 수 있겠느냐?"

"하겠습니다, 하겠습니다. 대감!"

다음 날부터 정주 관아로 쌀이 되돌아오기 시작했다. 그리고 군량미 2000석도 옮겨놓았다. 류성룡은 이제 명의 대군이 오기만 하면 전세를 역전할 수 있으리라 생각했다. 한 가지 우려스러운 사실은 과연 명의 병사들이 자기 일인 것처럼 팔을 걷어붙이고 나설지, 아니면 생색내며 식량만 축낼 것인지였다.

선조는 북으로 하염없이 올라가고, 광해를 따르는 대신들은 영변에 분조를 차렸다. 분조에 남은 사람은 최흥원, 이기李薈, 윤자신尹自新, 심충겸, 이경온李景溫, 이경검李景儉, 이헌국李憲國, 유희림柳希霖, 이유중李有中, 임발영任發英, 이수곤李壽崑, 강인姜絪, 이영李鑅, 유홍兪泓, 한준韓準, 이예윤李禮胤, 이성윤李誠胤, 이언李彦, 조공근趙公瑾, 정창연鄭昌衍, 유희분柳希奮, 황신黃愼, 김권金權, 이순인李純仁, 유정립柳挺立, 이원李黿, 이효충李孝忠, 허잠許潛, 유조인柳祖認, 윤건尹健, 김신원金信元, 최산립崔山立, 유희담柳希聃, 유대건兪大建, 민사권閔思權, 박종남朴宗男, 유몽인柳夢寅, 박진朴

晉, 조응록趙應祿, 조국필趙國弼, 한수겸韓守謙, 정희립鄭希立, 신숙申熟, 이공기李公沂, 양자검梁子儉, 최윤영崔潤榮, 정대길鄭大吉, 박몽주朴夢周, 박봉림朴奉琳, 이응화李應華, 윤명은尹鳴殷, 이언경李彦慶, 김한걸金漢傑, 정예남鄭禮男 등 대신, 호위군, 환관, 액정관掖庭官, 의원, 서리를 합쳐 80여 명에 이르렀다.

대령강大寧江 물줄기를 바라보며 시름과 각오에 잠겨 있는 광해에게 정탁鄭琢이 다가왔다.

"류성룡 대감이 군량을 확보했다 합니다."

"그래요? 역시 부원군 대감입니다. 이제 한시름 놓았네요."

"그런데…… 문제가 있습니다."

"문제? 무엇이오?"

"관아의 식량을 탈취한 난민들에게서 쌀을 거두고 군량미를 옮기게 했는데……. 난민들의 죄가 결코 가볍다 할 수 없습니다. 모두 용서했다 하온데, 그리 쉽게 용서하면 백성들이 군량미를 약탈하는 죄의 심각성을 모를까 걱정입니다. 주동자 몇몇은 참하고 효수하는 것이 바람직합니다."

광해는 머뭇거렸다. 죄를 지었다 해도 백성들을 참하라는 명을 자신이 내리고 싶지는 않았다. 분조를 차린 후 첫 명령이 사형이라면 어떤 백성이 따를 것인지 마음이 무거웠다.

"따지고 보면 그들을 그리 만든 건 왕실과 조정의 책임 아닙니

119

까. 죄를 물으려면 우리한테 먼저 물어야지요. 왜적의 칼에 죽고, 굶주림에 죽는 백성들이 우리의 손에서도 죽어야 되겠습니까? 우리는 그들을 죽일 자격이 없습니다. 부원군에게 그들을 잘 다독이라고 전하세요."

광해의 너그러이 용서해야 한다는 말에 정탁은 걱정이 되었다.

"난민은 반민이나 다름없습니다. 주상 전하께 고하지 않아도 되겠습니까?"

광해는 잠시 주춤하다가 단호하게 일렀다.

"지금은 이곳이 조정입니다. 고하지 않아도 됩니다. 내 뜻대로 하세요."

그 시각 선조의 파천 행렬은 처량하게 이어졌다. 광해를 영변에 남겨두고 정주, 선천, 용천龍川을 지나 음력 6월 22일, 압록강변의 의주義州에 도착했다. 의주목사의 아사衙舍에 행재소를 차렸다. 개성, 평양에 이어 세 번째 행재소였다. 왜적의 그림자도 볼 수 없었지만 의주는 이미 황폐했다. 평양이 포위당하였다는 소식을 들은 백성들은 전전긍긍하다가 도망갈 짐을 미리 싸놓았다. 여차하면 강을 건너 요동으로 넘어갈 심산이었다.

그런데 그 반대가 되고 말았다. 변방의 방비가 허술한 틈을 타 오랑캐들이 몰려 내려와 약탈을 벌였다. 이러지도 저러지도 못하는 백성들은 모두 산골짜기로 피해 들어가 성안은 텅 비었다. 목사 황진과 판관判官 권탁權晫이 여종 두어 명을 거느리고 임금의 수라상을 겨우 장만하였으니 그 초라함은 일러 말할 것이 없었다. 어가를 따라온 관원 100여 명은 성안에 있는 빈집에 나누어 거처했다. 임금이 있는 대조大朝였으나 적막하기가 빈 성과 같았다. 그 처연함 속에서 윤두수가 그나마 기쁜 소식을 아뢰었다.

"류성룡이 군량미 2000석을 확보했사옵니다."

"난민들이 군량미를 약탈했다 들었는데, 어찌 2000석을 확보했단 말이오?"

"그들을 진압하고 회유해 군량미를 회수했다 하옵니다."

"그 난민들은 모두 참했는가?"

"죄를 용서하고 그 대신 귀성에 있는 군량미를 정주와 가산으로 옮기는 데 동원했다 합니다."

"뭐라? 난민들을 참하지 않았다? 그 군량미는 나라를 구원해줄 명나라 병사들의 식량이었소! 그 식량을 약탈한 난민들은 폭도이자 역적이고! 한데, 누구 마음대로 살려준단 말이오!"

윤두수는 임금의 용렬함이 갈수록 심해진다고 생각했다. 그러나 내색하지 않고 차분히 말했다.

"난민들이 군량미를 약탈한 죄는 참형에 처할 대죄임이 분명하오나 그들에게 죄를 씻을 기회를 주면서 활용하는 것도 나쁘지 않은 방안이옵니다."

"허면, 난민 모두는 아니더라도 그 우두머리들은 본보기로 당장 참하시오!"

그러나 윤두수의 태도는 어명을 들을 생각이 전혀 없어 보였다.

"세자 저하가 이미 난민들의 죄를 묻지 말라는 영서슈書를 내렸습니다."

"뭐라? 과인의 뜻도 묻지 않고 그런 명을 내렸다니, 참으로 당돌하군. 당장 그 명을 거두라 하고 내 명을 다시 전하시오!"

"전하, 이미 모든 국사를 저하께 맡기지 않았습니까. 한데, 이제 와서 어명을 내리시면 분조의 권위는 땅에 떨어지게 됩니다."

선조는 흠칫했다. 나라의 명을 내릴 수 있는 권한은 분조에 있었다. 그 사실을 깜빡 잊은 것이 무안해 자조 섞인 웃음을 지었다.

"하아. 그랬지. 내가 세자에게 모든 국사를 넘겼지. 이제 이 나라의 왕은 세자였지, 세자. 하하하. 나라를 망친 내가 무슨 왕의 자격이 있겠소. 세자가 잘할 것이오, 잘……."

천장을 바라보며 허허롭게 탄식하고 있는데 김응남이 다급히 들어왔다.

"요동부총병 조승훈이 원군 5000명을 이끌고 방금 의주에 들었사옵니다!"

첫 지원군인 조승훈은 병사 5000명을 이끌고 압록강을 건넜다.

이제 전쟁은 조선과 일본의 양자 대결이 아니라 조선과 명, 일본의 삼자 대결로 변모했다. 양자이건, 삼자이건 조승훈은 두어 달이면 전쟁을 끝내리라 자신했다. 그나마 피난을 가지 않고 모여든 백성들은 위풍당당한 명의 대군을 보고 환호성을 질렀다.

"조선 천세! 명나라 만세!"

말에 올라 유격장 사유史儒와 병사 5000명을 이끌고 저잣거리를 행군하는 조승훈은 여유롭게 웃으며 백성들에게 손을 들어 화답했다. 굶주림 때문에 나뭇가지처럼 마르고 하나같이 거지꼴이었지만 자신을 환영해주는 백성들이 아예 없는 것보다 나았다. 화려한 깃발과 무시무시한 칼, 날카로운 창을 본 백성들은 안도의 숨을 내쉬었다.

"꼭 70일 만이로구먼."

"이렇게 와줘서 고맙기는 헌디…… 겨우 5000명으로 왜적들을 물리칠 수 있을까?"

"없는 것보다 낫기는 혀도, 명나라가 왜적을 제대로 알지 못했네그려."

"그나저나 저 많은 병사를 먹이려면 우리 백성들만 죽어나겠구먼. 에구, 내 신세야."

선조는 소풍이라도 나온 아이처럼 관아 마당을 경중경중 거닐었다. 요란스러운 말들의 행군이 멈추고 철커덕 갑옷 부딪치는 소리를 내며 조승훈이 들어섰다.

"요동부총병 조승훈, 황상 폐하의 명을 받들어 조선을 구하고자 달려왔습니다."

"어서 오시오. 장군이 오기만을 학수고대하고 있었습니다. 황상께서 이 나라를 잊지 않으셨습니다. 이제 왜적들은 장군이 이끄는 신병들을 보면 남쪽으로 줄행랑을 치고 말 것입니다. 이 은혜를 어찌 다 갚는단 말이오."

"은혜라니요? 우리 명과 조선은 형제의 나라 아닙니까? 서로 어려울 때 돕는 것은 당연한 일입니다."

조승훈은 고개를 돌려 사유에게 짧게 일렀다.

"가져오게."

큰 나무 궤짝 여러 개가 선조 앞에 놓였다.

"무엇이오?"

군사들이 궤짝을 열자 은자가 가득 들어 있었다.

"황상께서 은자 이만 냥을 내리셨습니다. 힘을 내십시오."

선조는 눈시울이 뜨거워졌다. 그 모습을 안타까워하면서도 거들먹거리며 보던 조승훈이 호기롭게 말했다.

"저는 지금 바로 평양성으로 향하겠습니다."

"그 무슨 말이오? 먼 길 왔는데, 잠시 쉬었다 가야지요. 내 연회를 마련하겠소. 어서 군사들을 쉬게 하시오."

"지금 제가 목마른 건 술이 아니라 왜놈들의 수급입니다. 당장 평양성으로 달려가 성을 수복할 테니 연회는 평양성에서 열어주시지요."

선조와 대신들이 감격에 겨워하는 모습을 조승훈은 안쓰럽게 여기면서도 또 한편으로는 거만하게 살펴보다가 돌아서서 큰 소리로 외쳤다.

"모두 출정한다!"

수많은 깃발을 앞세운 조승훈 부대는 먼지를 일으키며 남쪽으로 내려갔다. 섬돌에 올라 그 위용 넘치는 모습을 지켜보던 선조는 조승훈 부대의 꼬리가 보이지 않자 흐뭇한 표정으로 대신들에게 일렀다. 그 몸짓에 허세가 가득 묻어났다.

"이곳까지 어가를 수행한 그대들의 노고에 보답하려 하오. 재상과 대신들에게는 은자 100냥씩을 하사하겠소. 당하관과 선전관, 내관, 금군에게는 각기 50냥, 그리고 서리와 하인들에게도 5냥씩 나누어 주겠소."

홍여순이 냉큼 대답했다.

"성은이 망극하옵니다."

그러나 다른 대신들은 그 '하사'가 전혀 반갑지 않은 듯 차가운 눈으로 홍여순을 노려보았다. 만약 류성룡이 이 자리에 있었다면 홍여순은 쥐구멍에라도 들어가고 싶을 정도로 심한 모멸을 당했을 것이다. 윤두수가 앞으로 나서서 강경하게 아뢰었다.

"전하, 성은은 너무도 황공하옵니다만, 은자를 받을 수 없습니다. 간직해두었다가 공을 세운 병사들에게 하사하시옵소서."

돈보다 풍류가 먼저인 정철도 은자에 그다지 관심이 없었다.

"모든 것이 부족한 이때 군사들에게 은자를 지급하면 사기 진작에 큰 도움이 될 것이옵니다."

민망해진 선조는 허허 웃었고 이항복은 다른 의견을 냈다.

"신들에게 주실 것이라면 분조에 은자를 주어 백성들의 민심을 수습하고 군사들을 독려하는 데 쓰이게 하시옵소서."

이원익이 그 의견에 힘을 실어주었다.

"그렇사옵니다. 선대왕들의 신주를 분조가 모시고 있으니 세자 저하께 힘을 실어주시옵소서."

세자라는 소리에 선조의 눈꼬리가 꿈틀했다. 선조가 원한 상황은 이런 것이 아니었다. 자신은 너그러움을 보여주고, 대신들은 감격해 더욱 충성하는 것이었는데 다른 길로 가고 말았다. 더구나 그 길이 광해에게 뻗어 있자 선조는 비위가 뒤틀렸다.

"아직 분조에 아무런 활동과 공이 없는데, 먼저 은자를 내리면 방만해질 수 있소. 분조에 은자를 내릴지 말지는 앞으로 어찌 공을 세우는지 그 여부를 살피고 나서 결정할 것이오."

정철은 어떻게 해서든 광해를 돕고 싶었다.

"세자 저하께 모든 국사를 위임하셨으니 정녕 재정이 필요한 곳은 이곳이 아니라 분조입니다. 은자를 나누어 보내시옵소서."

선조가 서서히 짜증을 내기 시작했다.

"과인이 아무리 국사를 세자에게 위임했다고는 하나, 내 요동으로 가기 전에는 나와 비빈들이 있는 이곳이 엄연한 조정이오! 류성룡 같은 자는 벌써 과인을 무시하고 군량미에 관련된 일을 분조에만 보고를 올렸어요! 한데, 이제 과인 곁에 있는 경들조차 나를 무시하고 분조만을 조정으로 여기고 따르려 하는 것이오? 참으로 서운합니다!"

윤두수가 급히 변명했다.

"전하, 그런 뜻이 아니옵니다. 어디까지나 국난을 극복하기 위해서는 분조에도 힘과 위엄을⋯⋯."

"됐어요! 은자를 받기 싫으면 받지 마시오!"

선조는 차가운 바람을 일으키며 안으로 들어가버렸다.

류성룡은 아무리 골똘히 생각해도 다른 방법이 없었다. 미곡 장부를 넘기며 계산하고 또 계산해도 명군의 군량을 마련할 묘수가 없었다. 류성룡은 붓을 내려놓고 멍하니 문밖을 응시했다.

"대감, 명나라 원군이 의주를 출발해 이쪽으로 오고 있습니다."

신명철의 보고에 류성룡은 그나마 안도했다.

"드디어 왔구나. 군사 수는?"

"5000명이라 합니다."

"5000명이라……. 군사 수가 많아서 다행이기는 한데, 큰일이구나. 우리가 확보한 군량이 아직 사흘 치밖에 안 되는데."

한걱정을 쏟아낼 때 이천리가 함박웃음을 지으며 들어왔다.

"충청도 아산창에서 보낸 세미稅米 1200석이 왔습니다."

"세미가? 하늘이 돕는구나, 하늘이!"

"충청도와 전라도가 적의 손에 떨어지지 않아 천만다행입니다."

"세미를 정주에 200석, 가산에 200석, 안주에 800석씩 운반하여라. 명군이 지나가는 곳마다 군량미가 떨어져서는 안 될 것이야!"

"네!"

대답하며 이천리가 히죽 웃었다.

"아이고. 난민들 고생 꽤 하겠구먼. 죗값 한번 단단히 치릅니다요."

다음 날 정주에 당도한 명군은 고을을 싹쓸이하다시피 했다. 5000명을 먹이기 위한 쌀은 준비되었지만 반찬도 있어야 했고 국도 있어야 했다. 마을을 온통 뒤져 전쟁이 끝난 후 갚는다는 군표를 나누어 주고서야 겨우 세 끼 식사를 마련할 수 있었다. 조승훈은 거들먹거리기는 해도 이렇게나마 식사를 마련해준 것에 고마움을 표했다.

"전쟁 통이라 군량미를 확보하는 일이 어려울 거라 여겼는데, 이리 준비를 잘해주어서 놀랐습니다."

류성룡은 조승훈이 '귀한 손님에게 대접이 왜 이리 빈약하오'라고 투정부리지 않는 것이 더 고마웠다.

"이 나라를 도우러 먼 길 왔는데, 소홀히 해서야 되겠습니까? 허나 아직 사나흘 치 군량밖에 안 되는지라 시급히 방도를 찾고 있습니다."

"걱정하지 마십시오. 우리에게는 군량미 10만 석이 있습니다."

"예? 어디에 말입니까?"

"평양성에 있습니다. 하핫!"

무예에서만은 자만심이 넘쳐나는 조승훈의 웃음을 들으며 류성룡은 이 사람이 너무 기고만장하지는 않은지 걱정되었다. 그러나 조승훈은 한 발짝 더 나갔다.

"어차피 곧 우리가 평양성을 수복할 텐데, 그 군량미는 당연히 우리 것 아닙니까? 하하하!"

류성룡은 제발 그러기를 바라면서 차분하게 응대했다.

"들으셨겠지만, 왜적의 조총은 무시할 수 없는 화력을 지니고 있습니다. 결코 가벼이 여겨서는 안 됩니다."

"하핫! 왜적의 조총은 사정거리가 백 보지만, 우리에게는 천 보 너머의 적을 박살 낼 수 있는 포가 있습니다. 조총은 우리 포 앞에서 조족지혈鳥足之血입니다. 하하핫!"

만력제는 자신의 귀를 의심했다. 만사가 귀찮아 나라의 기틀을 흔드는 일이 아니면 여간해서는 신하들을 만나지 않고 대부분의 일은 침소에서 문서만으로 해결하는 만력제에게 이번에 올라온 요구는 이해하기 어려운 것이었다.

"조선 왕이 요동으로 피신하고 싶다고?"

석성은 과연 이 사안을 보고해야 하는지, 자신의 선에서 해결해야 하는지 고민한 끝에 명색이 조선 왕의 요청이므로 일단 황제에게 보고는 해야 한다고 생각해 어렵사리 알현을 청했다. 만력제는 혀를 끌끌 차고는 마치 조선 왕이 눈앞에 있는 것처럼 나무랐다.

"거참. 조승훈과 군사들을 보냈고, 웬만해선 주지 않는 은자까지 넉넉히 챙겨줬는데, 어찌 그리 겁이 많단 말인가?"

"왜적의 대군에 비해 우리 군사는 5000명에 불과합니다. 그 때문에 불안해할 수도 있습니다."

"무슨 소리! 우리 군대는 포가 있고, 요동 군사들 또한 용맹하기 이를 데 없는 일당백의 군사들 아니오! 그리고 발배의 난을 진압하면 이여송을 보내기로 하지 않았소."

"그사이에 사로잡힐까 걱정되어서가 아니겠습니까?"

"하여간, 그리 나약하니…… 왜적에게 쫓겨 도망 다니기 바쁘지.

일국의 왕이란 자가 배포가 없어요, 배포가……."

"큰 환란을 당하면 심약해지기 마련입니다. 이해해주십시오."

"병부상서는 전생에 조선 사람이기라도 했나? 어찌 그리 조선 얘기만 나오면 편을 드오."

무안해진 석성이 화려한 천장으로 고개를 돌리자 만력제가 별안간 웃음을 터트렸다.

"아! 하하하! 예전에 경의 애첩이 기루妓樓에 팔렸을 때 조선 역관이 구해주었다지? 그러니 조선이 없었다면 경 또한 지금의 애첩을 만나지 못했을 테고!"

"황상 폐하……."

"알았소, 알았소. 조선 왕, 거 오라고 하시오! 그 대신 요동에 있는 관전보의 빈 관아에 머물라 해요. 음……. 또 인원은 100명으로 제한한다 하시오."

관전보는 압록강을 건너 동북으로 200여 리 떨어진 곳으로 벽촌 중의 벽촌이었다. 그곳에 명의 군대가 머물고 있었는데 만력제는 조선 왕을 두메산골에 처박아두려는 심산이었다. 석성은 그것은 한 나라의 왕에 대한 올바른 대접이 아니라 여겼다.

"관전보는 초라하고 남루한 곳인 데다, 여진족 때문에 위험한 곳이기도 합니다. 조선 왕이 모멸감을 느낄 것입니다. 차라리 오지 말라고 하시는 편이……."

"맞소. 오지 말라고 하는 소리요. 조선 왕이 최소한의 자존심이 있다면 오지 않겠지. 사람은 모멸감도 받아보고 또 견뎌내야 강해지는 것이오."

오랜만에 선조는 홀가분한 마음으로 중전 박씨(의인왕후)와 귀인 김씨를 불러 차를 마셨다. 김씨는 마냥 생글거렸다.

"하사해주신 은자, 참으로 황공하옵니다."

"황공하기는…… 과인이 비빈들 고생만 시키고 있는데, 미안할 따름이오."

"아니옵니다. 어려운 지경에 신첩까지 배려해주시니 몸 둘 바를 모르겠습니다. 요긴하게 쓰겠습니다."

찻잔을 내려놓으며 중전이 김씨를 차갑게 나무랐다.

"요긴하게 어디에 쓸 것인가? 피난민들에게 쌀을 구해 나누어 줄 것인가? 소금이나 약재를 구해 나누어 줄 것인가?"

김씨는 당황해 얼굴이 빨개졌지만, 중전은 멈추지 않았다.

"지금의 처지에 요긴하게 쓴다는 건 그런 것이 아니겠나?"

덩달아 당황한 선조가 궁금한 얼굴로 물었다.

"그러면 중전은 은자를 어찌했소?"

"세자에게 보냈습니다."

"뭐라? 세자에게? 내 그토록 말렸건만, 세자에게 보내다니!"

"얼마 되지 않지만 군비에 보태라 하였습니다. 제가 생각한 요긴한 쓰임새란 바로 그런 것이옵니다."

선조의 얼굴이 살짝 일그러졌다. 그걸 잘 알면서도 중전은 작심한 듯 말을 이어나갔다.

"어찌 그리 세자에게 무심하십니까? 세자는 전하가 그토록 어여삐 여기던 공빈恭嬪 김씨의 소생 아닙니까? 하옵고 어찌 되었든 이제 종묘사직을 모시고 있는 몸입니다. 힘을 기울여 도와주셔야 하지 않겠습니까."

급기야 선조가 언성을 높이기 시작했다.

"그만하시오! 과인은 지금 지켜보는 것이에요. 무심한 게 아니란 말입니다! 허고 과인의 정사에 너무 간여치 마시오!"

중전의 얼굴이 새빨갛게 달아오르자 문제의 발단이 자기에게 있다고 생각한 김씨가 사과하고 나섰다.

"송구하옵니다. 신첩 때문에……. 제 생각이 짧았습니다. 제가 받은 은자는 피난 온 백성들에게 나누어 주겠습니다."

김씨까지 그렇게 나서자 선조는 끙 소리를 내면서도 승낙할 수밖에 없었다.

"하……. 알겠소. 마음대로 하시오."

무거운 침묵이 침소에 감돌 때 마침맞게 이봉정이 들어와 아뢰었다.

"요동내부를 청하러 갔던 대사헌 이덕형이 돌아왔습니다."

"그러냐? 곧 대신들을 들라 일러라."

행재소 편전에 윤두수, 정철, 이항복, 이원익, 김응남, 홍여순, 이덕형이 모였다. 선조는 궁금증을 가득 안고 물었다.

"고생 많았소. 명 조정에서 뭐라 했소?"

"아뢰옵기 황공하오나……."

선조는 긴장했다.

"그대로 말하시오."

"전하께서 명나라로 내부하는 것은 좋으나 굳이 내부하고 싶거든…… 관전보의 빈 관아에 거처하라 했다 하옵니다."

선조는 당혹했고 대신들은 경악했다.

"뭐라…… 지금 관전보의 빈 관아라 했나?"

"…… 네, 전하."

이항복이 설마 그럴 리 있겠느냐는 투로 대꾸했다.

"관전보라면 오랑캐 여진족과 맞닿은 최전방 아닌가?"

이덕형이 차마 대답을 못 하자 선조는 고개를 내둘렀다.

"정녕 관전보에 머물라 했단 말인가! 명이 비록 구원병을 보내주기는 했어도, 우리에게 어찌 이럴 수 있나. 그간 사대의 예를 다해 명나라를 지성으로 섬겼는데…… 아무리 우리의 처지가 딱하게 됐기로서니 언제 오랑캐가 쳐들어올지 모르는 변방 관아에 머물라니……."

홍여순은 분을 삭이지 못했다.

"이는 우리 조선에 대한 능멸이옵니다."

윤두수는 능멸을 인정하고 싶지 않았다.

"차라리 잘되었습니다! 나라 밖으로 행행하지 마시옵고, 이곳에서 결사 항쟁하시옵소서."

그러나 선조는 말이 없었다. 행여 관전보에라도 가겠다고 할까 봐 정철이 나섰다.

"나라 밖으로 나가서 망객亡客의 설움을 당하느니, 이 땅에서 관민의 힘을 모아 싸우는 게 낫지 않겠사옵니까!"

이항복은 현실적인 대책만이 임금을 붙잡아둘 수 있는 방법이라 여겼다.

"전라도에서 권율이 군사를 재정비하고 의병과 힘을 모으고 있습니다. 또 이순신이 해상을 장악하고 있고, 경상도에서는 곽재우가 전라도로 향하는 왜적을 이미 물리쳤습니다. 무엇이 두렵사옵니까, 전하!"

선조는 듣는 둥 마는 둥 하다가 맥없이 대답했다.

"알겠소……."

대신들의 얼굴에 그나마 안도의 표정이 서리자 선조는 갑자기 무언가를 결심한 듯 눈을 반짝였다.

"과인은 요동으로 가지 않겠소! 이제 다시 과인이 선두에 서서 국난을 극복해내겠소!"

요동으로 피하지 않겠다는 말에 신하들은 한편으로 반가우면서도 한편으로는 갑작스레 변한 얼굴과 말투에 의심이 들었다. 그 예감이 적중했다.

"그러니…… 나누어진 조정을 다시 합치겠소."

임금의 변덕을 잘 아는 윤두수는 합조合朝를 예상하고 있었기에 가장 먼저 반대했다.

"조정을 다시 합치심은 현명한 판단이 아닙니다!"

즉각 반대하고 나서는 윤두수를 선조는 불쾌하게 응시했다.

"과인이 요동으로 가지 않기로 했으니, 조정을 합치는 것은 당연한 일 아닌가?"

"분조를 행한 지 겨우 열흘 남짓 지났는데, 다시 합치자고 하면 군사들과 백성들은 그야말로 큰 혼란을 겪게 됩니다. 그대로 두시고 양쪽에서 관민들을 격려하면 더욱 좋지 않겠사옵니까."

정철도 찬동했다.

"그 말이 옳습니다. 위험한 상황에서 전하와 세자가 함께 있는 것은 현명치 못하옵니다. 혹 어느 한쪽이 어려운 지경에 처하더라도 다른 한쪽이 국사를 이끌어나갈 수 있지 않사옵니까."

그러나 선조는 완강했다.

"왕명이 나뉘면 국사에 더 혼란이 일어날 수 있소. 그리고 분조는 과인이 요동으로 간다는 전제하에 행한 일이니 다시 거두는 것이 마땅하오!"

늘 선조 편이었던 이항복도 이번에는 반대였다.

"곧 평양을 수복하고, 이어 도성도 수복할 것인데, 전하께서 도성으로 돌아가시면 자연스럽게 합쳐지는 일 아니옵니까?"

선조는 문득 '대미부도大尾不掉'라는 말이 떠올랐다. 꼬리가 너무 크면 자신의 꼬리일망정 흔들 수 없다는 글귀가 지금 상황과 딱 맞아떨어졌다. 언젠가 신하들의 힘이 세져 임금도 어찌할 수 없는 상황이 올 것이라 예감했는데 오늘이 바로 그날임을 깨달았다. 떨떠름하게 승낙을 할 수밖에 없었다.

"알겠소……. 분조는 계속 존속하게 하시오. 허나, 중대한 국사는 과인이 결정할 것이니 그리 아시오."

9.
조선과 왜적의 대결이 아닌
선조와 광해의 대결

"해상 보급로도 막히고, 곡창지대인 전라도도 점령치 못하고, 대체 조선에 건너간 놈들은 뭐 하는 놈들이야!"

풍신수길은 황금 다실을 경망스레 왔다 갔다 하며 화를 냈다. 예상을 뛰어넘은 초반의 쾌속 진격은 마음에 들었지만 이후의 전황 보고서는 분통이 터지게 했다. 평양에서 멈춘 소서행장은 더 이상 앞으로 나가지 않았고, 몇몇 장수들이 강원도와 함경도를 횡행했으나 뚜렷한 승리라 할 수 없었다. 조선 왕을 사로잡아 항복 문서를 받아야 1차 전쟁을 끝낼 수 있음에도 감감무소식이었다. 전전리가가 그런 장수들의 편을 들었다.

"항상 복병은 존재하는 법입니다."

풍신수길은 누가 모르느냐는 듯 전전리가를 한 번 쏘아보았다.

"쓰시마에 있던 함선들은 와키사카에게 보냈나?"

"지금쯤 부산에 도착했을 겁니다. 와키사카는 남은 전선을 포함해 총 73척을 보유하게 됩니다."

"음, 그래 와키사카는 반드시 해낼 거야!"

전전리가는 왜 풍신수길이 협판안치를 과신하는지 궁금했다.

"어찌 그리 와키사카를 믿으십니까?"

"나는 알지. 와키사카는 다른 칠본창인 가토나 후쿠시마가 자기를 인정하지 않는다는 것을 알고 있어. 자네도 와키사카는 칠본창으로 인정치 않잖아?"

"가토나 후쿠시마에 비해 명성과 실력이 떨어지는 건 사실이지요."

"그러니까 죽어라 더 열심히 싸워 대승하려 할 것 아닌가! 와키사카는 반드시 이순신이라는 놈의 수급을 내게 바칠 거야. 두고 봐!"

"만약 와키사카가 그리하면 제가 칠본창으로 인정하지요! 가토나 후쿠시마에게도 함부로 대하지 말라고 하겠습니다."

풍신수길은 벌써 화를 누그러뜨리고는 슬며시 웃었다.

"좋아! 내기 한번 해보자고."

황금 다실의 상황을 아는 듯 부산포 모래사장 위에 세운 군막 안에서 협판안치는 작전을 세우느라 여념이 없었다. 군막 꼭대기에 는 '大日本國 水軍 總司令部(대일본국 수군 총사령부)'라는 글자가 적힌 깃발이 바닷바람에 휘날렸다. 군막에 모인 수군 장수들은 남 해안 지도를 보며 긴장을 늦추지 않았다. 협판안치가 첫 명령을 내 렸다.

"우리는 거제도 견내량見乃梁으로 건너가 전선을 정비한 후 남해 를 거쳐 서해로 나갈 것이다. 요시타카는 내일 당장 척후선과 전선 두 척을 거느리고 이 섬으로 가서 남아 있는 조선군을 모두 쓸어버 리고 우리 함대를 정박해두도록 해!"

구귀가륭九鬼嘉隆(구키 요시타카)이 힘차게 대답했다.

"넷, 조선 놈들을 모두 박멸하겠습니다."

협판안치는 그 말이 꼭 실현될 것이라 믿으며 나머지 장수들을 훑어보았다.

"태합 전하께서 직접 대규모 전선까지 보내주시며 반드시 조선 수군을 궤멸하고 이순신의 목을 가져오라 명하셨다. 절대 물러서 거나 도망치지 마라! 이번 전투에서 물러나면 조선군이 아니라 내 손에 죽을 것이다! 알겠나?"

둥그렇게 늘어선 굴내씨선堀內氏善(호리우치 우지요시), 삼약씨 종杉若氏宗(스기와카 우지무네), 상산중청桑山重晴(구와야마 시게하루),

가등가명, 득거통행_{得居通幸}(도쿠이 미치유키), 내도통총_{来島通総}(구루시마 미치후사) 등이 일제히 소리쳤다.

"넷, 장군!"

여수에 세운 전라좌수영 본진에서 이순신은 류성룡의 서찰을 꺼내 읽었다. 자신의 이름이 왜적 장수들의 입에 오르내리리라는 것은 예상하고 있었다. 옥포해전과 합포해전에서 패한 왜적이 총지휘관을 묵과하지 않을 것은 당연했다. 류성룡의 편지는 기쁨과 근심을 동시에 전해주면서도 새로운 각오를 다지게 했다.

이 어려운 상황에 충청도 아산창에서 세미 1200석을 보내왔네. 적에게서 바다를 지켜 전라도와 충청도를 온전히 보존해준 자네의 공이 크네. 한스러운 것은 주상께서 요동으로 떠날 생각을 하고 있다는 것이네. 허나, 어찌 이 나라가 임금 한 사람의 나라겠는가? 부디 상심치 말고 고향으로 돌아갈 백성들을 위해 싸우거나. 항상 자네의 무운을 빌고 있네.

짧은 글 속에서 '고향으로 돌아갈 백성'이라는 글귀가 가슴속에 깊이 새겨졌다. 편지를 한 번 더 또박또박 읽고는 멀리 정주에서 여수까지 한달음에 달려온 이천리를 치하했다.

"먼 길 오느라 수고했다. 가서 밥 한 그릇 먹고 있거라. 곧 답서를 써주마."

말을 타고 왔음에도 다리가 퉁퉁 부은 이천리가 입맛을 다시며 무슨 말인가를 하려 할 때 정운이 들어왔다.

"장군! 부산포에서 허내만이 급보를 보냈습니다."

작은 대나무 통을 열자 언문으로 짧은 글이 두 줄 쓰여 있을 뿐이었다. 이순신의 얼굴이 심각하게 굳어지자 이천리와 정운은 무슨 글인가 싶어 눈을 둥그렇게 떴다.

"제장들을 소집하게."

"네, 장군!"

"자네는 나가서 우선 허기를 면하게나."

"네."

이천리는 정운을 따라 군막을 나서며 방금 도착한 급보가 분명 중요한 정보일 것이라 생각했다. 그리고 자신이 비록 류성룡의 군관일지언정 그 내용을 알려주지 않는 치밀함에 혀를 내둘렀다. 서운한 것은 사실이었으나 '장수는 모름지기 저래야지'라는 생각이 들어 혼자 고개를 끄덕거렸다.

선통을 받은 송희립, 신호, 배흥립, 어영담, 김득광, 중위장中衛將 방답첨사防踏僉使 이순신李純信, 우척후장右斥候將 사도첨사蛇渡僉使 김완金浣 등이 대장 막사로 모여들었다. 정운이 지도를 펼치자 이순신이 무겁게 입을 열었다.

"왜의 수군 장수들이 부산포에 있는 왜군 함대에 복귀했다는 보고다. 적이 본국에서 전력을 지원받고 반격을 노린다 하니 만전을 기해야 한다."

정운이 그 말을 받았다.

"지난번 해전에서 깨진 것이 어지간히 분했나 봅니다."

모두 큰 웃음을 터트렸다. 웃음이 그치자 이순신이 송희립에게 물었다.

"김천손金千孫에게서 받은 정보는 확인했는가."

"그의 말이 사실이었습니다. 적선 70여 척이 오늘 미시未時경부터 견내량에 머무르고 있는 것을 확인했습니다."

"견내량이라……."

정운이 의견을 말했다.

"견내량은 지형이 좁고 암초가 많은 곳이라, 덩치 큰 우리 판옥선板屋船보다 왜적의 작은 관선이 싸우기에 유리합니다."

이순신은 바다 위에서 벌일 싸움은 승리를 자신했지만, 그것을 넘어 그 이후의 일까지 염두에 두고 있었다.

"견내량은 육지와 가깝다. 적들이 패하고 육지로 올라가면 해안가에 사는 백성들이 해를 입게 될 것이다."

"그러면 거제, 통영, 고성이 쑥대밭이 될 것입니다."

"바다에서 싸우는 것도 중요하지만 왜적들이 육지로 올라가 만

행을 저지르는 것도 막아야 한다. 수전에서 패하고 육지로 올라가면 더욱 잔악해질 것이다. 이곳 한산도閑山島의 큰 바다로 적선들을 유인해서 전멸한다."

이순신은 지휘봉을 들어 비진도, 용초도, 죽도, 추봉도, 대덕도로 둘러싸인 한산도를 가리켰다. 장수들이 그 지형을 보고 한두 명은 갸우뚱하고, 또 다른 한두 명은 고개를 주억거렸다. 불리한 지점이라 생각하든, 좋은 지점이라 생각하든 그들의 귀에 벌써 한산 앞바다의 파도 소리가 들리는 듯했다. 그때 서찰 하나가 군막 안으로 전달되었다. 정운은 재빨리 대나무 통을 열어 서찰을 펼쳤다.

"장군님. 전라도로 떠난 척후들이 보낸 정봅니다."

"무슨 내용인가?"

"도절제사 권율 장군이 고경명高敬命과 김면金沔 등 의병장들과 연합해서 군영을 꾸렸다 합니다."

모든 장수가 반색했다.

"이광 순찰사가 이끌던 군사들이 패주한 후 전라도의 관군이 부족했을 텐데, 의병들이 합세하다니 참으로 다행입니다."

이순신은 안도가 되면서도 걱정이 되었다.

"적들은 해상 보급로가 막힌 후 더더욱 전라도를 장악하려 목을 맬 것이다. 권율 장군과 의병들이 잘 막아낼 것이라 믿는다만……."

전라도 광주에서 권율은 만반의 준비를 갖추고 있었다. 용인 전투에 임했을 때 전세의 불리함을 파악하고 병사들을 후퇴하게 한 것이 오늘을 준비하는 데 큰 몫을 했다. 그때 몇몇 부장들이 분에 겨워 진격하려 했으나 전쟁은 의분심만으로 이기는 것이 아님을 깨닫게 하여 병사들을 모두 수습할 수 있었다. 만약 섣불리 진격했더라면 결코 훗날을 도모할 수 없었을 것이었다. 다음 전투의 전술을 고심하고 있을 때 부장이 보고했다.

"장군, 의병들이 도착했습니다."

부장의 뒤를 따라 고경명과 의병장들이 막사로 들어왔다. 권율은 그를 힘껏 껴안았다.

"어서 오십시오, 부사."

고경명이 겸허하게 웃었다.

"부사라니요. 파직당한 몸입니다."

"그러니 더욱 고마운 것 아닙니까. 조정은 부사를 버렸지만, 부사는 나라의 위기를 맞아 의병을 일으켰으니 말입니다."

"그저 배운 대로 충과 의를 행하려 할 뿐입니다. 제 자식인 종후從厚와 인후因厚입니다."

권율은 감격에 겨워 두 아들도 굳세게 껴안았다.

"어서들 오게. 한데…… 일가족이 모두 나서다니요? 그래도 큰 아들은 돌려보내는 것이……."

고경명이 눈을 둥그렇게 뜨고는 그런 일은 있을 수 없다는 표정을 지었다.

"장군. 심려는 고맙습니다만, 나라가 없어지면 가문의 대를 이은들 무슨 의미가 있겠습니까. 우리 부자는 나라와 운명을 함께할 것입니다."

"그 충정은 역사에 길이 남을 것입니다. 그런데 의병의 수가 얼마나 됩니까?"

"기마병 100기를 포함해 7000명입니다."

"오호! 고맙습니다. 참으로 큰 힘이 될 것입니다."

그때 또 다른 의병장이 성큼성큼 걸어오자 권율은 흐뭇한 웃음을 지었다.

"어서 오시오. 거창의 호랑이가 오셨습니다!"

"호랑이라니요? 그저 나라를 구하기 위해 일어섰을 뿐입니다."

김면은 일찍이 명종 때 효도와 청렴으로 천거되어 참봉에 임명되고 육품직으로 승진했으나 모두 사퇴하고 고향에서 후학을 가르치는 일에 몰두했다. 왜적이 침략하자 조종도趙宗道, 곽준郭越, 문위文緯 등과 함께 거창과 고령에서 의병을 일으켜 많은 병사들을 모았다. 고향이 고령高靈임에도 권율이 '거창의 호랑이'라고 말한 까닭은 거창居昌에서 처음 봉기했기 때문이다.

"한시가 급하니 작전을 논의하도록 하지요."

탁자 위에 전주全州와 금산錦山, 웅치熊峙, 이치梨峙 일대가 그려진 지도가 놓여 있고 왜적이 점령한 금산과 무주茂朱에 빨간 깃발이 꽂혀 있었다.

"전라좌수사 이순신이 바닷길을 잘 막고 있어 적들의 보급로는 끊긴 상태입니다. 그렇기에 적들은 금산을 거점 삼아 곡창지대인 전라도를 공격하려 하고 있습니다."

고경명이 의견을 말했다.

"적들이 금산에서 전라도로 들어가려 한다면 필시 충청도 이치와 웅치를 공략해 전주성을 점령하려 할 것입니다."

권율은 바로 그 점이 걱정되었다.

"전주성이 뚫리면 바로 전라도지요. 허나, 이치와 웅치를 나누어 사수하기에는 우리 관군의 수가 턱없이 부족합니다. 그래서 의병장들을 이 자리에 모신 것입니다. 관군과 의병이 힘을 모아 왜적을 막아냅시다!"

"전라도를 적에게 넘겨주어서는 절대 아니 됩니다. 우리가 힘을 합치면 그깟 왜적 놈들 못 막겠습니까?"

"당연한 말씀입니다. 웅치에서 적들을 섬멸해야 합니다."

비록 조정은 의주까지 쫓겨 갔으나 조선 팔도에서 서서히 반격의 싹이 피어나고 있었다. 압록강을 건너온 명의 지원군이 평양성을 공략하는 일을 눈앞에 두고 있었고, 바다에서 일본의 진입로는 이순신에 의해 차단되었다. 용맹할뿐더러 전술력까지 뛰어난 권율이 드디어 작전을 개시했고, 곽재우를 필두로 의병들이 각지에서 떨쳐 일어났다. 광해는 희망이 보인다고 생각했다. 그때 내려온 임금의 명은 희망에 찬 분위기에 찬물을 끼얹은 것이나 마찬가지였다. 며칠 동안 골똘히 생각하다 대신들을 모았다.

"고민해보았는데, 분조는 평안도 강계江界로 가지 않습니다."

최흥원이 조심스레 반대했다.

"강계로 가라는 것은 주상 전하의 어명이셨습니다."

"압니다. 허나 아무리 생각해도 국경에 접해 있는 강계로 가는 것은 몸을 피신한다는 뜻입니다. 그래서야 어찌 관민과 의병을 독려해 나라를 되찾을 수 있겠습니까? 해서 적이 점령하고 있는 강원도로 가고자 합니다. 우선은 맹산으로 가지요. 그곳은 여러 고을과 통해 있어 관민과 의병에게 격문을 띄우기도 용이한 곳입니다."

그 의기에 모두 놀랐지만 위험한 결정이었기에 윤자신이 광해를 말렸다.

"위험하옵니다, 저하."

"위험하기는 이곳도 마찬가집니다. 만에 하나 조승훈의 원군이 참패라도 당한다면 왜적들이 이곳 영변에 들이닥치는 건 시간문제입니다. 그러느니 차라리 적진으로 들어가 적의 내부를 휘저어 교란하고, 관군과 의병을 독려하는 게 낫지 않겠습니까."

류성룡은 그 말에 감격하기는 했지만 섣불리 판단할 수 없는 사안이었다. 눈을 지그시 감고 생각에 잠겼으나 광해는 이미 결심을 굳혔다.

"전하께서 저에게 모든 국사를 위임하셨소. 꼭 전하의 어명을 받을 필요는 없다고 생각하오! 부원군은 어찌 생각하시오?"

류성룡은 눈을 번쩍 떴다.

"참으로 장하신 생각이옵니다. 뜻대로 하시옵소서!"

"고맙소. 오늘부터 나는 주상 전하를 대신해, 전란 극복의 선봉에 서서 관민을 이끌어가겠소!"

광해가 환하게 웃자 류성룡은 의기만으로는 전쟁에서 이길 수 없다고 생각했다. 또 행여 세자에게 불미스러운 일이 벌어지면 국사가 혼란에 빠질 수도 있었다.

"저하, 관민을 독려하시려면 한 곳에만 거처하는 건 매우 위험합니다. 형세에 따라 평안도와 함경도, 강원도로 이동하는 것이 좋을 듯합니다."

"좋은 말씀이오. 김우고金友皐에게 나를 호위케 하고, 이시언李時言에게 분조가 이동할 곳의 왜적을 미리 소탕하라 하겠소. 일부 군사를 이일에게 주어 성천에 주둔토록 할 계획이오."

"아니 되옵니다."

즉각 반대하는 목소리가 터져 나왔다. 이일은 이미 패배한 전력이 있기 때문이었다. 그러나 광해는 오히려 그 점을 장점으로 꼽았다.

"이일 장군이 비록 패하기는 했어도 적과 싸운 경험이 있으니 기회가 오면 반드시 승리를 거둘 것입니다. 내가 기회를 한 번 더 주기로 했습니다."

그 깊은 뜻에 대신들은 더 이상 반대하지 못했다. 광해는 만족한 얼굴로 대신들을 둘러보다 서탁에서 지도를 꺼내 펼쳤다. 말이 나온 김에 앞으로 할 행동을 결정하려는 것이었다. 손가락으로 한 곳을 짚었다.

"일단 맹산으로 가 팔도에 격문을 띄우고, 적을 피해 남쪽 양덕陽德으로 내려갈 것이오."

류성룡이 화답했다.

"좋은 생각입니다. 허나, 어느 한 곳에서는 오랫동안 체류하시며 팔도의 장계를 받는 것이 필요합니다."

"어디가 좋겠습니까?"

"강원도 이천伊川이 좋을 것입니다."

그때 마당을 지나 편전으로 한 대신이 휘적휘적 걸어왔다. 대조를 따라갔던 정탁이었다.

"아니! 정 대감이 이곳에는 어인 일로 오셨나요?"

"작으나마 힘을 보태러 왔습니다."

광해에게 절을 올린 뒤 정탁은 즉각 본론을 말했다.

"이천이 팔도의 중간 지점쯤 되는 데다 왜적이 없으니 팔도 소식을 주고받기에 좋은 위칩니다. 또 개성과 가까워 평양을 수복한 뒤 곧바로 개성으로 들어갈 수 있습니다."

지리적 이점과 왜적의 손길에서 벗어날 수 있다는 점에 대해 다른 대신들은 반대하지 않았다. 곧 맹산으로 떠날 차비를 하면서 전령을 보내 이일을 호출하는 서찰을 보냈다.

이일은 광해의 부름에 무릎을 꿇고 눈물을 흘렸다. 임진강 전투에서 차라리 죽었다면 역사에 부끄러운 이름을 남기지 않았을 것이련만 목숨을 부지한 것이 참담하기 그지없었다. 그러나 이제 부끄러움을 씻을 기회가 왔다. 갑옷을 차려입고 병사 두엇을 데리고 즉각 영변을 향해 출발했다. 그러나 류성룡은 차갑게 그를 맞았다.

"자네의 능력을 높이 사 기회를 주는 게 아니라, 사람이 없어 어쩔 수 없이 그리함을 알아야 할 것이야!"

이일의 얼굴이 새빨개졌다. 나라를 위해 목숨을 바치겠다는 각오가 슬며시 사라질 듯했다. 류성룡은 계속 엄하게 타일렀다.

"만일 또다시 도망치고서 훗날을 도모한다는 등 엉뚱한 핑계를 댔다간, 왜적이 아니라 내가 이 땅끝까지 쫓아가 참하고 말 것이네! 알겠는가?"

"네, 대감! 믿어주십시오. 이번만은 실망하시게 하지 않겠습니다."

"그 입만 나불거리지 말고, 진실하게 몸을 움직이란 말일세!"

이일이 꼼짝 못하고 호통을 듣고 있을 때 버드나무 아래에서 머슴 하나가 빗자루를 들고 설렁설렁 마당을 쓸고 있었다. 손은 빗질을 하느라 이리저리 움직였으나 귀는 류성룡의 입으로 바짝 향해 있었다. 뒤편에서 '갑득아'라고 부르자 머슴은 빗자루를 들고 냉큼 달려갔다. 갑득이라는 머슴이 누구인지, 어디에서 왔는지 아는 사람은 아무도 없었다.

사실 그의 정체는 김공량金公諒이었다. 조정이 둘로 나누어질 때 귀인 김씨는 오라버니 김공량을 불러 은밀히 당부했다.

"오라비는 나를 따라오지 말고 광해를 따라가오."

"나는 벌써 체포령이 내려졌는데…… 어떻게?"

"상궁 하나를 매수했으니, 광해의 호종 노비로 따라가시오."

"노비? 내가 명색이 내수사별좌內需司別坐였는데 노비라니?"

김씨가 철없는 오라비를 나무랐다.

"김공량을 죽이라는 상소가 올라온 게 한두 번이 아닌데…… 관군에게 잡혀 참형당하고 싶소?"

김공량은 찔끔했다.

"하, 참……. 나만 뇌물을 먹은 것도 아닌데, 왜들 그러는지…….

내 처지가 하루아침에 비 맞은 개 꼬락서니가 될 줄이야."

"그러니까 분조에 잠입해서 광해의 일거수일투족을 빠짐없이
보고하란 말이오."

그러다 행여 발각되면 목이 날아갈까 싶어 김공량은 엉뚱한 핑
계를 댔다.

"굳이 그렇게까지 할 필요 있나. 어차피 전하께서 요동으로 가
지 않기로 했다면, 허울뿐인 세자 아닌가."

김씨가 성을 냈다.

"모르는 소리! 왕을 바꾸는 것은 천심이 아니라 민심이오. 조정
이 둘로 나뉜 상황에서 광해가 전장에라도 뛰어들어 백성들의 마
음을 얻으면…… 그 힘은 점점 커질 테고, 종국에는 전하의 권위도
위협할 수 있단 말이오."

"광해가 왕이 될 수도 있다는 뜻인가?"

"그러면 우리 두 사람의 목숨은 장담할 수 없으니 광해의 정황
을 면밀히 살펴 고하란 말이오."

여동생의 명을 받은 김공량은 광해가 영변으로 떠날 때 상궁의
힘으로 호종 노비가 되어 봇짐을 지고 행렬의 끝에 끼어들었다. 관
복을 벗고, 추레한 옷을 입고, 얼굴을 일그러뜨리니 그를 알아보는
사람은 아무도 없었다. 전쟁 통에 세자를 모시겠다는 충정심만 있
으면 그가 어떻게 호종 노비가 되었는지 따지지 않았다. 김공량이

머슴이 되어 고개를 푹 숙이고 마당을 쓸면서 대신들의 의논을 엿들어도 눈치채는 사람은 아무도 없었다. 그 덕분에 광해가 강계로 떠나지 않은 사실과 이일을 다시 불러들인 사실을 가장 먼저 알 수 있었다. 김공량은 허름한 머슴방으로 들어가 들락거리는 사람이 없는 것을 확인하고 재빨리 편지를 썼다.

광해가 강계로 가지 않고 왜구들이 있는 강원도 이천으로 이동하여 왜적과 싸울 것이며, 김우고가 호위하고, 이일을 다시 불렀소.

붓을 멈추고 또 한 사람의 이름을 적으려 했으나 떠오르지 않았다. '누군가를 불러 왜적과 싸우라 했는데…… 그게 누구였지?' 아무리 생각해도 이름이 떠오르지 않자 마저 적지 않고 편지를 꼬깃꼬깃 접어 헝겊 주머니에 넣고는 단단히 묶었다. 부엌 앞에서 얼쩡거리다가 편지를 박 상궁에게 슬며시 건네주었고, 박 상궁은 그날 저녁 의주로 가는 전령에게 엽전 두 냥을 쥐여주고 은밀하게 소곤거렸다.

"꼭 귀인 김씨에게 전해주어야 하네. 나중에 큰 상을 내릴 걸세."

다음 날 광해는 영변을 떠나 청천강을 건너 개천价川과 덕천德川을 지나 맹산에 분조를 차렸다. 집무실, 침전, 전시 비변사, 강의당을 임시로 마련하고 저녁밥을 먹자마자 한지를 펼쳐놓고 격문을 쓰기 시작했다. 똑같은 내용을 진서眞書(한문)와 언문으로 여러 장 쓰는 일은 지루했지만 광해는 조금도 지루한 줄을 몰랐다. 30장을 쓰고는 허리를 폈다.

"전령 들라 하라."

"네이."

전령이 마루에 부복하자 지시를 내렸다.

"똑똑하고 날랜 여섯 명을 뽑아 이 격문을 하삼도下三道(충청도, 경상도, 전라도)에 골고루 돌리거라. 내일 아침을 먹고는 상삼도上三道(함경도, 평안도, 황해도)에 격문을 보낼 테니 여섯 명을 더 준비하고……. 점심을 먹고는 중이도中二道(경기도, 강원도)에 보낼 네 명을 모이도록 하라."

"네이."

격문을 품에 안은 전령들은 조선 팔도를 향해 질주했다. 거친 강물과 우거진 숲, 깊은 계곡은 그들의 앞길을 가로막지 못했다. 차가운 비와 뜨거운 뙤약볕, 배고픔과 갈증도 그들에게는 장애물이 아니었다. 왜적의 발길이 미치지 못한 고을마다 격문이 붙었고 사방에서 의병이 들풀처럼 일어나기 시작했다. 그 전령이 돌아오기 전에 다음 전령이 벌써 출발했다. 격문의 마무리는 언제나 똑같았다.

그 누구든 공을 세우면 나라에서 큰 상을 내릴 것이오. 노비는 그 신분을 파하고 벼슬을 내리겠노라.

광해는 거기에서 그치지 않았다. 은자와 재물을 모두 풀어 병사들의 겨울옷을 만들어 보냈고 수령이 도망간 고을에는 대신들과 의논해 문무를 갖춘 자를 수령으로 새로 임명했다. 흙담에 붙은 격문을 보면서 백성들은 차츰 의병이 되었고, 그러지 못한다 해도 도망치는 임금보다 세자가 더 낫다고 여기게 되었다. 선조가 임명한 수령이 싫어 광해가 임명한 수령의 고을로 아예 이사를 하는 백성도 생겼다. 그럴수록 김공량의 붓질은 늘어났고, 박 상궁의 호주머니에서 엽전은 축이 났다. 박 상궁의 호주머니에서 나오는 돈은 귀인 김씨가 대주는 것이었다. 귀인 김씨는 사나흘에 한 번씩 은근슬쩍 선조의 귀에 광해의 행동을 일러바쳤다. 격문을 보내거나 병사들의 겨울옷을 짓거나 하는 일은 나무랄 게 아니었으나, 선조는 그러한 행동의 결과로 백성들이 광해를 따른다는 말은 참아내기 어려웠다.

"이 나라 임금이 주상 전하가 아니라 광해라 여기는 백성들도 있다 하옵니다."

귀인 김씨가 입을 삐죽거리자 선조는 파랗게 질렸다. 어떻게 해서든 광해의 기를 꺾어야 한다고 결심했다.

10.
내가 죽거나 네가 죽거나,
한산대해전

짙푸른 바다가 물살을 일으키며 양쪽으로 좍 갈라졌다. 바람은 잔잔했고 파도는 일지 않았다. 그것이 적에게도 천운이지만, 협판 안치는 자신에게는 더욱 천운이라 생각했다. 이 바다에서 겨룰 한 판 대결이 자신의 운명을 가르는 갈림길이 될 것이었다. 대장선 안택선에 올라 수군들에게 명했다.

"오늘 이곳 한산에서 우리는 적귀 이순신을 무찔러야 한다. 그 누구든 적의 목을 베는 자한테는 후한 상을 내릴 것이며, 이순신을 사로잡거나 죽이면 대대손손 먹고살 수 있는 봉록을 줄 것이다. 설사 그것이 아니라 해도 우리는 나라를 위해 이 싸움에서 반드시 이겨야 한다. 알겠느냐?"

"넷!"

대답하는 병사들의 사기가 하늘을 찔렀다. 태합 전하의 총애를 받는 협판안치가 총대장으로 나섰고 본국에서 수많은 함선을 보내주었기에 제아무리 용맹한 이순신과 조선 수군이라 해도 충분히 이길 수 있으리라 자신했다.

"출정하라!"

둥, 둥, 북소리가 울리고 대함대가 한산을 향해 나아갔다. 대선 36척, 중선 24척, 소선 13척은 한산 앞바다에 이르러 조선군 함대를 발견했다. 척후선의 장루에 오른 정탐병이 보고했다.

"장군, 조선 판옥선은 전부 55척입니다. 우리를 향해 오다가 갑자기 방향을 틀었습니다."

"숫자에서 우리에게 밀리는군. 우리 함선에 겁먹고 도망치는 것이겠지. 맹추격하라."

부장이 선봉선의 장루에 올라 명을 내렸다.

"속력을 올려라! 절대 놓쳐서는 안 된다!"

빠르게 도망치는 판옥선을 보며 협판안치는 승리가 바로 눈앞에 다가왔다고 생각했다.

"이순신 이놈……. 이곳이 네놈의 무덤이 될 것이다!"

함대는 더욱 세차게 물살을 가르며 나아갔다. 노를 젓는 격군格軍들의 팔에 힘줄이 솟아났고 판옥선과 거리는 점점 좁혀졌다. 그러나 이순신은 장루에 올라 꿈쩍도 하지 않았다. 그 옆에 선 정운은 오금이 저려 다리에 쥐가 날 지경이었다.

"장군, 이러다 거리가 너무 좁혀지겠습니다."

하지만 이순신은 눈 한번 깜빡하지 않고 적선을 응시하기만 했다. 안택선에서 조총을 겨냥하고 있는 왜군 수병의 얼굴이 환히 보일 때까지 기둥처럼 서서 움직이지 않았다. 이윽고 왜군 수병의 눈동자가 한 번 깜빡이는 모습이 보이자 입을 열었다.

"전 함대, 함선을 돌려라!"

정운이 기다렸다는 듯 그 명을 하달했다.

"함선을 돌려랏!"

북소리가 둥, 둥, 짧게 두 번 울린 뒤 둥, 길게 한 번 울렸다. 판옥선 55척이 일제히 멈추었다가 서서히 방향을 바꾸었다. 이순신이 외쳤다.

"학익진鶴翼陣!"

"학인진을 펼쳐랏!"

다시 북소리가 울렸다. 학의 날개처럼 활짝 펼쳐진 조선 함대가 왜군 함대를 향해 돌격했다. 협판안치는 순간 헛것이 보였다. 바다에서 거대한 학 한 마리를 본 것이다. 눈을 비비고 다시 보자 그 학은 자신을 향해 전속력으로 달려오고 있었다.

"저, 저…… 대열은 뭐냐?"

칼을 움켜쥔 부장은 조선 수군의 진법 따위에는 관심이 없었다. 까딱 잘못하면 물귀신이 될 것을 직감했다.

"저들이 우리를 속였습니다. 후퇴하는 게 낫지 않겠습니까?"

"죽고 싶은 게냐! 어서 전열을 갖춰라!"

부장은 마지못해 그 명을 하달했다.

"전열을 갖춰랏!"

그때 이순신도 동시에 외쳤다.

"발포!"

"전 함선 발포하랏!"

조선 함대에서 일제히 포가 발사되었다. 둥그런 포탄이 새알처럼 날아가 왜군 함선에 비처럼 쏟아졌다. 꽝, 꽝, 귀가 터질 것 같은 폭발 소리가 여기저기에서 작열하고 안택선과 관선이 여지없이 작살났다. 그때마다 왜병들은 '으악' 비명을 내지르며 바닷속으로 속절없이 뛰어들었다. 협판안치는 또 헛것이 보였다. 공격 명령을 내리고 숨 한번 제대로 쉬지 않았는데 아군 함선들이 침몰하고 있었다. 조선 판옥선은 왜선을 치마폭처럼 가두어두고 마구 포탄을 날려댔다. 판옥선 옆구리를 들이박아 충격을 줘 가라앉히고 바짝 붙어 조총을 날리려던 전술은 무용지물이 되고 말았다.

"물러나지 말고 진격하랏!"

그러나 그 명령은 날아든 포탄의 꽝 소리에 묻히고 말았다. 포탄이 펑 터지면서 배가 기우뚱거리자 부장은 얼굴을 싸안고 갑판에 납작 엎드렸다. 협판안치는 그런 부장을 발로 힘껏 찼다.

"당장 일어나!"

부장은 얼굴에 피를 흘리면서 엉거주춤 일어나 벌벌 떠는 목소리로 애걸했다.

"장군, 후미에 맞았습니다. 후퇴해야 합니다!"

"후퇴는 없다. 반드시 이순신을 잡아야 한닷!"

피융!

그때 화살 하나가 날아와 협판안치의 투구를 스치고 뒤쪽 기둥에 박혔다. 정신이 번쩍 들려는 찰나에 포탄이 날아와 갑판에 떨어져 폭발했다. 배가 왼쪽으로 심하게 쏠렸다. 가까스로 난간을 붙잡은 협판안치의 눈에 물속으로 가라앉는 수많은 관선이 보였다. 온몸에 불이 붙은 병졸들이 '으악!' 비명을 내지르며 물속으로 뛰어들었다. 더 이상 버티는 것은 스스로 지옥으로 들어가는 일이나 마찬가지였다. 이를 부드득 갈고는 낮게 외쳤다.

"전군 후퇴하라……."

"후퇴하랏! 전속력으로 후퇴하랏!"

후퇴하는 배는 협판안치뿐이 아니었다. 직전신장織田信長(오다 노부가나) 시절부터 수군의 최고 권위자로 손꼽혔던 구귀가륭과 가등가명도 도망을 치느라 정신이 없었다. 함선 73척 중에서 태반이

물에 잠기고 파괴되었다. 그러나 이순신은 공격을 멈추지 않았다.

"추격하라! 다시는 우리 바다에 들어서지 못하도록 단 한 놈도 살려 보내지 마라!"

힘줄이 튀어나올 정도로 주먹을 꽉 쥔 채 이를 부드득 갈며 협판안치는 으르렁거렸다.

"다시 돌아와 반드시 너를 죽이겠다."

휘잉.

매서운 바람이 창호문을 들썩거렸다. 북쪽의 추위는 한성과 비할 바가 아니었다. 선조는 그 바람 소리와 산 깊은 곳에서 들리는 부엉이 울음소리에 이리저리 뒤척이다 잠에서 깼다. 계속 관전보가 떠올라 잠을 이루지 못하던 참에 들리는 부엉이 소리는 처량함을 더해주었다. 관전보에 머무느니 차라리 이곳에서 죽는 것이 나을 듯싶었다. 천장을 멍하니 바라보자 옆에 누워 있던 귀인 김씨가 나직이 속삭였다. 선조가 잠에서 깨기 한참 전에 이미 깨어 있었던 듯싶었다.

"관전보로 아니 가실 것이면…… 이곳 의주 행재소를 조금이나마 꾸며야 하지 않겠습니까?"

"……."

"편전도 위엄을 갖추고, 대신들이 모일 비변사 회청도 새로 단

장하고."

"……."

"신첩과 비빈들이 머물 집도 너무 초라합니다."

"알았소. 그렇지 않아도 그러리라 생각하고 있었소. 내일부터
대공사를 시작하겠소."

김씨는 선조 옆으로 바짝 붙었다.

"세자가 지금 어디에 머무는지 아십니까?"

"세자? 영변에 있겠지."

"들리는 말에 따르면 영변을 떠나 지금은 강원도 이천에 머무르
고 있다 합니다. 아무리 전하를 대신해 관민을 독려하라고 했다지
만 왕실의 신주를 모시는 분조가 왜적들이 널려 있는 소굴로 들어
가다니요? 참으로 가벼운 행동입니다."

선조는 순간 화가 치밀었다. 세자가 어디에 있든 그것은 중요치
않았다.

"그게 사실이라면 문제는 과인에게 그걸 고하지도 않았다는 것
이지!"

어둠에 잠긴 천장을 뚫어져라 응시하며 선조는 이불 속에서 주
먹을 꽉 쥐었다. 왕위를 위협당하는 일은 결코 가만두지 않겠다고
결심했다. 임금에게 지금 중요한 것은 왜적의 패배나 백성의 안위
가 아니라 왕권에 도전하는 아들이었다.

선조는 날이 밝자마자 대신들을 모두 불러들였다.

"중대한 국사는 분명 과인이 결정하겠다고 했거늘, 세자가 이끄는 분조가 이곳 대조와 상의치도 않고 이천으로 장소를 옮겼소. 이는 항명이나 다름없는 것 아닌가!"

윤두수는 항명이라는 말에 이맛살을 찌푸리고 항변했다.

"어찌 항명이라 하시옵니까? 전하께옵서는 분조를 감행하실 때 세자에게 이곳 대조를 대신해 관민을 독려하여 국난을 극복하라 하셨습니다. 이는 세자에게 편의종사권便宜從事權을 주신 것이옵니다. 세자는 그에 따라 변경보다는 다소 위험하더라도 소통이 원활한 강원도로 간 것이 아닌가 사료되옵니다."

정철도 거들었다.

"분조의 이 같은 행동은 항명이라기보다 전란을 극복하고자 하는 전하의 뜻을 깊이 헤아려 용맹히 항전하는 것이오니, 오히려 상을 내려야 할 일이옵니다."

하지만 선조는 무시당했다는 생각을 떨쳐낼 수 없었다.

"지금 무슨 소리를 하는 게요! 누가 항전을 반대했소? 과인의 말은 이토록 중대한 국사를 어찌 과인하고 상의치 않았느냔 말이오! 편의종사권? 과인이 요동에 있는 것도 아니고, 이곳 의주까지 그걸 고하지 못한단 말이오! 이는 과인을 무시한 권력 남용이오! 도저히 묵과할 수 없소!"

이항복 역시 광해의 편을 들었다.

"분조가 이곳까지 이동을 고하고 답서를 받아 움직인다면, 그 시일 또한 상당히 지체되었을 것입니다. 아무래도 먼저 이동한 다음 전하께 고하려 했을 것입니다. 오해하지 마시옵소서."

그러나 선조의 화는 가라앉지 않았다.

"왕실의 신주를 모신 분조는 자중자애해야 하오. 만일 신주가 왜적의 손에 넘어간다면, 이는 종묘사직이 무너지는 거와 다를 바 없소! 신주를 모신 분조가 함부로 행동하는 건 편의종사권이 아니라 왕권을 넘어서는 일이오!"

윤두수가 기겁했다.

"어찌 그리 망극한 말씀을 하시옵니까! 아직 분조가 위험에 처해 있다는 소식은 없었습니다. 하옵고 만일 지금 세자를 벌하시면, 격문을 받고 모이려는 군사들과 의병들은 모두 흩어지고 맙니다! 이는 왜적을 이롭게 하는 일이고, 또다시 신각의 우를 범하는 일이옵니다."

"뭐라! 지금 과인보고 국난 극복에 장애가 되는 군주라 말하는 것인가!"

윤두수와 정철은 기가 막혔다.

"어찌 신들의 충심을 왜곡하시나이까!"

아무리 말해도 신하들은 임금의 말을 인정하려 하지 않았고, 그 반대로 임금 역시 신하들의 말을 받아들이려 하지 않았다. 결국, 선조가 이른 아침부터 분통을 터트리고 말았다.

"그래요. 과인은 무능하고 불민한 왕입니다. 지난번에 경들이 모두 분조를 따라가겠다고 했을 때, 그리 둘 걸 그랬습니다. 지금이라도 늦지 않았으니 모두 분조로 가시오! 가서 현명하고 영민하고 의기 넘치는 세자와 함께 왜적들을 물리치시오. 과인은 이곳에 남아 세자를 응원하다…… 죽겠습니다."

신하들은 당황했다. 국난을 앞에 두고 이리도 철부지 아이처럼 행동하는 임금을 이해할 수 없었다. 선조의 넋두리는 계속 이어졌다.

"세자가 어린 탓에 무모한 판단을 했다 여기겠소. 세자의 우국충정憂國衷情이라 믿지……. 허나, 세자를 똑바로 보좌하지 못한 대신들은 가만히 둘 수 없다. 도승지는 들어라!"

"네, 전하."

"분조에 있는 대신들을 모두 삭탈관직하라!"

염탐꾼 노릇을 하는 김공량의 잘못인지, 자신과 신성군을 보호하려는 귀인 김씨의 잘못인지, 속 좁은 선조의 자격지심인지 판단할 수 없으나 불똥은 분조의 대신들에게 튀었다. 관직을 삭탈하라는 교지를 받아 들고 광해와 대신들은 황당하기만 했다.

"도대체 경들이 무엇을 잘못했다 이러신단 말이오. 차라리 이 세자를 마음에 들지 않는다고 내치실 일이지! 어찌 이러실 수 있단 말이오. 내가 세자 자리에서 물러나겠소. 전하는 그걸 원하시는 것이오."

최홍원은 완강히 반대했다.

"아니 되옵니다. 신들이 물러나겠으니, 저하는 가시던 길을 굳건히 가시옵소서."

"그대들 없이 내가 무슨 일을 도모할 수 있단 말이오! 차라리 같이 물러나겠소."

윤자신이 달래듯 입을 열었다.

"저하를 따르는 민심은 어찌하시렵니까? 지금 관군은 물론 의병도 전하가 아니라 저하의 격문을 보고 움직이고 있습니다. 저하가 물러나시면 이 나라는 무너지고 맙니다! 민심을 버리지 마시옵소서."

광해는 한참을 골똘히 생각하다 슬며시 야망을 드러냈다.

"만일 내가 전하의 명을 거부하고 내 뜻대로 나아간다면, 경들도 나와 함께할 수 있겠소?"

묻는 말은 어렵지 않았으나 대답하기는 어려웠다. 그 말을 확대해서 해석하면 '역모를 꾀한다면 따를 수 있느냐'는 질문과 같았다. 대신들은 멈칫했다. 아무리 임금이 치졸하다 해도 어명을 거부할 수는 없었다. 그러나 광해는 단호했다.

"민심은 의주에 있는 것이 아니라 이곳 분조에 있소. 이 사람과 함께 민심을 등에 업고 분조를 조정으로 믿고 나아갈 수 있느냐, 이 말이오!"

대신들이 망설일 때 정탁이 들어서며 대뜸 외쳤다.

"아니 됩니다. 그리되면 아무리 민심이 따른다 해도 역적이 되는 것입니다!"

바로 그것이었다. 대신들이 망설인 까닭은 아무리 좋은 의도였다 해도 자칫 잘못하면 '역적'이 될 수 있다는 사실을 잘 알기 때문이었다. 그 마음을 정탁이 직설적으로 내뱉자 대신들은 안도의 표정을 지었고, 광해는 섣부른 야망이 들킨 듯싶어 뜨끔해 정탁을 노려보았다.

"허면 이대로 물러나란 말이오?"

"부원군 류성룡이 서찰을 보내왔습니다."

그나마 믿는 류성룡의 서찰이라는 말에 광해는 망설이지 않고 펼쳐 읽었다.

대신들과 함께 석고대죄하시고 모든 공을 전하께 돌리십시오. 전하는 그걸 원하시는 겁니다. 그것만이 분조의 와해를 막고 왜적과 싸울 수 있는 방도입니다.

광해는 또 한 번 골똘히 생각에 잠겼다. 분조가 대조의 명을 거역하는 것은 역모로 내몰릴 가능성이 컸다. 또한, 아무리 백성들이 분조를 따른다 해도 자신은 아직 힘이 미약했다. 꾹 참고 수모를 이겨내는 것이 훗날을 도모하는 첫 번째 방법이었다. 앞으로 닥칠 셀 수 없이 많은 시련을 생각하면 이까짓 일쯤은 오히려 가볍다고 생각해야 할 것이었다. 광해는 서찰을 대신들에게 보여주었다. 다들 서찰을 읽고 말없이 고개만 끄덕였다. 이윽고 모두 일어나 밖으로 나갔다. 마른 풀들이 듬성듬성한 마당에 광해는 무릎을 꿇었고 그 뒤로 대신들 열댓 명이 죄인처럼 늘어섰다. 모두 북쪽을 향해 절을 한 번 올린 뒤 머리를 땅에 꽝 내리찧었다. 광해의 이마에서 피가 흘러내렸다.

　"전하, 신의 불충을 용서하시옵소서!"

　모두 처연하게 그 말을 따라 읊조렸다.

　"용서하시옵소서!"

　허리를 굽히는 광해와 신하들은 도대체 무엇이 불충이고, 왜 용서를 구해야 하는지 납득할 수 없었으나 머리를 땅에 찧고 또 찧었다. 분조의 첫 번째 완패였다.

　마당을 쓸다가 황급히 버드나무 아래로 달음박질친 김공량은 다른 노비들 속에 섞여 입 밖으로는 쯧쯧 혀를 찼으나 마음속으로는 비웃음을 한가득 지었다.

석고대죄 소식은 즉시 임금에게 올라갔다. 그리고 용서를 비는 광해의 눈물 어린 장계도 의주 행재소에 도달했다. 선조는 차가운 표정으로 아들의 편지를 읽었다.

신은 전하의 뜻을 헤아려 움직이는 수족에 지나지 않습니다. 죽으라고 명하시면 언제든 죽을 수 있사오나, 단지 전하의 근심을 티끌만큼도 덜어 드리지 못하는 것이 한스러울 뿐입니다. 부디 분조의 대신들을 용서하시 옵고, 신을 벌하여주시옵소서.

윤두수가 광해를 두둔했다.

"세자를 용서하시옵소서. 팔도에 보낸 격문 또한 모두 전하의 명을 받들어 행한 거라 하지 않습니까!"

정철도 거들었다.

"그렇사옵니다. 세자가 모든 것을 전하의 명을 받들고 행하였 으니, 전하의 위엄은 상처 없이 오히려 더 드높아졌다 할 것이옵니 다."

이항복도 마찬가지였다.

"대신들 또한 석고대죄하며 반성하고 있사오니, 또다시 이와 같 은 실수는 하지 않을 것이옵니다. 어려운 때에 한 사람에게 은혜를 베푸심은 인재 백 명을 얻는 것이라 하였습니다. 하물며 일국의 세자와 대신을 말해 무엇하겠습니까? 통촉하여주시옵소서."

언제나 임금의 의중을 살피는 홍여순만이 말이 없었다. 선조는 그런 대신들을 차갑게 노려보았다.

"세자가 이리 반성하고, 경들의 청이 간곡하니, 내 이번 일은 여기서 접겠소. 허나 전란 중에 민심을 나뉘게 할 수 없어 용서하는 것이니, 또다시 이런 일이 있을 시에는 용서치 않을 것이오!"

모두 마음속으로는 앙앙불락怏怏不樂하면서도 겉으로는 한결같이 고개를 조아렸다. 선조는 그걸 잘 알면서도 이제 광해를 꼼짝 못하게 눌러놓았다 여기고는 속으로 노회한 웃음을 슬며시 지었다. 큼, 헛기침을 한 번 하고는 위엄 있게 말머리를 다른 안건으로 돌렸다.

"과인의 격문을 받은 의병들은 어디서 봉기하고 있는가?"

김응남이 장계를 펼쳐 들었다.

"함경도 길주吉州에서 정문부鄭文孚, 묘향산에서 서산대사西山大師, 금강산에서 사명대사四溟大師, 충청도 금산에서 조헌趙憲, 전라도 나주에서 김천일金千鎰, 화순에서 최경회崔慶會……."

그러나 이 기쁜 의병 봉기 소식을 읽는 김응남이나 듣는 선조나 모두 건성이었다.

11.
서서히 전세가
역전되다

7월 한여름, 소조천륭경小早川隆景(고바야카와 다카카게)은 6군을 이끌고 충청도 금산을 점령하는 데 성공했다. 그동안 북진에 힘을 쏟아 충청도와 전라도를 공략하지 못한 것이 작전 수행의 실책임을 깨닫고 총공격을 감행한 결과 금산을 손에 넣을 수 있었다. 이를 발판으로 공격 방향을 아래로 틀어 전라도를 함락하면 많은 군량을 확보할 수 있었다. 잠깐 숨을 돌린 뒤 부장 안국사혜경을 불러 명을 내렸다.

"1만 군사를 이끌고 웅치를 거쳐 전주성을 공격하라. 그곳만 확보하면 전라도의 군량은 전부 우리 것이다."

"넷."

"정탐에 의하면 조선군과 의병들이 대거 모여든다 하니 결코 경거망동하지 말고 어떤 일이 있어도 승리를 거두어야 한다."

"조선군은 나약하고, 의병은 오합지졸이니, 밥 한 그릇 먹을 시간이면 충분합니다."

그 시각 조선군은 방어선을 구축했다. 금산에서 전주에 이르기 위해 반드시 통과해야 하는 웅치 고개에 대규모 병력을 배치했다. 이 전투에서 이기면 왜적의 향후 작전을 무용지물로 만들 수 있으나 만일 패한다면 전쟁은 길어질 것이었다. 또한, 엄청난 곡식을 탈취당해 조선 백성 태반이 굶주림에 직면할 수 있었다. 권율은 군사 1500명을 이끌고 또 다른 고개인 이치 고개를 지켰고 김제군수 정담鄭湛은 의병장 황박黃璞과 더불어 웅치를 지켰다. 나주판관 이복남李福男은 선발대를 맡았으나, 그 부대는 치열한 전투 끝에 패하고 말았다. 백마를 탄 정담은 물러서지 않고 결사 항전했으나 해남현감 변응정邊應井과 함께 장렬한 죽음을 맞았다. 이복남, 황박 역시 산하에 몸을 눕히고 말았다. 안국사혜경은 정담의 충절에 감복해 '弔朝鮮國忠義肝膽(조조선국충의간담)'이라는 묘비를 세웠으나 정작 조정에서는 아무런 공도 내리지 않았다.

그 시각 소조천륭경은 2000여 병사를 이끌고 이치로 향했다. 양동 작전을 펼쳐 조선군의 힘을 분산하고 한쪽이 패하더라도 남은 한쪽이 승리를 거둬 전라도를 차지하려는 전략이었다. 그러나 마주친 권율 부대는 예상을 뛰어넘어 용맹하기 그지없었고, 동복현감 황진은 권율 못지않게 문무가 출중했다. 거기에 고경명이 이끄는 의병 부대가 합류하는 바람에 소조천륭경은 총공격을 퍼부었으나 고개를 넘지 못하고 대패했다. 선두에서 용감하게 싸우던 황진은 조총을 맞았지만 목숨은 구할 수 있었다. 왜군은 비록 웅치에서 승리했으나 이치에서 패배하는 바람에 전주를 눈앞에 두고 물러날 수밖에 없었다. 관의官義 연합군이 거둔 최초의 승리이자 전라도를 지켜낸 위대한 혈투였다. 권율은 후퇴하는 적들을 향해 셀 수 없이 많은 화살을 쏘아 시체가 산을 이루게 하면서도 섣부른 추격은 하지 않았다.

"속히 본대로 돌아가 무장을 점검하고 부상병들을 치료하라."

관군과 의병들은 부상병들을 수습해 본진으로 돌아갔다. 권율이 막 투구를 벗으려 할 때 부장이 헐떡이며 보고했다.

"장군, 고경명 의병장이……."

"……."

"숨을 거두었습니다."

순간 현기증이 일어 권율은 이마를 짚고 휘청거렸다. 다급히 밖으로 나가자 들것에 실려 오는 시체들 속에 고경명과 둘째 아들 인후가 누워 있었다. 큰아들 종후가 무릎을 꿇고 오열했다.

"아버님……. 인후야……."

권율은 마음이 한없이 무거웠다. 승리를 거두었다는 기쁨은 벌써 사라지고 눈물 한 줄기가 볼을 타고 흘러내렸다. 칼을 땅에 박아놓고 두 사람의 사체 앞에서 큰절을 올렸다.

"고경명 부사……. 그대 덕분에 전라도를 지켰소이다. 이 나라를 지켰소이다……. 내 반드시 이 전란을 극복하여 그대와 수많은 의병의 죽음을 헛되이 하지 않겠소이다."

선조는 승전 소식에 입이 저절로 벌어졌다.

"이순신은 바다에서, 권율은 금산에서 대승을 거두었다? 그게 정녕 사실인가?"

김응남도 기쁨을 감추지 못했다.

"네, 전하. 웅치 전투에서는 패했으나 이치 전투에서 대승을 거두었고, 한산에서도 이순신이 왜선 수십 척을 침몰시켰습니다. 하늘이 돕고 있사옵니다."

선조는 하하하 웃다가 갑자기 침울하게 고개를 숙였다.

"전하, 승전보입니다. 어찌 그러십니까?"

"…… 나는 그리 기쁘지만은 않소."

"이순신이 수많은 왜적을 죽이고, 또 전라도를 방어했습니다. 기쁘지 않으시다니요?"

"그렇소. 수많은 왜적이 죽었소……. 한데, 그들을 막기 위해 백성들 또한 참담하게 희생되었소. 내 어찌 기쁘기만 할 수 있겠소. 쓰러져간 백성들을 생각하면 가슴이 불에 타들어가오."

볼에 처연한 눈물이 주르륵 흘렀다. 대신들이 그 진심에 감격하자 선조는 눈물을 닦아내고 진중하게 명을 내렸다.

"의롭게 전사한 고경명을 좌찬성左贊成으로 추증하고, 대조와 분조는 희생된 백성들을 위해…… 사흘 동안 일절 술과 고기를 금하라. 과인이 할 수 있는 것이 그것밖에 없구나."

"성은이 망극하옵니다."

승전과 패전 소식이 동시에 날아들었으나 결국은 모두 패배였기에 소서행장은 기가 막혀 입이 다물어지지 않았다. 웅치에서 거둔 승리는 쓰레기에 불과했다. 보고서를 구겨버리고 탁자를 꽝 내리쳤다.

"바다도 막히고, 전라도도 막히고……. 이거야말로 후방이 개판이구나! 이렇게 후방이 불안한데 어찌 북진하라는 말인가!"

현소는 구겨진 보고서를 손으로 펴면서 한걱정을 늘어놓았다.

"명나라 원군이 이미 이쪽으로 향하고 있는 것도 큰 문젭니다."

평의지 역시 불안하기 짝이 없었다.

"명군과 싸우고 있을 때 후방에 있는 조선 관군과 연합한 의병이 우릴 치면 그야말로 고립무원이 되고 맙니다."

"이런 빌어먹을……. 군량미는?"

"아직 버틸 만합니다."

"군량이 떨어지기 전에 결정을 내려야 해. 그러니 빨리 조선과 협상을 하란 말이오. 대체 지금까지 무얼 한 거요?"

현소가 머리를 조아렸다.

"송구합니다. 조선 왕이 저렇게 도망만 치고, 수군과 의병들이 저항할 줄은 상상도 못 했습니다."

그때 얼굴빛이 창백해진 부장이 들어왔다.

"장군, 군사들이 이질에 걸려 속속 쓰러지고 있습니다."

서둘러 밖으로 나오자 병사들이 여기저기에서 토사곽란으로 쓰러지고 있었다. 참담한 광경에 세 사람은 기가 막혔다.

"다행히 전염되는 건 아닌 듯한데, 심하게 토하거나 설사를 해서 기력을 상실하고 있습니다. 풍토병입니다."

"이질을 앓는 자가 몇 명이나 되나?"

"3000명은 족히 됩니다."

소서행장은 한탄이 저절로 나왔다.

"이거야 원……. 적의 화살에 맞아 죽기 전에 병에 걸려 먼저 죽겠구나."

함경도에 있는 가등청정의 군막도 상황은 대동소이했다. 앓아

누운 군사가 2000명이 넘는다는 상량뢰방의 보고에 가등청정은 새파랗게 질렸다.

"이런 제길……. 이래 가지고서야 가토가 이끄는 최강의 군대라 할 수 있나! 본국에 내가 늘 지니고 다니는 우콘(울금) 가루를 보내달라고 하라."

상량뢰방이 어이없다는 표정을 지었다.

"바다가 막혔는데 어떻게……."

"날아서 옮기든, 잠영해서 옮기든! 그건 알아서 하라고 해. 당장 알리기나 하란 말이다!"

날아서? 헤엄쳐서? 상량뢰방이 더 어이없다는 표정을 지을 때 전령이 보고했다.

"장군! 함경도에 숨어든 조선 왕자의 격문이 인근 마을에서 발견되었습니다."

조선 군사와 백성들이여! 일어나 왜적을 물리치자. 나라의 위급함이……. 그 누구든 무공을 세우면……. 이 땅에서 왜적을 몰아내고…….

임해군臨海君

가등청정은 격문을 멀거니 바라보았다.

"이게…… 언문이라는 것이냐? 대체 무슨 뜻이냐?"

"포로에게 물었더니 조선 군사와 백성들에게 우리와 맞서 싸우라는 내용이랍니다."

하, 콧방귀를 한 번 뀌고는 버럭 소리를 질렀다.

"가당찮은 소리! 겁을 상실했구먼……. 잠깐, 조선 왕자가 함경도에 있으면……. 오호! 좋은 기회로다. 지금 즉시 방을 붙여라. 이미 이 나라는 망했으니 왕자를 잡아오는 자에게 큰 벼슬과 상을 내리겠다고."

전령이 '그것참 좋은 꾀로구나!' 탄복을 하고 나가자 가등청정은 손을 쓱싹 비볐다.

"이놈들이 제 발로 내 소굴에 들어와? 왕자가 내 손에 들어오면, 왕의 절반은 잡은 거 아닌가, 하하하."

하지만 나고야 황금 다실에서 풍신수길은 괴성을 내지르고 있었다.

"으아!"

마치 실성한 듯 찻상을 발로 차며 분노를 토해냈다. 앉아 있던 가신들은 행여 불똥이 튈까 눈치를 보며 두려움에 떨었지만 전전리가만이 꼿꼿이 정면을 응시했다. 한바탕 발광을 떤 풍신수길이 가쁜 숨을 몰아쉬자 전전리가가 차분히 물었다.

"진정이 좀 되셨습니까?"

갑자기 민망해진 풍신수길이 근엄한 목소리로 되물었다.

"우리 수군의 피해는 얼마나 되나?"

"협판안치의 전선 73척 중 60여 척이 침몰당하거나 나포되었습니다."

애초에 번외군番外軍 장수로 편성되었다가 최종 결정에서 빠져 조선 땅으로 건너가지 않은 경극고차京極高次(교코쿠 다카쓰구)가 강경하게 주장했다.

"너무 참담한 패배입니다. 그를 참해야 합니다. 조선의 서해안에 진출하는 일이 막힌 것은 물론 남해안의 보급로도 무너졌습니다."

"바보 같은 놈!"

전전리가가 끼어들었다.

"협판안치의 공을 잊어선 안 되십니다."

"무슨 소리야. 내 배를 모조리 날려먹은 놈한테 공이라니!"

"지난달에 벌어진 용인 전투를 잊으셨습니까. 그 전투에서 1600명의 병력으로 5만이 넘는 조선군과 싸워 승리를 거뒀습니다."

"그런데?"

"만약 협판안치가 패했다면 조선의 5만 군사는 한성으로 진격했을 것이고, 북쪽의 조선군과 협공해 우리를 포위했을 것입니다. 그리됐다면 평양 함락도 장담할 수 없었을 겁니다. 우리는 수군을 이끌 장수가 없습니다. 그에게 분골쇄신할 기회를 주시지요."

"문제는 협판안치가 아니라 이순신이다. 그놈을 제거하지 않는 한 조선 바다를 장악하기는 어려워. 방법은 하나밖에 없어. 그것은…… 짐이 직접 조선으로 가는 것이다!"

모두 깜짝 놀라 당황했다. 과묵한 전전리가의 눈마저 휘둥그레졌지만 풍신수길은 말을 쏟아냈다.

"수로가 막혔다면 육로를 통해 전라도를 장악하면 된다. 육로로 전라도를 장악한 뒤 우리 수군과 함께 위아래에서 밀어붙이면, 조선 수군이야말로 바다 위를 떠도는 고립무원의 처지가 되는 것이야! 당장 조선으로 갈 차비를 하라!"

그는 말이 행동으로 즉각 이어지지 않는 것을 견디지 못했다. 곧장 갑옷으로 갈아입었지만 하늘은 그의 편이 아니었다. 오사카 성에 머무는 어머니 대정소大政所(오만도코로)가 죽은 것이다. 게다가 상을 치를 때 두 번째 부인 정전淀殿(요도도노)의 임신 사실이 알려져 풍신수길은 오카사 성에 그대로 주저앉고 말았다.

그 사실은 조선에 행운이었다. 또 하나의 행운은 화포장 이장손李長孫이 비격진천뢰飛擊震天雷를 만들어낸 것이었다. 셀 수 없이 많은 실패를 하고 땀을 흘린 끝에 완성된 비격진천뢰는 도화선의 길이로 폭파 시간을 조절할 수 있는 시한폭탄이었다. 빨리 폭파해야 하는 근거리라면 도화선을 10번 감고, 원거리라면 15번 감았다. 성벽

위에서 직접 던지거나 완구에 장전해 발사하면 되었기에 사용법도 편리했다.

"대완구大碗口에 장착해 발사하면 500보에서 600보는 족히 날아가 왜적들을 모두 살상할 것입니다."

류성룡은 이장손의 어깨를 두드리며 그동안의 노고를 위로했다.

"고생했네. 후대에 반드시 그대의 이름과 공이 남을 것이네. 대량으로 만들어내기까지 얼마나 걸리겠는가?"

"두 달 정도면 가능하지만, 최대한 시일을 당기겠습니다."

12.
평양성은
흔들리지 않는다

이순신, 권율, 곽재우, 류성룡, 광해뿐만 아니라 온 백성이 하루라도 빨리 왜적을 물리치고 평화로운 조선으로 돌아가기 위해 피와 땀을 흘리는 것과 반대로 명 장수 조승훈은 천하태평이었다. 대동강 너머에 진을 치고 매일 밤이면 기녀들을 불러 왁자하게 술을 마시는 게 일이었다. 험악하기 그지없는 요동의 군사들은 해가 떨어지면 고을 여기저기를 횡행하며 노략질을 해댔고, 여자가 눈에 띄면 닥치는 대로 겁탈했다. 백성들은 왜적과 싸우는 것이 아니라 명군과 싸우다 두들겨 맞느라 삶이 피폐해졌다. 아침에 일어나보면 빈집이 갈수록 늘어나 그렇지 않아도 휑한 고을이 유령 마을로 변해가고 있었다. 이원익은 매일 아침이면 조승훈을 찾아가 지극정

성으로 대접하고 진군을 당부했으나 공허한 대답만 돌아왔다. 더 이상 묵과할 수 없어 그날은 작심하고 요청했다.

"조 부총병께서 압록강을 건너 조선으로 온 지도 어느덧 한 달입니다."

조승훈은 동요가 없었다.

"벌써 그렇게 됐나?"

"이제는…… 평양으로 가주십시오."

"평양의 적군이 아직 달아나지 않았습니까?"

"그게 무슨……. 여전히 왜군들은 평양성에 주둔해 있습니다."

조승훈은 피식 웃으며 심드렁하게 말했다.

"그렇게 시간을 줬건만."

"무슨 말씀인지……."

조승훈은 기울어진 몸을 바로 세우며 코를 한 번 후볐다.

"싸우지 않고 이기는 것이 최상의 병법이라 하지 않았습니까. 내 그냥 쉰 것이 아니라 적들에게 도망갈 시간을 준 것인데……. 이는 분명 나로 하여금 큰 공을 세우라는 하늘의 계시인 듯싶습니다. 하하하."

이원익은 이 사람이 대국의 장수인지 유희객인지 혼란이 일었으나 내색하지 않고 짐짓 그 지략에 놀랐다는 듯 대답했다.

"아, 예……. 그렇습니다."

조승훈이 거대한 몸을 천천히 일으켰다.

"이제 왜적의 수급을 가지러 가볼까?"

평양성에는 소서행장의 1군 깃발이 어제처럼 오늘도 힘차게 나부꼈다. 송포진신松浦鎭信(마쓰우라 시게노부)이 그늘진 얼굴로 보고했다.

"조승훈이 이끄는 명나라 군사 5000명이 남쪽으로 내려오고 있습니다."

소서행장은 각오를 하고 있었기에 간단히 명을 내렸다.

"군사들을 정비하고 대기토록 햇."

송포진신은 그게 다냐는 눈으로 소서행장을 보다가 더 이상 하명이 없자 '죽기 아니면 쫓겨나는 것이겠지' 마음먹고 밖으로 나갔다. 평의지가 걱정스레 말을 덧붙였다.

"아무리 명의 군사가 5000명에 불과하다 하지만, 화포는 가공할 위력을 지녔다 하던데……."

근심이 들기는 현소도 마찬가지였다.

"풍토병을 앓고 있는 병사들도 회복하려면 시일이 더 걸릴 텐데, 참으로 걱정입니다."

그러나 소서행장은 그다지 걱정하지 않았다.

"아군이 열세일 때는…… 적의 공명심을 더욱 자극해야 하지.

명나라 원군은 첫 출정에 공을 세우고자 하는 욕심이 넘칠 것이야. 공성계空城計로 성을 방어하지 않는 것처럼 꾸며 적을 유인한다!"

드디어 조승훈은 진군 명령을 내리고 말에 올랐다. 조선의 산과 들, 논과 밭은 아름다웠으나 그곳에서 살고 일하는 백성들의 모습을 볼 수 없어 적막강산이었다. 평양성이 눈앞에 보이자 일단 진군을 멈추었다. 조선군 척후가 달려와 보고했다.

"왜적이 평양성을 비우고 사라졌습니다."

뜻밖의 보고에 속이 깊은 이원익은 분명 계략이라 여겼지만 조승훈은 파안대소했다.

"하하하! 코앞에 닥친 우리 군사들을 보고 도망간 것이구나! 이럴 줄 알았다면 더 일찍 올 걸 그랬군. 평양성에 입성하자."

조승훈이 막 손을 들어 진군 명령을 내리려 할 때 소식을 듣고 달려온 류성룡이 숨차게 말했다.

"잠깐만 기다리시오, 부총병!"

"류 대감이 우릴 응원하러 오셨군. 그런데 왜 그러시오?"

"왜적이 평양성을 비웠다는 소식을 조금 전에 들었소. 허나, 이것은 유인책일 수 있소이다."

"유인책이라……. 나야 유인책이든 뭐든 상관없소이다. 얼마나 대단한 놈들인지 한판 붙어보는 게 내 소원이오!"

"그래도 군사의 희생을 최소화하는 게 좋지 않겠소이까."

조승훈이 한 번쯤은 그대들의 말을 들어본다는 얼굴로 심드렁하게 대꾸했다.

"그럼 성안의 백성을 찾아 데려와보시오."

잠시 후 촌민 두 명이 불려 왔다. 조승훈은 시답잖다는 표정으로 촌민들을 거들떠보았다.

"성안의 백성들인가?"

"네. 그러하옵니다."

"왜적들이 철수한 게 사실인가?"

"지난 새벽에 모두 성 밖으로 나갔습니다요. 그래서 우리는 어서 빨리 관군이 오기를 기다렸습지요."

의심이 사라지지 않는 류성룡이 재차 물었다.

"군사를 하나도 남기지 않고?"

"그러합니다. 뭐가 그리 다급한지 식량도 그대로 놓고 달아났습니다."

조승훈이 만면에 웃음을 짓고는 유격장 사유에게 지시했다.

"전군 출정하라!"

말을 박차고 나가자 명군들이 와, 와, 함성을 지르며 뒤따라 달려 나갔다. 류성룡과 이원익은 불안한 눈동자로 그 파도 같은 대열을 보았다. 명군 병사 한 명이 조심스레 밀자 성문은 삐그그 소리를 내며 열렸다. 머뭇거리다 고개를 길게 내밀고 안을 살폈으나 쥐 죽은 듯 고요했다. 그러다 갑자기 '만세' 소리가 울려 퍼졌다. 화들짝 놀란 병사가 고개를 드니 셀 수 없이 많은 백성이 성안 이곳저곳에서 만세를 부르고 있었다. 조승훈이 만면에 미소를 지으며 성안으로 들어가고 병사들이 의기양양하게 그 뒤를 따랐다. 사유는 성벽과 길에 늘어선 백성들을 일별하며 '왜적의 시달림을 받느라 추레하기 그지없구나'라는 측은한 생각이 들었다. 그런데 늘어선 백성 중에 여자는 한 명도 없어서 의아했다.

탕! 그 순간 만세 소리와 말발굽 소리에 섞여 조총 터지는 소리가 났다. 총탄은 직선으로 날아와 사유의 이마에 명중했다.

"컥!"

사유가 비명을 내지르며 말에서 떨어지자 사방에서 조총이 요란하게 불을 뿜었다. 탕, 탕! 뒤이어 바람을 가르는 소리를 내며 화살이 비처럼 쏟아졌다. 병사들이 짚단처럼 쓰러지고 대열은 순식간에 아수라장이 되었다. 조승훈은 깜짝 놀라 목을 움츠렸다. 성곽 주변에서 몸을 일으킨 왜군들이 일제히 조총을 쏘고 화살을 날렸다. 만세를 부르던 백성들은 흰옷을 벗어 던지고 갑자기 칼을 들고 늑대처럼 달려들었다. 이미 혼란에 빠진 병사들은 그 모습에 혼비백산해 쓰러진 병사들을 짓밟고 도망치느라 바빴다.

"칼을 빼 들어라. 물러서지 마랏!"

조승훈의 명령은 바람을 따라 흩어지고 말았다. 유격장 사유의 시체는 다른 시체들에 뒤덮여 눈에 띄지도 않았다. 한 병사가 칼을 휘두르는 시늉을 하며 소리쳤다.

"장군님. 후퇴하지 않으면 다 죽습니다."

"안 된다……."

총탄이 날아와 병사의 왼쪽 눈에 콱 박혔다. 병사의 피가 얼굴에 튀자 움찔한 조승훈은 사색이 되어 말을 돌렸다.

"모두 후퇴하라!"

평양성 1차 공격은 명군의 대참패였다. 적의 함정에 빠져 전군이 대부분 몰살당했고, 유격장 사유와 부장 대조변戴朝弁, 장국충張國忠, 마세륭馬世隆도 전사했다. 조승훈은 목숨을 부지해 호위병 수십 명만 거느리고 겨우 탈출했다. 그날 류성룡에게 왜적이 철수했다고 거짓말을 한 조선인은 왜적의 사주를 받은 순왜順倭들이었다.

"명군의 시체를 대동강에 전부 던져버려라."

무예력과 작전술이 이 정도라면 명군도 그다지 쓸모가 없음을 확인한 소서행장은 노획한 무기들이 산더미처럼 쌓여가는 광경을 보며 골똘히 생각에 잠겼다. 조선 왕은 지금 압록강변 의주에 있다. 평양에서 약 540리, 말로 달리면 고작 하루 거리였다. 안주, 박천, 정주, 선천을 지나면 금방 의주에 당도할 수 있고, 또 비겁한 조선 왕을 사로잡을 수 있었다.

이슥한 밤, 소서행장은 장수들을 소집했다. 눈치 빠른 평의지가 먼저 의견을 냈다.

"이쯤에서 멈추어야 합니다."

"왜?"

"병참선이 길어지고 있습니다. 오늘 패배를 했기에 명군은 재차 공격하지 않을 것입니다. 그러나 부산포에서 한성을 거쳐 이곳까지 군량을 조달하기 어렵습니다. 이순신이 바다를 장악했기 때문에 본국에서 무기와 군량을 대기가 버겁습니다."

송포진신은 또 다른 이유를 들었다.

"풍토병으로 병사들의 전력이 현저히 떨어졌습니다. 의주에 당도하기 전에 병사가 절반 가까이 병으로 쓰러질 것입니다."

유마청신有馬晴信(아리마 하루노부)도 진격에 반대했다.

"의주까지 간다 하면, 갈 수는 있을 것입니다. 조선군은 종잇장에 불과하니까요. 하오나 그곳은 명나라의 코앞입니다. 우리가 의주에 당도하는 순간 명나라 대군이 압록강을 건너 공격할 것이고……."

말하지 않아도 소서행장은 그 결과를 예측할 수 있었다. 대참패가 분명할 것이었다. 대촌희전大村喜前(오무라 요시아키)은 또 다른 이유를 댔다.

"경상도와 전라도 곳곳에서 의병이 일어나 우리 군과 혈전을 벌이고 있습니다. 곧 이곳에서도 의병이 일어나면 감당하기 쉽지 않습니다."

오도순현은 간단히 말했다.

"진격을 멈추고 평양성을 사수하면서 전력을 보강해야 합니다."

소서행장은 고개를 끄덕였다. 그 역시 부장들과 같은 마음이었다. 단지 진격이 불가한 이유를 자신의 입이 아닌 부장들의 입을 통해 끌어내고 싶었을 뿐이었다. 훗날 감시역 마우가 추궁할 것을 대비하기 위해서였다. 그럼에도 불구하고 소서행장은 그 이유가 마뜩잖다는 듯 얼굴을 잔뜩 찌푸리고 결론을 내렸다.

"좋다! 이곳에서 본토의 명령이 도달할 때까지 기다린다. 그동안 병사들을 치료하고 무기들을 정비하라."

전세가 뒤죽박죽이었기에 선조는 초췌하고 불안했다. 승전과 패전 소식이 한꺼번에 여러 곳에서 들이닥쳤다. 그러나 가장 중요한 것은 평양성에서 패배한 일이었다.

"내 조승훈이 큰소리칠 때부터 알아봤어요. 고작 5000명으로 무얼 한다고! 명나라까지 왜군에 당했으니 이를 어쩌면 좋소. 명나라에 청원사는 보낸 것이오?"

이항복이 대답했다.

"벌써 보냈사온데…… 명나라 또한 발배가 일으킨 내란 때문에 사정이 여의치 않은 듯하옵니다."

선조는 참담한 얼굴로 천장을 보다가 불쑥 말했다.

"노이합적努爾哈赤(누르하치)에게 원군을 보내달라 하시오."

이항복은 깜짝 놀랐고, 윤두수는 한숨부터 내쉬었다.

"있을 수 없는 일이옵니다! 오랑캐의 도움을 받으라니요! 명나라 군대가 왔을 때도 그 군대의 작폐 때문에 백성들이 산으로 전부 피신했습니다. 형제와 같은 명나라 군대도 이러한데, 오랑캐는 더 말해 무엇하겠습니까. 결단코 아니 되옵니다."

"이제는 더 이상 피할 곳도 없고, 명나라로 건너갈 수도 없고…… 꼼짝없이 왜놈들에게 잡히는 일만 남았소. 왜적에게 사로잡히는 수모를 겪느니 차라리 내 스스로 목숨을 끊을 것이오. 그러니 지푸라기라도 잡아야 하는 것 아니오?"

"그 지푸라기가 독초면 어찌하옵니까. 무엇보다 오랑캐 군대가 이 땅에 발을 들여놓는다면 왜적과 다를 바 없을 것입니다."

선조가 붉으락푸르락할 때 이덕형이 보고했다.

"지금 평양성 안에 있는 왜적들 상당수가 풍토병에 걸려 함부로 움직이지 못하고 성안에만 머물고 있다 합니다. 명나라 원군과 전면전을 벌이지 않고 성안으로 유인한 까닭도 그 때문입니다."

선조의 얼굴이 금세 밝아졌다.

"하늘이 나를 버리지 않았군. 청원사를 또 보내시오. 때를 놓치지 말고 지금 당장 오면 왜적을 물리치기가 손바닥 뒤집기보다 쉬울 것이라고 말이오!"

광해는 격심한 갈증이 일어 차가운 물을 벌컥 마시고 숨을 가다듬었다. 정탁 역시 그 물을 빼앗아 먹고 싶을 정도로 목이 탔다.

"조승훈이 공을 세우려는 욕심에 눈이 멀어 왜적들을 너무 쉽게 본 것입니다. 겁을 먹은 전하께서 또다시 요동내부를 시도하실까 두렵습니다."

"차라리…… 가시면 좋겠습니다."

정탁은 깜짝 놀랐으나 광해는 차분했다.

"다른 뜻이 있어서가 아닙니다. 차라리 요동으로 가 계시면, 전하께서도 그리 불안해하지 않으실 것이고, 이곳 분조도 전하의 눈치를 볼 필요 없이 마음껏 왜적과 싸울 수 있을 테니 말입니다."

"그 마음은 알겠습니다만, 그런 말씀 다시는 입 밖에 내지 마시옵소서. 전하께 알려지면 큰 진노를 사게 됩니다."

선조와 광해가 각각의 이유로 갈증을 참을 수 없을 때, 겨우 목숨을 부지한 협판안치도 상황은 마찬가지였다. 이름 모를 섬에 병사 수십 명과 가까스로 당도해 숨을 돌리고 이를 부드득 갈며 부산

포로 향하는 길을 잡았다.

　그 시각 남해의 바닷가에서 이순신은 왜적 수군들이 바다가 아닌 육지로 진격할 것에 대비해 계책을 궁리했다. 육지에서 싸우려면 말이 있어야 했지만 수군에게는 말이 없었다. 정운이 묘수를 냈다.

　"순천의 돌산도突山島와 백야곶白也串, 흥양興陽의 도양장道陽場에 왕실이 소유한 말 목장이 있지 않습니까. 그 말을 차출해 군용으로 쓰지요."

　그 말들은 나라의 군마가 아니라 선조의 사유재산이었다. 이순신은 말을 쓸 수 있게 차출을 윤허해달라는 장계를 올렸다. 그리고 한산해전에서 공을 세운 신호, 박영남朴永男, 김봉수金鳳壽, 김득광, 김완, 이순신李純信, 주몽룡朱夢龍, 이설李渫, 송한련宋漢蓮 등에게 작은 술자리를 마련해주었다. 그러나 조촐한 술자리는 승리의 기쁨을 다 나누기도 전에 군량미를 훔친 병사들이 잡혀 오는 바람에 끝나고 말았다. 이순신이 부장들과 함께 밖으로 나오자 격군 서너 명이 무릎을 꿇고 앉아 있었다. 그 뒤에는 수군이 전부 모여 애절한 눈으로 격군들을 응시했다.

　"장군님. 한 번만 용서해주십시오. 새끼들이 굶고 있단 소리에 그만 눈이 뒤집혔나 봅니다요. 다시는 이런 일 없을 것입니다."

정운이 눈치를 슬쩍 보고는 주청했다.

"훔친 군량미는 한 말입니다. 그리 많지 않으니 장으로 다스리시지요. 50대만 쳐도 큰 벌이 될 것입니다."

옆의 장수들도 거들었다.

"그러시지요. 모든 군사가 보는 앞에서 엄하게 장을 치시어 본보기로 삼으면 될 듯합니다."

이윽고 이순신이 입을 열었다.

"우리가 적군보다 불리한 상황에서도 매번 전투에서 이길 수 있었던 것은 혹독한 훈련과 엄격한 군율 때문이다. 군율이 무너지면 승전도 없다. 우리의 승전은 단순한 승전이 아니다. 이 나라의 존망과 백성들의 목숨이 달려 있다. 군율이 이리 중한데 어찌 가벼이 다루겠는가. 모두 참하라!"

격군들이 울며불며 끌려 나가자 이순신의 눈에서도 눈물 한 방울이 뚝 떨어졌다. 그 눈물을 쓱 닦아내고 정운에게 일렀다.

"저들 가족들에게는 바다에서 용맹하게 싸우다 전사했다 전하고, 훔친 군량미를 전부 보내주게."

13.
적의 포로가 된
왕자들

만력제는 얼굴을 잔뜩 찌푸리며 조승훈이 올린 장계를 흔들어 댔다.

"이것 보시오! 조선군이 먼저 항복해버린 탓에 조승훈이 포위를 당했다지 않소. 조선과 왜가 짜고서 우리 명을 공격하려는 게 명백해."

석성은 조용히 도리질했다.

"황상 폐하! 조승훈은 공명심이 앞서 적의 유인책에 빠진 것입니다. 제가 은밀히 보낸 세작에 의하면 조선 대신들이 여러 번 주의를 주었는데도 경거망동으로 공격해 참패를 당했다 합니다."

"그래? 조승훈, 이놈이 감히 짐을 속여! 당장 참하라!"

"폐하, 바둑에서는 죽은 돌도 활용하는 법입니다. 비록 패군지장이기는 하나, 왜적과 싸운 경험이 있으니 우리 명의 대군을 길라잡이 하게 하십시오."

"쯧쯧……. 병부상서 맘대로 하시오. 발배는 진압했소?"

"이여송이 승기를 잡았다 합니다."

"이제 겨우 승기를 잡았다고? 참으로 오래도 걸리는군. 이여송이 돌아오면 조선으로 곧장 진격하라 하시오. 그리고…… 어지간히 중요한 일 아니면 짐에게 찾아오지 마시오. 알겠소?"

조승훈의 패배 같은 것은 만력제에게 그다지 중요한 일이 아니었다. 패배한 장수는 삭탈관직하고 새 장수를 임명하면 될 것이었다. 그에게 중요한 것은 재물을 거두어들이고 후궁들과 환락에 빠지는 것이었다.

재물에 눈이 먼 것은 황제나 조선의 백성이나 마찬가지였다.

"왕자를 잡아오면 은자를 내리고 벼슬을 준다고? 오호! 평생 한 번밖에 없는 기회가 왔구나."

국경인鞠景仁은 눈을 반짝였다. 죄를 짓고 함경도 회령會寧으로 유배되었다가 유배가 풀리자 돈을 모아 회령부 아전으로 신분을 바꾸었다. 함경도까지 진군한 가등청정의 방榜을 보고는 작은아버지 방세필方世弼, 명천 아전 정말수鄭末守를 꼬드겼다.

"조선 왕을 사로잡아 왜군에게 넘기면 평생 먹고살 수 있는 재물을 얻을 수 있어요."

그 한마디에 깊은 밤에 횃불 서너 개를 만들어 회령 관아로 짓쳐 들어갔다. 몽둥이로 호위 군사들을 두들겨 쫓아내고 방문을 벌컥 열었다. 임해군은 황급히 몸을 일으켰다.

"무슨 일이냐?"

"저놈을 포박하라!"

"네 이놈, 멈추지 못할까. 내가 누군지 모르느냐! 나는 이 나라의 왕자 임해군이다!"

국경인이 다짜고짜 임해군을 발로 걷어찼다.

"망한 나라에 왕자는, 무슨 얼어 죽을 왕자야!"

몽둥이찜질 몇 번에 국경인은 임해군과 순화군順和君, 영의정을 지낸 김귀영金貴榮, 황정욱黃廷彧과 황혁黃赫 부자, 남병사南兵使 이영李瑛, 회령부사 문몽헌文夢軒, 온성부사 이수李銖도 사로잡는 횡재를 했다.

가등청정은 일이 너무 쉽게 풀려 오히려 의심됐다.

"조선의 왕자들이 틀림없는가?"

국경인이 넙죽 대답했다.

"이놈이 첫째 왕자인 임해군이고, 저놈은 여섯째인 순화군입니다. 신하 나부랭이 여러 놈도 잡았습지요."

"좋아. 아주 마음에 들어. 네가 회령과 경성을 다스리도록 해라."

"감사합니다, 장군!"

"그만 나가보거라."

국경인이 출싹거리며 나가자 가등청정은 임해군과 순화군의 밧줄을 직접 풀어주었다.

"무례를 범했소이다."

왜장들을 노려보던 임해군이 위엄을 갖추며 명령했다.

"지금 당장 나와 내 가속들, 관리들을 풀어주거라. 나는 조선의 첫째 왕자다. 전쟁이 끝나면 내가 이 나라의 왕이 될 것이니, 지금 즉시 풀어주면 잊지 않고 사례할 것이다."

가등청정은 얄팍한 미소를 지었다.

"사례라……. 그 사례를 미리 받아도 되겠소?"

임해군이 당황해하자 부장이 종이와 붓을 대령했다.

"당신 아버지에게 쓰시오. 이 가토에게 와서 당장 항복하라고."

"무례하구나!"

"무례하다고? 흐흐, 내가 잠시 바람 쐬고 올 테니 너희는 무례한 게 어떤 것인지 보여줘라."

"넷!"

가등청정이 나가기도 전에 부장들이 달려들어 임해군을 짓밟았다. 으아악, 비명이 터지자 순화군은 벌벌 떨며 눈을 꽉 감았다. 무자비한 발길질이 대여섯 차례 쏟아진 뒤 비명마저 나오지 않을 때 가등청정이 들어와 안쓰러운 눈으로 임해군을 보았다.

"이제 쓸 준비가 되었소? 왕자님."

"부, 붓을 주시오⋯⋯."

임해군은 붓을 들어 떨리는 손으로 '항복을 간절히 바라나이다' 를 겨우 써 내려갔다. 그 위로 눈물 한 방울이 뚝 떨어졌다. 서찰을 봉투에 넣고 잠시 망설이다 '義州 主上 殿下(의주 주상 전하)'라 쓰지 않고 '孟山 世子 光海君(맹산 세자 광해군)'이라 썼다.

그 소식은 곧바로 평양성으로 날아들었다.

"가토가 조선 왕자들을 사로잡았다고?"

"국경인이라는 자가 붙잡아서 넘겼다 합니다."

본국을 떠나 평양성에 당도한 석전삼성이 소서행장을 위로했다.

"그리 괘념하지 말게. 왕자는 왕자일 뿐 결코 왕이 아닐세. 자네 는 명군을 대파하지 않았나?"

"적이 우리를 얕보고 방심했기 때문에 가능한 승리였지. 이번에 패하고 돌아갔으니 명군이 다시 올 때는 엄청난 대군을 몰고 올 것 일세."

소서행장의 넋두리는 계속되었다.

"도대체 태합 전하는 이곳 사정을 아시는가? 바닷길이 막혀 보급로는 끊기고, 전라도는 점령될 기미조차 없네. 거기다 이곳 성안에는 풍토병까지 돌고 있어. 전쟁이 길어지면 우리 모두 이곳에서 죽게 될 것이야. 명 군대가 참전한 이상 이제 이 싸움은 일본과 조선의 싸움이 아니라 일본, 조선, 명의 싸움이야. 하지만 명과 우리가 주도하는 전쟁이겠지."

"혹시 명과 직접 협상하자는 뜻인가?"

소서행장이 고개를 끄덕이자 석전삼성이 목소리를 낮춰 물었다.

"조건은?"

"할지割地."

"조선을 나누자고?"

"전쟁은 여기서 멈추고 지금까지 우리가 점령한 지역만 일본 땅으로 인정해달라 해야지!"

소쩍, 소쩍.

숲 너머 깊은 산에서 소쩍새 우는 처량한 소리를 들으며 곽재우는 눈을 감았다. 호롱불을 밝힌 단정한 사랑방의 윗목에서 머리에 띠를 두른 십대승이 분에 겨워 소리쳤다.

"공휘겸孔撝謙? 이런 쳐 죽일 놈이 어딨노! 왜적의 길잡이 노릇을

201

하고선 머? 지가 경주부윤이 될 꺼라꼬?"

보고하는 의병도 분에 겨워했다.

"그렇답니다. 거놈은 원래 영산靈山에서 태어났는디 왜적에게 빌붙어 길잡이 노릇을 허고, 조선은 이미 망해뿌렀으니 지가 일본 대신이 돼가 밀양부사나 경주부윤이 될 끼라 떠들고 댕깄답니다."

조용히 있던 곽재우가 눈을 떴다.

"왜적보다 더 살려둬선 안 될 놈이군! 이자의 목을 효수해서 백성들이 순왜하는 일을 막아야 한다. 당장 놈이 어디에 있는지 파악하라."

심대승이 주먹을 꽉 쥐었다.

"네, 행님! 반드시 목을 베겠습니다요."

이슥한 밤에 기생집 방 안에서 울리는 거문고 소리와 웃음소리가 담을 넘어 고샅 멀리까지 들렸다. 대추나무 하나가 외로이 서 있는 마당에 왜군 수십 명이 창을 들고 지키고 서 있었다. 전쟁 통에도 비단옷을 입은 공휘겸이 왜장들과 기녀들을 끼고 한바탕 술판을 벌이고 있었다.

"자, 자, 장군님들 걱정하지 마십시오. 전라도로 통하는 길은 경주부윤인 이 공휘겸이 책임지고 안내하겠습니다."

얼굴이 불콰해진 왜장 하나가 호기롭게 소리쳤다.

"태합 전하께 네 공을 빠짐없이 아뢸 것이다."

한껏 달아오른 공휘겸이 기녀들을 꾸짖었다.

"어서 술잔 채워드리지 않고 뭐 하느냐!"

기녀들은 목숨을 보전하기 위해 술자리에 끌려오긴 했지만 참담하기 그지없었다. 마지못해 술병을 들어 술을 쪼르르 따를 때 어두침침한 담장 너머로 얼굴 하나가 쓱 올라왔다. 눈을 껌벅이고 뒤돌아 고개를 끄덕이자 의병들이 일제히 왜군을 향해 활을 쏘았다. 창을 들고 지키고 있기는 해도 무심히 마당을 오가던 왜군들은 갑자기 날아온 화살에 컥 비명을 내지르며 푹 쓰러졌다. 이때다 싶어 의병들이 담을 넘어 쏟아져 들어가자 살아남은 왜적들이 칼을 들고 저항했다. 밖에서 들려오는 시끄러운 소리에 공휘겸과 왜장들이 문을 박차고 뛰어나왔다.

"웨, 웬 놈이냐!"

말을 탄 채 대문으로 들어온 곽재우가 천둥처럼 소리쳤다.

"나는 곽재우다."

공휘겸은 비명도 지르기 전에 곽재우가 휘두른 칼에 목이 뎅겅 잘렸다. 남아 있는 왜적들이 칼과 창을 들고 달려들었으나 서너 합도 싸워보기 전에 모두 목숨을 잃었다.

"이놈들의 수급을 모두 거둬라!"

횃불을 환히 밝힌 의병들은 왜적들과 공휘겸의 수급이 실린 수

레를 끌고 경상감영 마당으로 향했다. 판관이 수급들을 보고 눈이 휘둥그레졌다.

"공휘겸, 이놈은 우리도 찾고 있었던 놈인데, 이놈을 어디서?"

심대승이 자랑스러우면서도 비웃음을 섞어 말했다.

"와요? 관군이 못 찾는 일마를, 우리가 마 모가지 베어 오니까 네 놀랐십니꺼?"

판관이 언짢아했다.

"소재를 파악했으면 우리에게 알리지 그랬소."

"공을 세울 기휠 우리가 가로챘다 그 말입니꺼?"

"그, 그게 아니고……. 하여튼 고생했소. 내 감사께 아뢰어……."

곽재우가 말 위에서 판관에게 일렀다.

"다른 공치사는 필요 없소. 의병의 수가 늘어 무기가 부족하니 군기고의 무기나 내어주시오."

"그건 안 되오. 감영의 무기는 오직 군사들에게만 지급하는 것이오."

저 멀리 산속의 소쩍새 우는 소쩍, 소쩍 소리는 여전히 처연했다. 곽재우가 하늘의 별을 한 번 올려다보고 위엄 있게 말했다.

"이보시오, 판관! 지금 눈앞에 놓인 왜적의 수급이 안 보이오? 나라가 풍전등화風前燈火인데 민과 군이 어찌 따로 있단 말이오! 왜 적과 싸우는 모든 백성이 조선의 의로운 군사요! 들어가서 무기를 갖고 나오거라!"

의병들이 군기고를 열어 창과 칼, 화살을 들고 나왔다. 그때 김수金睟가 관아로 들어서자 판관이 쪼르르 달려갔다. 김수가 대뜸 화를 냈다.

"이 무슨 짓들이냐. 당장 물러나지 못하겠느냐!"

기다리고 있던 곽재우가 앞으로 나섰다.

"홍의장군 곽재웁니다."

김수는 그를 떨떠름하게 위아래로 훑어보았다.

"얘기는 익히 들었소만, 그렇다고 이리 허락도 없이 군기고를 털면 되겠소?"

"관이 왜적들한테서 백성들을 지키지 못하는데, 마땅히 이 무기들은 왜적과 싸울 우리 의병들에게 더 필요한 것이오! 무기를 내어 주지 않으면 영감이야말로 공휘겸과 같다 할 수 있소!"

말이 끝나기도 전에 김수가 칼을 빼 들었다.

"네 이놈! 말 다 했느냐!"

곽재우는 눈 하나 깜빡하지 않았다.

"칼은 의병이 아니라 적군에게 빼 드셔야지! 굳이 한판 붙겠다면 이 사람도 사양치 않겠소이다."

곽재우가 서서히 칼을 빼 들었다. 그러자 김수는 위압감에 주춤하며 칼을 도로 넣고 이죽거렸다.

"내 네놈을 군기고를 턴 도적으로 조정에 고할 것이다."

"조정에 품하든 왜적에게 품하든 마음대로 해보시오. 가자!"

그 말에 심대승과 의병들이 무기를 수레에 싣고 관아를 득의양양하게 나섰다.

보고를 받은 선조는 못마땅했다.

"곽재우가 아무리 공을 세웠다 하지만, 참으로 고약한 자 아닌가! 나라가 임명한 관찰사에게 함부로 하는 건 곧 과인을 능멸하는 것이나 마찬가지 아니냔 말이오."

윤두수가 곽재우를 두둔했다.

"초유사 김성일이 올린 장계로 봐서는 의병을 도적 취급한 김수에게도 잘못이 있습니다. 하오니 곽재우에게 벼슬을 내려 그 공을 치하하고, 관군과 의병 간에 화합을 도모하시옵소서."

홍여순은 반대했다.

"말이 좋아 화합이지, 의병들이 관군을 무시하는데 화합이 되겠습니까? 그리고 관을 능멸한 곽재우에게 벼슬을 주면 관의 사기가 어찌 되겠습니까? 일벌백계一罰百戒하여 관의 위엄을 보이셔야 합니다."

윤두수가 홍여순을 노려보았다. 무슨 말이든 임금의 비위만 맞추려는 홍여순이 갈수록 마음에 들지 않았다. 선조는 그런 홍여순한테 의지했다.

"의병들이 세력을 믿고 관을 함부로 대하면 사병을 거느리고 왕실을 위협하던 고려 때의 권문세족과 무엇이 다르겠소. 전쟁이 끝나면 의병은 사병이 될 가능성도 있소. 정여립鄭汝立과 같은 역도가될 수 있다는 말이오. 그러니 곽재우에게 조그만 벼슬을 주고 의병들은 관의 편제로 들어오게 하시오. 그리하면 관군의 힘은 강해질 것이고, 관이 의병에게 무시당하거나 대립하는 일은 없을 것이니."

대신들은 좋은 계책은 아니었으나 딱히 반대할 이유도 없어 그명을 받아들일 수밖에 없었다. 한 식경이 채 되지 않아 교지를 품에넣은 전령들이 조선 팔도로 내달렸다.

곽재우는 사랑방에서 서찰을 읽고는 탁자를 내리쳤다.

"말이 되는 소린가? 김수 같은 자의 지휘를 받으라니!"

심대승이 맞장구쳤다.

"맞심더. 이건 마 우리 의병들보고 죽으라는 소리나 똑같심다! 김수 밑으로 들어가느니, 차라리 마 칼을 거꾸로 물고 죽을랍니더!"

"나도 그렇게는 못 한다. 우리가 공을 세워 벼슬을 받고자 한 것도 아니다. 무능한 김수 밑으로 들어가면 의병들을 몰살하는 것과 같다. 어명을 따르느니 차라리 지리산으로 들어가고 말 것이다."

곽재우는 날이 밝자 의병들을 모아놓고 섬돌에 올라 한마디로 물었다.

"어명을 따르겠느냐? 아니면 나를 따르겠느냐?"

의병 모두 한결같이 '그것도 하문下問이냐'는 표정을 지으며 망설이지 않고 일제히 대답했다.

"장군을 따르겠습니다!"

'모든 의병은 관의 휘하로 들어가라'는 선조의 교지는 경상도, 전라도, 충청도, 함경도, 평안도에서 분란을 일으켰다. 곳곳의 의병 군막 안에서 의병장과 의병들은 날이 훤히 밝아올 때까지 격론을 벌였다. 그들이 내린 결론은 한결같았다.

"나는 이름 없는 의병으로서 왜적과 싸우다 죽겠소!"

이제 겨우 열세 살인 순화군은 차라리 죽고 싶은 마음뿐이었다. 한 나라의 왕자로서 불과 서너 달 전만 해도 궁궐에서 호의호식하던 몸이 졸지에 왜적의 감옥에 갇혀 온갖 수모를 받았다. 궁에 있을 때만 해도 상상조차 할 수 없는 일이었다. 주린 배를 움켜쥐다가 문득 궁금증이 들었다.

"형님, 어찌 전하께 서찰을 보내지 않고 광해 형님께 보냈습니까?"

임해가 미간을 찌푸렸다.

"넌 주상 전하가 우릴 구해주실 거라 여기느냐? 오히려 왜놈에게 잡혔다고 야단치지 않으면 다행이다. 그래도 광해는 한배에서 나온 내 아우다. 그리고 실제로 조정을 이끌고 있으니, 반드시 구해줄 것이야."

가등청정 역시 서찰의 겉면에 쓰인 '光海君(광해군)'을 읽고 궁금증이 들었다.

"첫째 왕자가 제 아비인 조선 왕에게 서찰을 보내지 않고, 동생놈에게 보내다니……. 왜 그렇지?"

국경인이 잘난 듯이 설명을 늘어놓았다.

"지금 조선의 조정은 둘로 나뉘어 있지요. 조선 왕은 허수아비이고, 광해가 이끄는 분조가 실제 조선의 조정입니다."

"그래? 그렇다면 누구에게 항복 문서를 받아야 하나?"

국경인은 머리를 긁적였다.

"글쎄…… 그건 저도 잘 모르겠습니다."

"혹시 조정을 둘로 나눠 우리를 혼란에 빠뜨리려는 계략 아닌가?"

국경인은 자신도 모르게 피식 웃음이 나왔다.

"도망가기에 바쁜 조선 왕이 그런 걸 생각할 겨를이 어디 있겠습니까? 그런 계략을 생각해낼 정도로 명민하다면 어찌 도망만 칠까……. 어쨌든 조선의 민심은 세자를 따르고 있으니, 세자에게 항복을 권하는 게 맞는 듯합니다."

아침 일찍 일어나 병사들을 이끌고 산에 올라 화살을 10순씩 쏘고 내려온 이순신의 군막에 정운, 송희립, 신호, 어영담이 둘러앉았다. 먼저 송희립이 보고했다.

"허내만 노인의 정보에 의하면 왜적의 새로운 전선 500여 척이 부산진에 모였다 합니다."

신호가 덧붙였다.

"경상우수영에서 보낸 정보도 다르지 않습니다."

정운이 벌떡 일어나 벽에 걸린 지도로 다가가 설명했다

"부산포에 모인 적선 500척을 박살 내면 당분간 적선은 구경조차 할 수 없을 겁니다."

어영담이 다른 의견을 개진했다.

"우리의 열 배가 넘는 규몹니다. 허고 부산진까지 가는 길은 험합니다. 여러 곳의 포구에서 적들이 우릴 기다리고 있을 겁니다."

정운은 바로 그 점을 노렸다.

"그러니 유인해내야지요! 여태 그렇게 해오지 않았소?"

이순신이 신중하게 타일렀다.

"적이 유인책에 늘 당해왔던 터라 이번엔 쉽지 않을 수도 있네."

정운이 앞으로 쭉 내민 가슴을 힘차게 두드렸다.

"나오지 않으면 더 가까이 다가가면 됩니다. 나오지 않고는 못 배기게 깊숙이 찌르겠습니다. 자신 있습니다. 맡겨주십시오!"

이순신이 그윽하게 장수들을 보다가 결단을 내렸다.

"또 한 번 우리 목숨을 바쳐야 한다……. 출정 준비하라."

그 시각 안주에서 병사들은 곡식을 창고에 나르느라 땀을 뻘뻘 흘렸다. 그 모습을 지켜보는 류성룡 앞에서 신명철이 목판에 '五(오)' 자를 하나씩 새기며 보고했다.

"창성昌城에 백미白米와 전미田米(좁쌀)를 합해 1만여 섬이 있고, 삭주朔州에는 전미가 4900여 섬, 백미가 750섬, 증미拯米(물에 잠겼던 쌀)가 120섬 있습니다."

"군량미는 어렵사리 준비되고 있는데, 명군은 대체 언제 온단 말인가."

맹산을 떠나 성천 관아에 도착한 광해와 대신들은 새로운 임시 분조를 세우느라 여념이 없었다. 관리들과 호종 노비들이 바쁘게 짐을 풀 때 말에서 내린 군관이 정탁에게 서찰을 내밀었다.

"맹산에 들렀다가 이곳으로 떠나셨다 하여 부지런히 달려왔습니다."

겉면에 '日本國 第2番隊 司令官 肥後熊本 加藤淸正'(일본국 제2

번대 사령관 비후웅본 가등청정)이라 쓰여 있고 그 안에 서찰이 하나 더 있었다. 정탁은 흠칫했다.

"저하, 함경도에 주둔한 가등청정이 서찰을 보내왔습니다."

"무슨 내용이오?"

"임해군과 순화군을 인질로 잡고 있다 합니다. 임해군이 우리에게 항복을 권하는 편지를 썼습니다."

광해는 깜짝 놀라 편지를 건네받아 재빨리 글씨를 살폈다. 급히 써 내려가긴 했지만 분명 임해의 글씨였다. 획이 바르지 못한 글자에서 임해가 얼마나 큰 공포심과 두려움에 사로잡혀 있는지 짐작이 갔다. 분조가 정돈되기도 전에 광해는 대신들을 불러 모았다. 두 왕자를 구출해야 한다는 광해의 바람과 달리 모든 대신은 멀뚱거리며 새로 옮겨 온 곳의 천장만 응시할 뿐이었다. 정탁이 그런 대신들의 뜻을 읽고 강경하게 의견을 말했다.

"임해군과 순화군을 살리자고 항복을 한다는 것은 일고의 가치도 없는 얘깁니다."

모두 큼, 큼, 헛기침을 하며 수긍한다는 뜻을 밝혔다.

늦여름의 첫닭이 울 때 이순신은 전라좌우도의 연합 함대를 거느리고 가덕도로 출발했다. 중도에서 원균元均을 만났으며 낙동강 하구를 거쳐 9월 초에 화준구미花樽龜尾, 다대포多大浦, 서평포西平浦, 절영도絶影島에서 적선 24척을 불태우고 부산포 앞바다에 이르렀다. 왜군은 동쪽에 470여 척을 대기해놓고 있었다.

"학익진은 이 바다에서는 통하지 않는다. 또 적은 우리의 전법을 벌써 파악했을 것이다."

"그러면······."

"장사진長蛇陣으로 공격한다."

명령이 떨어짐과 동시에 정운, 구선돌격장龜船突擊將 이언량李彦良, 이순신李純信, 중위장 권준權俊이 선봉에 나서 판옥선 170여 척을 이끌었다. 그러나 적선은 꼼짝도 하지 않았다. 그럴수록 정운은 더 깊이 배를 끌고 들어갔다.

"더 다가가라, 더 가까이!"

입술이 바짝 타들어간 부장이 만류했다.

"위험합니다."

"놈들이 포구에서 꼼짝도 하지 않으니 유인해내야 한다. 더 가까이 붙여라!"

판옥선이 안택선 옆에 바짝 붙을 때 '탕!' 소리가 울렸다. 이어 총탄이 돌팔매 던지듯 연이어 날아왔고 조선군은 화살을 쏟아부었다. 죽고 죽이는 격렬한 전투 끝에 이순신은 후퇴 명령을 내렸다. 적선 128척을 불태우고 왜병 3800여 명을 사살한 대승리였다.

둥, 둥, 물러나라는 북소리가 울리는 것도 모르고 정운은 판옥선 앞에서 병사들을 독려했다. 불타오르며 침몰하는 관선에서 왜병들이 물속으로 뛰어내려 스스로 목숨을 끊었다.

"화살을 멈추지 마라!"

탕!

소란 속에서 총탄 하나가 발사되어 판옥선으로 핑 날아왔다. 순간, 정운이 한 병사의 어깨를 짚었다. 문득 머리가 아프기 시작했다. 잠시 어지럼증이 일었다고 생각하고 스르르 갑판 위로 몸을 뉘었다. 병사가 고개를 돌리자 정운의 이마 한가운데에서 피가 철철 흐르고 있었다.

"장군!"

그러나 정운은 이미 말이 없었다. 전라도 영암에서 태어나 훈련원訓鍊院 봉사奉事, 금갑도金甲島 수군권관水軍權管, 거산居山 찰방察訪을 거쳐 웅천현감을 지냈으나 성격이 강직했기에 몇 해 동안 벼슬을 하지 못했다. 임진란이 일어나기 전 녹도만호가 되고 이순신 휘하에서 용맹하게 싸웠으나 그날이 마지막이었다. 순천 수군 김천회金千回, 흥양 수군 박석산朴石山, 능성 수군 김개문金開文, 격군 수배守培, 사공沙工 김숙연金叔連이 죽었고, 부상자는 장개세張開世, 김억부金億富, 금동今同 등 25명이었다. 정운의 시체 앞에서 장수들과 병사들은 통곡을 멈추지 않았다. 이순신은 가장 서럽게 우는 송희립의 어깨에 손을 올렸다.

"실컷 울어라. 그러나 이날 이후로는 울지 마라……. 정운 장수가 대승을 이끌지 않았느냐. 우리 또한 이 바다를 지키다 그를 뒤따라 갈 것이다."

14.
천하의 모사꾼
등장하다

석성은 앞에 앉은 낯선 사람을 찬찬히 살폈다. 열심히 공부한 문력文力을 좋은 곳에 쓰지 않고 자신의 이익만 챙기려는 모사꾼 냄새가 물씬 풍겼다.

"어인 일로 나를 보러 왔소?"

그 말에 심유경沈惟敬이 슬며시 웃으며 대답했다.

"조선을 회복할 자를 찾고 계신다 들었습니다. 그 적임자가 바로 접니다."

석성은 그 대담함이 마음에 들었다.

"계책을 말해보시오."

"간단합니다. 화의和議를 하면 됩니다."

"화의?"

더 이상 들을 필요도 없어 석성은 벌떡 일어나 소리쳤다.

"이놈! 안팎으로 시국이 흉흉한 이때 지금 농을 하자는 것이냐! 당장 물러가라."

심유경은 태연했다.

"이여송 장군이 승기를 잡았다고 하나, 아직 발배의 난은 정리되지 않았고, 아무리 5000명에 불과하다 하지만 조승훈 부대는 왜군에 전멸당했습니다. 군사를 보내기도 어려운 형편에 무조건 싸우는 것만이 능사겠습니까?"

석성은 끙 신음을 내며 다시 자리에 앉았다. 심유경은 피식 웃고는 계속 조잘거렸다.

"전쟁에서 가장 중요한 것은 이기는 것. 그리고 이기는 방법 중에서도 싸우지 않고 이기는 것이 최선입니다. 우리 대명이 그깟 조그만 섬나라와 싸워 얻을 게 무엇입니까? 원군을 보내더라도 피해를 최소화하고, 조선 왕을 살리고, 국토를 회복해주는 방법은…… 화의뿐입니다."

석성은 의미심장한 눈빛으로 응시하다가 짧게 일렀다.

"곧바로 조선으로 가시오."

명에서 사신이 온다는 소식에 선조는 기쁨을 감추지 못했다. 서너 명의 단출한 일행을 거느리고 온 심유경은 거들먹거리기가 하늘을 찌를 지경이었다. 그러든 말든 선조는 무조건 반가웠다.

"어서 오시오. 황상께서 조 부총병의 패배에 심려가 크셨지요? 그럼에도 불구하고 사신을 보내주시다니……. 다시 한 번 명과 조선이 형제의 나라임을 깨닫고 참으로 감복합니다. 대군은 언제쯤 올 예정이오? 시일을 알려주면 군량미를 준비하겠소."

"뒤따라올 군사는 아직 없습니다."

선조는 깜짝 놀랐다.

"그게 무슨 소리요. 군사가 뒤따라오지 않는다니? 황상께서 원군을 보내지 않으셨단 말이오?"

"보내셨습니다. 신이 백만 대군이옵니다. 하하핫. 제가 직접 평양으로 가 그들을 꾸짖을 것입니다. 어찌 명분도 없이 남의 나라를 침략하였는지 크게 혼낼 것입니다."

그 말을 들은 선조는 어이가 없었다.

"지금 농을 할 때가 아닙니다. 속히 대군을 불러 왜군을 물리치시오!"

"전하, 황상 폐하의 대리인인 제게 지금 명령을 내리는 겁니까? 나라를 이 지경으로 만들고, 그것도 모자라 요동으로 도망가고자 한 전하가 제게 간청해도 모자랄 판에……."

얼굴이 새빨개진 선조가 가슴을 부여잡자 참다못한 류성룡이 나섰다.

"이보시오! 그대가 아무리 명의 사신이라 하나, 어찌 한 나라의 임금을 이리 조롱할 수 있단 말인가!"

심유경이 천천히 고개를 돌렸다.

"그대는 누구신가?"

"나, 류성룡이오!"

"아하! 난 또 누구신가 했습니다. 우리 명나라 군사의 밥을 지어 주신 재상이라고요? 이 사람의 밥도 잘 부탁합니다."

이제 류성룡의 얼굴도 새빨개졌다. 흥분을 가라앉힌 선조가 더 이상의 창피를 막을 심산으로 심유경을 재빨리 이끌었다.

"안으로 들어가 논의하지요."

대신들이 그 뒤를 따르자 심유경이 언짢은 표정을 지었다.

"전하와 긴히 할 얘기가 있으니 대신들은 좀 빠져주시오."

윤두수가 불쾌한 듯 그 말을 받았다.

"나라의 중대사를 논의하는데 어찌 대신들을 제외할 수 있단 말이오."

"별 도움이 되지 않아 그렇습니다."

이제 모든 대신의 얼굴이 새빨개졌다. 결국 심유경은 자기 뜻대로 선조와 독대했다.

"어떻게 적을 물리칠 생각이오?"

심유경은 행여 누가 들을세라 몸을 앞으로 기울였다.

"우선 평양성에 있는 왜장을 만나 담판을 지을 것입니다."

"담판? 군사도 데려오지 않았는데, 혼자서? 무슨 이야기를 나눌 생각이오?"

"극비입니다. 내용이 새어 나갈 우려가 있으니 다녀와서 말씀드리지요. 그리고…… 전하와 조선 조정은 무조건 제 말을 따라야 합니다."

선조는 참담했으나 더 이상 대꾸하지 못했다. 지금은 자신의 말처럼 지푸라기라도 잡아야 했다. 그날 저녁부터 그 '지푸라기' 심유경은 술과 여자를 찾았다. 의주 일대를 뒤져 기녀 두어 명을 겨우 찾아내 옆에 앉히고 술을 따르게 했다. 사신을 접대하는 일을 맡은 이덕형과 이항복은 끔찍했지만 그 앞에 앉아 비위를 맞춰주었다.

삼국의 운명을 손에 쥔 심유경은 어떤 사람인가? 원래 절강성浙江省 가흥嘉興이 고향인데, 심유경 옆집의 딸이 석성의 첩으로 들어갔다. 오랜만에 친정에 내려온 딸이 아버지에게 '조선을 구원할 인재를 찾는다'고 말했는데 그 말을 바람결에 듣고 무작정 석성을 찾아간 것이 뜻밖에 사신 자리를 꿰차게 되었다. 일찍이 책 꽤 읽고 일본 말을 배워둔 것이 벼락출세의 바탕이 되었다. 조선에 건너온 이상 무슨 짓을 해도 간섭할 사람이 없었고, 책망을 들을 일도 없었다. 국정에 관심 없는 만력제를 따돌리고 석성과 모의해 강화를 맺어서 전쟁을 멈추게 한 뒤 한몫 단단히 챙기면 그만이었다. 그런 원대한 꿈을 꾸고 있는데 오늘 밤, 술 한잔 마신들 어떻단 말인가.

다행히 심유경은 조승훈과 달리 머뭇거리지 않았다. 적과 싸워 목숨을 잃을 일이 없었기에 하루라도 빨리 일을 매듭지으려 했다. 사나흘 진탕 술을 퍼마신 뒤 갑자기 흥미를 잃은 듯 말에 올라 종사관 서너 명을 데리고 남쪽으로 향했다. 소서행장도 똑같은 마음이어서 곧 협상 자리가 만들어졌다. 평양성 대장 군막 안에는 완전무장한 왜장들이 소서행장을 가운데 두고 칼을 집은 채 둘러섰다. 심유경은 마치 소풍이라도 나온 듯 여유작작했다. 소서행장은 속으로 놀라면서도 그런 모습이 대국 사람의 기질이라고 생각했다.

"대인께서는 칼날이 번뜩이는 적진에서도 낯빛이 바뀌지 않으십니다그려."

"대국의 장수와 사신은 항상 죽을 각오가 되어 있기에 마음이 편안합니다. 그런데 이곳이 왜 적진이오? 이곳은 명나라 관할이오. 우리 폐하께서 더 노하기 전에 당장 물러나시오!"

"하핫! 명의 관할이라니……. 이곳은 조선 땅이오."

"여기가 조선 땅이기는 하나, 오랫동안 우리 폐하의 황은을 받고 번영을 누려온 형제의 나라요. 형제는 한 몸이니 명의 땅이라 해도 무방하오. 당장 물러나시오!"

"우리는 길을 빌려 대명에 조공을 바치고 책봉을 받으려 한 것이오. 허나, 조선이 길을 막고 무력으로 대항하니 어쩔 수 없이 전쟁이 일어났소. 피를 보며 여기까지 온 이상 물러나지 못하오."

"그렇다면 요동에 대기 중인 우리 명의 70만 대군을 맞이하는 수밖에 없겠구면."

소서행장은 흠칫했으나 내색하지 않았다.

"조승훈을 박살 내보니 참으로 오합지졸이더군. 그런 군사는 수십만이라 해도 두렵지 않소."

심유경이 참지 못하고 벌떡 일어섰다.

"해보자는 건가!"

이제 태연한 사람은 소서행장이었다. 빙긋이 웃으며 찻잔을 들어 입으로 가져갔다.

"난 피를 그리 좋아하지 않소. 방법이 전혀 없는 것은 아니지……. 대동강을 경계로 삼아 그 남쪽은 우리가 갖겠소. 그리고 더 이상 북진은 없을 것이오."

"좋소. 하지만 이런 중대 사안을 혼자 결정할 수는 없으니 황상 폐하께 보고하고 답서를 받아 오겠소. 그러니 지금부터 50일 동안은 휴전해야 하오. 이를 조선에도 전하겠소."

선조는 50일의 휴전이 좋은 것인지 나쁜 것인지 판단을 내리기 어려웠다. 만일 심유경이 대동강 이남을 일본에 준다는 조건을 사실대로 밝혔으면 절대로 반대했을 것이다. 그러나 능구렁이 심유경은 자신을 치켜세우기만 했다.

"내가 군사 한 명 거느리지 않고 적의 북진을 막았습니다. 그러니 당분간은 걱정하지 않아도 됩니다. 우리 명은 지금 군사를 동원할 여유가 없습니다. 모든 군사가 발배의 난을 진압하는 데 동원되었는데, 어찌 군사를 조선에 보낼 수 있겠습니까? 발배의 난을 진압하고 그 군사들이 조선으로 들어올 시일을 벌려고 거짓으로 70만 대군이 요동에 대기 중이라 했습니다. 50일만 지나면 우리 명의 대군이 저들을 파도처럼 휩쓸어버릴 것입니다."

선조는 그 깊은 뜻에 얼굴에 화색이 돌았다. 그러나 심유경은 '대동강 이남'에 대해서는 끝내 한마디도 하지 않았다.

방바닥 한가운데 놓인 둥근 쇳덩이를 류성룡은 찬찬히 살펴보았다. 사람 머리보다 약간 큰 쇳덩이는 보는 사람으로 하여금 '이게 도대체 무엇일까?' 하는 궁금증이 들게 했다. 설마 이것이 폭탄이라는 사실은 누구도 생각하기 어려웠다.

"비격진천뢰를 100여 개나마 만들었습니다. 각 진에 나누어 주기 전에 효과를 확실히 알아보기 위해 실전에 한번 사용해보았으면 합니다."

이장손의 말에 류성룡은 좋은 의견이라 생각했다. 하지만 50일 휴전령이 내려졌기에 평양성에 사용할 수는 없었다.

"어디가 좋을까?"

옆에서 비격진천뢰를 이리저리 굴리던 신명철이 묘책을 냈다.

"경주성이 딱 좋습니다요. 얼마 전 경상좌병사 박진이 경주성 수복에 실패했지 않습니까? 영천성을 되찾았던 권응수權應銖 의병장이 합세했지만 600명의 전사자를 내고 실패했습지요."

류성룡의 눈이 반짝 빛났다. 그곳이라면 의주에서 거의 2500리가 넘는 곳이기에 휴전 어명이 아직 당도하지 않았다고 핑계를 댈수 있었다.

"너희 둘은 화포장을 모시고 지금 즉시 경주성으로 출발해라. 비격진천뢰 30개를 수레에 싣고, 가장 튼튼한 말 두 필을 끌고, 한시도 쉬지 말고 내려가라. 역참에 들러 말을 갈아타고 최대한 빨리 경주성에 당도하여라."

"넷. 경주성의 왜놈들을 박살 내겠습니다."

사흘 길을 달려 신명철과 이천리, 이장손은 경상도 안강安康에 진을 친 박진 군영에 도착했다. 박진은 둥근 쇳덩이를 보고 눈이 그만큼 둥그레졌다.

"이것이 그 비격진천뢰인가?"

"그렇습니다. 이렇게 대완구에 넣어 발사하면 500보 이상은 날아가니, 성안으로 쏘아 넣기만 하면 됩니다. 그 뒤에는 이놈이 알아서 왜놈들을 쓸어버릴 것입니다."

박진은 함박웃음을 짓다가 갑자기 멈추었다.

"폭탄의 위용을 보고 싶기는 한데……. 어제 의주에서 교지가 내려와서…… 당분간 싸움을 멈추라 했는데."

"그것은 걱정하지 마십시오. 나중에 조정에서 채근하거들랑 교지가 내일 당도했다고 둘러대십시오. 그다음은 류성룡 대감이 알아서 하실 것입니다."

박진이 또 한 번 함박웃음을 지었다. 어떻게 해서든 경주성을 탈환하고 싶은 그에게 비격진천뢰와 류성룡의 후원은 가장 좋은 공격 무기가 될 것이었다. 병사들에게 점심을 든든히 먹인 박진은 기마병을 선봉에 배치하고 팔심이 센 병사 수십 명을 경주성이 들여다보이는 언덕에 올라 준비하게 했다.

"먼저 기마병이 성문을 공격해 왜적들을 끌어모은 다음 그곳에 비격진천뢰를 쏘아 무차별 살상토록 한다."

조선 병사들을 얕보는 데다 휴전령마저 내려져 천하태평인 왜병들은 갑자기 기마병이 공격해 오자 서둘러 방어 대형을 갖추었다. 앞에서는 기마병이 성문을 뚫으려 했고, 성 옆에서는 화살이 날아왔다. 그 사이에 섞여 둥근 쇳덩이 여러 개가 쿵, 쿵, 소리를 내며 땅바닥에 떨어졌다.

"이게 뭐지?"

왜병들은 갑자기 날아든 쇳덩이가 무엇인가 싶어 그 옆으로 모여들었다. 발로 툭툭 차는 순간 쇳덩이가 '꽝!' 천둥 같은 소리를 내며 터졌다. 둘러선 왜병 수십 명의 몸뚱이에 철 조각이 박히면서 아수라장이 되었다. 다급히 피하려 할 때 쇳덩이 또 하나가 '꽝!' 터졌다. 혼비백산한 왜적들이 사방으로 흩어졌지만, 비격진천뢰는 쉬지 않고 날아왔다. 그 위로 화살이 비처럼 쏟아졌고 기마병은 그 틈을 이용해 성문을 부수었다. 박진이 거세게 소리쳤다.

"모조리 도륙하라!"

조선 병사들과 의병들이 '와!' 함성을 내지르며 경주성으로 돌진해 들어갔다.

소서행장은 속았다는 사실에 분노를 가라앉힐 수 없었다. 며칠 전 당도한 총대장 우희다수가와 석전삼성이 옆에 있어도 아랑곳하지 않고 소리를 질러댔다.

"경주성이 함락됐다고? 저들이 먼저 협상을 깼으니 우리도 맞대응하겠다. 지금 당장 의주로 진격해 왕을 사로잡고 말테다."

흥분으로 벌겋게 달아올라 길길이 날뛰는 소서행장을 현소가 그윽이 바라보다 주저앉혔다.

"경주는 이곳에서 먼 곳입니다. 조선 왕의 명령이 도달하기 전에 일어난 일일 수 있습니다. 만약 우리가 공격을 개시한다면 심유경이 모든 책임을 우리에게 덮어씌울 것입니다. 그러니 잠깐만 참으면 됩니다. 그보다 더 중요한 것은…… 경주성에서 패한 이유가, 새로운 폭탄이 날아들었기 때문이라는 겁니다. 패잔병의 말에 따르면 쇠공이 터지면서 철 조각이 흩어져 몸에 박혔다 하는데…….”

소서행장의 흥분된 얼굴이 새파랗게 변했다.

“쇠공이 바로 터지지 않고 잠시 뜸을 들였다 터진다 했던가?”

“어찌 아셨습니까?”

“음……. 놈들이 결국 비격진천뢰를 만들어냈구나!”

석전삼성은 우희다수가를 곁눈질로 보고는 일부러 한숨부터 내쉬었다.

“바다에서는 조선 수군에 밀려 아예 싸우지도 못하는 상황인데, 육지에서는 이제 신무기라니.”

우희다수가는 한숨보다 대책이 먼저라고 생각했다. 소서행장은 일부러 ‘의주 진격’을 떠들어댔을 뿐 사실 진짜 공격하고 싶은 마음은 애당초 없었다. 지도를 펼치고 전세 상황을 설명했다.

“아시다시피 이순신에 의해 바닷길이 막혀 보급로가 끊겼습니다. 그로 인해 전군의 군량미가 부족한 상황에서 곡창지대인 전라도를 점령하는 일이 시급하지만, 그것 또한 각 지역에서 일어난 의병들로 인해 어려움을 겪고 있습니다. 명군은 한 번 패해서 물러났지만 곧 대군을 이끌고 올 것입니다. 게다가 풍토병까지……. 또 놈

들은 비격진천뢰라는 신무기까지 완성했습니다. 경주성의 참패는
그 신무기 때문입니다.”

평의지도 불안 한 가지를 보탰다.

“화약과 총탄도 문젭니다. 화약과 총탄은 본국에서 들여와야 하
는데…… 바다가 막혀 있습니다. 더 큰 걱정은 곧 겨울이 온다는
겁니다. 조선은 우리 일본보다 추위가 더 맹렬합니다.”

소서행장이 속으로 ‘옳다구나’ 싶어 간곡히 주청했다.

“우키타 님, 우리의 목표는 명나라 아닙니까. 명을 정복하기 위
해서는 잠시 숨을 고를 필요가 있습니다. 후방을 지켜 보급로와 군
량을 확보하고 군대를 재정비해야 합니다. 그래야 조선이 확실한
우리의 전초기지가 될 수 있습니다.”

우희다수가는 어쩔 수 없이 고개를 끄덕였다. 전쟁을 독려하기
위해 조선으로 건너왔건만 풍신수길의 명령대로 조선 왕을 사로잡
는 것이 결코 여반장如反掌이 아님을 알게 되었다.

“음……. 각 군에 명을 내려 전투를 일체 멈추고, 월동 준비를
철저히 하도록 하게. 나는 그동안 태합 전하께 전황의 어려움을 상
세히 보고하겠네.”

일렁이는 촛불 앞에서 정탁은 고개를 더욱 숙이고 낮게 소곤거
렸다.

"지금 평양성에 우희다수가라는 총대장이 와 있습니다. 그를 잡으면 전세를 뒤집을 수 있습니다!"

류성룡은 호박이 넝쿨째 굴러 들어왔다고 생각했다. 그러나 광해는 망설였다. 아버지가 내린 휴전 명령을 또 깰 수는 없었다. 경주성 공격은 류성룡의 말처럼 어명을 늦게 전달받았다고 둘러댈 수 있었으나 평양성을 공격하고 똑같은 핑계를 댈 수는 없었다. 그것을 잘 알면서도 정탁은 완강했다.

"휴전이니 안심하고 소수의 군사만 데리고 평양성으로 온 것입니다. 이번 기회를 놓치면 후회하게 됩니다!"

류성룡도 가만히 있지 않았다.

"결행하시지요. 주상께서 이 일을 두고 잘못했다 죄를 물어 사약이라도 내리시면 신은 기꺼이 백 사발이라도 들이키겠습니다!"

"신도 그 뒤를 따르겠습니다."

정탁이 눈을 빛내자 광해는 비장하게 결론을 내렸다.

"우희다수가를 잡읍시다!"

다음 날 밤, 이일은 군사 수십 명을 이끌고 왕성탄에 매복했다. 병졸들을 데리고 평양성 밖으로 나와 왕성탄을 건너려던 우희다수가는 조선 군사와 부딪쳤으나 노련한 장수답게 치열한 백병전을 벌였다. 이일은 공을 세우고자 죽기 살기로 덤벼들어 왜병 20명을 베고 80여 명을 사로잡았다. 그러나 정작 우희다수가는 놓치고 말왔다.

광해와 류성룡, 정탁은 치하를 해야 할지 야단을 쳐야 할지 판단을 내리지 못했다. 그래도 승전은 분명 승전이므로 이일에게 적의 수급과 포로들을 이끌고 의주로 올라가 보고토록 했다. 아니나 다를까 선조는 화부터 냈다.

"치하는 무슨 얼어 죽을 치하란 말인가. 이번 일은 결코 이일 혼자 결행할 수 있는 일이 아니다. 분명 광해의 명이 있었을 것이야. 그리고 50일 휴전 약조를 우리가 먼저 깼으니 왜적들이 가만있지 않을 터…… 곧 의주로 진격하지 않겠는가! 작은 공에 눈이 멀어 상황을 악화시키다니, 세자는 정녕 생각이 있는 것인가! 세자에게 죄를 물어야 하지 않는가?"

정철은 아예 대꾸조차 하지 않았고, 김응남은 눈치를 보았다. 결국 윤두수가 침착하게 반대의 뜻을 밝혔다.

"정녕 세자가 그런 명을 내려 왜적을 잡았다면 상을 주셔야 마땅할 일이지, 어찌 죄를 물으신단 말씀입니까! 적의 수급을 베고 포로를 잡은 것이 적의 사기를 꺾는 일이지, 어찌 상황을 악화시키는 일이라 하시옵니까?"

화가 치민 선조가 윤두수에게 한바탕 막 퍼부으려 할 때 갑자기 저 멀리서 백성들의 함성이 들렸다.

"조선 천세! 상감마마 천세!"

이봉정이 문을 열고 고개를 비죽이 들이밀었다.

"전하! 행재소 앞에 이일 장군과 백성들이 모여 전하의 성덕을 찬양하고 있사옵니다!"

선조는 '성덕 찬양'이라는 말에 귀가 솔깃했다. 그 말이 하나도 틀리지 않다고 생각했다. 왜적을 무찌른 사람은 이일이지만 따지고 보면 임금의 성덕이 있기에 가능한 것 아니겠는가? 김응남이 그런 임금의 마음을 눈치채고 백성들 앞에서 위용을 보이라고 은근히 떠다밀었다. 아닌 척하면서 관아 밖으로 나온 선조는 '조선 천세, 상감마마 천세'를 외치며 기쁨의 눈물을 짓는 백성들에게 너그러이 일렀다.

"모두 들거라. 과인이 어찌 이 나라를 침범한 왜적들과 협상을 할 수 있겠느냐! 다만, 잠시 싸움을 멈추라고 한 것은 명나라 원군이 올 때까지 시일을 벌려는 계책이었다. 허나 그렇다고 어찌 저 원수들을 편히 쉬게 둘 것인가. 하여 나는 평양성에 있는 왜적들을 급습케 하여 너희의 부모 형제와 지아비의 원수를 조금이라도 갚아주고 싶었다. 이후로도 과인은 왜적들을 그냥 두지 않을 것이다. 이 땅에서 한 놈의 왜적도 보이지 않을 때까지 싸울 것이다."

백성들은 그 말에 감복해 땅바닥에 주저앉아 엉엉 울면서 '상감마마 천세'를 외쳤다.

'임금이 참으로 팔색조로구나!'

윤두수와 정철은 그렇게 생각하며 속으로 혀를 끌끌 찼다. 선조는 이일에게 다가가 어깨를 두드려주고 김응남에게 일렀다.

"이일을 자헌대부資憲大夫에 봉하라."

곧 왜적의 복수가 시작되었다. 휴전 협상을 깨지 않으면서도 조선을 피폐하게 만들 방법은 아주 많았다. 소서행장은 매일 한낮이면 평양성 누각에 조선 백성 서너 명을 꽁꽁 묶어 세워두고는 병사들의 창검 훈련용으로 사용했다. 이미 죽은 사람을 창으로 열댓 번 더 찔러 만신창이로 만든 다음 성 밖으로 내던졌다. 이원익은 매일 그 모습을 보며 분노의 눈물을 흘렸지만 막을 방도가 없었다. 서찰을 보내 무고한 백성에 대한 살육을 멈출 것을 여러 차례 당부하고, 애걸하고, 협박했지만 아무런 답도 없었다. 기습 공격에서 용케 목숨을 건진 우희다수가는 조선 왕들의 무덤을 파괴하기 시작했다. 성종과 중종, 정현왕후貞顯王后의 묘가 파헤쳐졌고, 시체는 불태워져 흔적도 없이 사라졌으며, 부장품은 왜적의 손으로 넘어갔다. 김해 김수로金首露 왕의 능도 도굴당했다. 천만다행으로 태릉은 파괴를 면했다.

15.
가자,
진주성으로!

나고야 황금 다실에서 풍신수길은 차를 홀짝 들이켰다. 쓴맛이 입에 맴돌다가 사라졌다. 혀도, 마음도 다 쓰다고 생각했다.

"부산포까지 당했다……? 피해는?"

"함선 128척이 파손되었습니다. 다행히 포구에서 바다로 나아가지 않고 싸운 덕에 그나마 피해가 덜했습니다."

"바다를 포기해야 하는가……. 군량미와 무기 보급이 어려워지면, 전쟁을 빨리 끝내려는 계획에 차질이 생기는데……."

전전리가가 바짝 앞으로 다가앉았다.

"군량미를 보내지 못하면, 조선 내에서 구하면 됩니다. 이곳, 진주성입니다. 진주성만 손에 넣으면 이순신과 군량미라는 두 마리

토끼를 다 잡을 수 있습니다."

풍신수길은 소서행장이 보내온 조선방역지도의 남쪽을 보며 만족스러운 웃음을 지었다.

"히히히. 그것참 묘수로구면. 지금 당장 진주성을 쳐라!"

명령서를 든 전령이 현해탄을 건너 부산을 지나 한성에 도착했다. 우희다수가 역시 이 방법이 최선이라 여겼다. 장수들을 모아놓고 결전을 다졌다.

"진주성을 점령해야 한다. 지난번처럼 금산에서 막혀 전라도로 가지 못하면 전쟁을 계속하는 일이 곤란해진다. 전군을 이끌고 김해로 내려가서 동래와 부산에 있는 군대와 합류한 뒤 진주성을 박살 낸다."

"넷!"

"진주를 점령하면 곧바로 전라도로 진격한다. 이번에도 전라도 군량미를 확보하지 못하면…… 추위와 굶주림에 시달리다 조선에서 죽게 될 것이다. 사생결단의 각오로 전라도를 점령해야 햇!"

동래의 왜군 진영에서 다른 조선인들과 섞여 대장간 일도 하고, 밥도 짓고, 빨래도 하는 허내만은 갑자기 몰려든 대군에 가슴이 철렁했다. 며칠 간격으로 한성과 상삼도에서 내려온 왜병들은 곧 다른 곳으로 떠났다.

"쟈들이 으디로 간다나?"

"전부 김해로 간다 허든디."

점심을 먹고 지게를 진 허내만은 나무를 해 오겠다는 핑계를 대고 산을 올랐다. 아무도 없는 것을 확인하고 고의춤에서 종이쪽과 작은 붓을 꺼내 재빨리 몇 자 적은 뒤 대나무 통에 넣었다. 밑동만 남아 있는 고목나무 아래에 그 통을 깊이 찔러놓고는 나무를 한 짐 해서 진영으로 돌아왔다.

대나무 통은 두 사람의 손을 건너 전라좌수영 권준을 거쳐 이순신에게 도달했다.

창원을 점령했던 왜군이 갑자기 김해로 철수하고 있고, 다른 지역에서 온 왜군들도 속속 김해로 모여들고 있습니다. 아마 큰 전투를 벌이려는 것 같습니다.

이순신은 대규모 전투가 곧 벌어질 것을 직감했다. 문제는 그곳이 어디냐는 것이었다.

쉽게 해결할 수 없는 문제는 선조에게도 닥쳤다.

"임해군과 순화군이 포로가 되었다고?"

귀인 김씨가 속삭거렸다.

"세자에게 구해달라 청한 지도 벌써 시일이 꽤 지났다 하옵니다."

"이리 중대한 일을 내게 알리지도 않았단 말인가! 세자 이놈이 과인을 허수아비로 보는구나! 당장 광해를 불러라."

임금의 명이 떨어진 이상 광해는 의주로 갈 수밖에 없었다. 더구나 그것이 포로가 된 두 왕자의 일이기에 핑계를 대고 아니 갈 수도 없었다. 말에 올라 떠나는 광해의 뒷모습을 보며 류성룡은 이곳 분조에 어쩌면 첩자가 있을 것이라 짐작했다. 광해는 임금과 윤두수, 정철, 이항복 앞에서 자초지종을 설명했다.

"적의 유인책일 수도 있다 생각하여 정확한 사실을 알아본 연후에 고하려 한 것이옵니다."

선조는 의심의 눈길을 거두지 않았다.

"혹 세자 자리를 임해에게 빼앗길까 염려스러워 방관한 것은 아니고?"

"신은 세자 자격도 없을뿐더러 단 한 번도 이 자리를 원치 않았습니다. 전하께서 언제든지 임해군 형님께 자리를 양보하라 하시면 그리할 것이옵니다."

정말 그럴까 싶은 마음에 선조는 얼굴을 잔뜩 찌푸리고는 명을 내렸다.

"왕자가 사로잡힌 것은 왕실의 수치다. 당장 군사를 보내 임해군을 구하라."

이항복이 반대하고 나섰다.

"함경도로 군사를 보낼 여력이 없습니다. 관군과 의병들은 대부분 남쪽에서 왜적과 싸우고 있고, 대조를 지키는 근왕병이라 해봐야 수천에 불과한데, 무슨 여력이 있어 군사를 보내겠습니까? 만약 이곳 군사를 나누어 보낸다면 전하께서 위태롭게 되옵니다."

정철이 심드렁하게 말했다.

"구하지 말고 그대로 두시옵소서."

"임해군을 죽게 내버려두란 말인가! 내 그대들이 평소 임해군을 못마땅하게 여기는 것은 알고 있으나 그래도 과인의 장자인데……"

"죽이려는 게 아니라 살리기 위해섭니다. 예전에 명 황제 영종英宗이 오랑캐에게 붙잡힌 적이 있었습니다. 오랑캐는 협상을 벌이려 했으나 명 조정은 대응치 않고 새 황제를 옹립했습니다. 오랑캐는 영종이 아무런 쓸모가 없음을 깨닫고 풀어주었습니다. 우리가 적의 요구에 무대응으로 일관하면 왜적은 임해군을 그냥 방면할 것입니다."

윤두수는 이러거나 저러거나 아무런 말이 없었다. 왕도 아니고, 세자도 아니고, 장군도 아니고, 전략이나 전술도 아니고, 외교 문제도 아닌 일에 입을 열고 싶지 않았다. 이항복도 같은 심정인지라 빨리 결론을 내리려 했다.

"임해군 문제는 곧 돌아올 심유경에게 맡기는 것이 어떻겠사옵니까? 어쩌면 그가 소서행장과 담판을 지었듯이 협상으로 임해군을 구할 수도 있사옵니다."

"그렇구나. 내가 왜 심유경을 생각지 못했지……. 그래, 심유경 그자가 있었어."

광해는 심란한 마음으로 의주에 올라갔으나 윤두수의 침묵, 정철의 진언, 이항복의 꾀로 홀가분하게 내려올 수 있었다. 그러나 류성룡의 마음은 그렇지 못했다. 이순신이 보낸 서찰에 불길함이 담겨 있었다.

경상도에 주둔한 왜군 병력의 이동이 심상치 않습니다. 창원을 점령했던 왜군이 갑자기 김해로 철수하는 등 현재 2만이 넘는 병력이 김해로 집결하고 있습니다. 필시 큰 전투를 꾀하는 듯싶습니다.

류성룡은 지도를 보고 또 보았다. 김해? 김해? 부산을 떠난 왜적이 왜 김해로 모여들까? 강원도와 함경도에서 철수한 왜적들이 왜 한성에 머물지 않고 김해로 내려갈까? 골똘히 생각하는 그의 눈에 문득 두 글자가 들어왔다.

晉州

진주

류성룡은 벌떡 일어섰다.

"진주성이다, 진주성을 노리고 있어!"

광해는 가슴이 두근거려 진정하기 어려웠다. 진주는 성천에서 너무 멀었다.

"왜 하필 진주성이란 말이오?"

"전라도로 가는 길목이지 않습니까. 해상 보급로가 끊기고, 군량미가 부족한 상황에서 왜적한테 전라도는 유일한 대안입니다. 만일 전라도가 점령당하면 이순신의 군영 또한 위험에 처하게 됩니다. 먼저 의병들에게 격문을 띄워 진주성을 도우라 하십시오. 전하께는 신이 직접 알리겠습니다."

광해가 붓을 들어 수백 장의 격문을 써 내려갈 때 류성룡은 선조를 만났다. 선조는 가슴이 울렁거렸다. 휴전하자 해놓고 진주성을 친다는 말이 믿기지 않았다.

"그 정탐이 정확하오?"

"그렇습니다. 왜적은 곡창지대인 전라도를 취하려는 것입니다. 전라도를 장악하면 적들은 곧 다가올 겨울은 물론, 내년까지도 군량미 걱정을 덜게 됩니다. 이는 또한 명나라 원군이 왔을 때, 우리가 지원해야 할 군량미가 없어진다는 것을 뜻합니다. 반드시 막아야 합니다."

선조는 안절부절못했다.

"내려보낼 군사도 없는데, 이를 어찌한단 말이오!"

"일이 다급해 먼저 분조에서 각 도의 의병장들에게 격문을 띄워 진주성을 도우라 했습니다. 신은 이를 알리고자 온 것입니다."

"잘했소. 진주성의 관군은 얼마나 되오?"

"4000명이 채 되지 않을 것입니다."

"4000명도 안 된단 말이오? 아무리 의병이 돕는다 해도 4000명도 안 되는 관군으로 2만 명이 넘는 대군을 막을 수 있단 말이오?"

"진주목사 김시민金時敏은 용맹과 지혜를 지니고 있습니다. 게다가 진주성은 천혜의 요새입니다. 성 남쪽에는 남강南江이 있고, 서쪽에는 절벽이 있으며, 북쪽에는 해자가 있습니다. 지형을 잘 활용하고 의병이 돕고⋯⋯. 그리고⋯⋯ 하늘이 돕는다면⋯⋯. 하늘이 돕는다면, 막아내지 않겠습니까."

깊은 밤, 의령의 사랑방에서 곽재우는 광해의 격문을 읽었다. 심대승이 코웃음을 쳤다.

"진주성으로 가 목사 김시민을 도우라꼬예? 이젠 아예 대놓고 명령이네. 괜히 청에 응했다가는 마 지난번 시끄러벗던 거맹키로

관의 편제로 들어가라 마라 할 끼 뻔합니다. 그냥 마, 우리는 우리
하던 대로……"

곽재우는 격문을 내려놓고 차분히 일렀다.

"대승아. 이건 다른 문제다. 김해로 왜적이 속속 모이고 있다는
것은 우리도 이미 알고 있지 않느냐. 진주성이 떨어지면 전라도는
끝장이다. 해상을 장악하고 있는 이순신의 군영도 위험해진다. 그
리고 우리는 성으로 들어가기보다, 성 밖에서 적을 교란하며 공격
하면 된다. 그리하면 굳이 관의 통제를 받을 필요는 없다."

심대승은 곽재우를 빤히 바라보며 물었다.

"그라믄 으뚫게 하자꼬요?"

"가자, 진주성으로!"

그때 전라도 화순의 최경회는 형 경운慶雲, 경장慶長과 함께 고
을 사람들을 모아 의병 부대를 만들었다. 고경명이 이미 순국한 뒤
였기에 그의 휘하였던 문홍헌文弘獻이 남은 병력을 이끌고 합류하
여 의병은 2000여 명으로 늘어났고, 최경회는 의병장에 추대되었
다. 이 부대는 남원으로 향하는 왜적을 장수長水에서 물리치는 쾌거
를 이루어 전라도를 지켜냈다. 최경회가 화순으로 돌아와 의병들
을 훈련하고 있을 때 광해의 격문이 당도했다. 최경회는 사랑방으
로 임계영任啓英과 문홍헌, 최경운, 최경장을 불러 모아 밤새 난상토

론을 벌인 끝에 결론을 냈다. 다음 날 아침, 최경회는 의병들을 전부 모이게 한 다음 섬돌 위에 올랐다.

"왜적이 진주성을 공격하려 한다. 진주가 무너지면 그다음은 전라도이고, 전라도가 무너지면 조선 전체가 위급해진다. 그러므로 우리는 목숨을 바쳐 진주성을 사수해야 한다."

최경회는 말을 멈추고 의병들의 얼굴을 하나하나 훑어본 다음 결연하게 외쳤다.

"가자, 진주성으로!"

장강충흥長岡忠興(나가오카 다다오키)은 단단히 벼르고 있었다. 본국에서 건너온 우희다수가의 명이 아니더라도 시원하게 분풀이할 곳을 찾고 있었다. 그곳이 진주성으로 정해지자 벌써 어깨가 들썩거렸다. 한성에서 내려온 병사들과 장곡천수일長谷川秀一(하세가와 히데카즈), 목촌중자木村重慈(기무라 시게지)가 이끄는 병사까지 합류하자 2만 명에 달했다. 이 정도면 진주성쯤은 누워서 식은 죽 먹기였다. 완전무장한 병사들이 김해 벌판에 끝없이 도열했다. 장강충흥은 바위에 올라 칼을 휘두르며 소리쳤다.

"진주성을 함락해야만 전쟁을 끝낼 수 있다. 이 전투에서 공을 세우는 자는 자자손손 호의호식할 수 있다. 대일본군의 위대함을 보여주자."

병사들이 칼과 창, 조총, 활을 하늘로 들어 올리며 일제히 함성을 내질렀다. 장강충흥은 그 끓어오르는 격렬함을 한마디의 말로 더욱 부추겼다.

"가자, 진주성으로!"

둥, 둥, 북소리가 천지를 진동하는 가운데 수많은 깃발을 앞세우며 왜적들은 진주성으로 향했다. 그 대열이 뱀처럼 길게 늘어져 앞에서는 행렬의 꼬리가 보이지 않을 지경이었다.

김시민은 광해의 격문과 정탐병의 보고서, 류성룡의 편지를 동시에 읽었다. 형식은 각각 달랐지만, 결론은 하나였다. 왜적을 물리치고 진주성을 지켜야 한다는 것이었다. 그러나 군사 수가 너무 적었다. 군민은 6만여 명이었으나 관군은 3800여 명에 불과했다. 곤양군수 이광악李光岳이 100여 명을 이끌고 왔다 해도 2만 명에 비하면 조족지혈이었다. 그래도 승리할 자신이 있었다. 그때 곽재우가 의병 200여 명을 인솔해 왔다.

"정암진의 영웅 홍의장군께서 오셨구려."

"그저 나라를 구하는 데 힘을 보태고자 할 뿐입니다."

그날 밤 최경회가 2000명을 이끌고 왔고, 고성현령 조응도趙凝道, 복병장 정유경鄭惟敬도 군사 500명을 인솔해 왔다. 초유사 김성일은 성안의 주민을 모두 동원해 남녀노소 가리지 않고 창을 들고 성을 지키게 했다.

이윽고 성 아래에 당도한 왜적은 10월 5일, 3개 부대로 나뉘어 1대는 성이 내려다보이는 동쪽 산 위에 진을 쳤고, 2대는 봉명루鳳鳴樓 앞에 진을 쳤으며, 3대는 선봉군이 되어 성을 공격하기 시작했다. 조선군은 김시민의 지휘 아래 현자포를 발사하면서 적을 공격했고, 판관 성수경成守慶은 동문에서 군사를 독려했다. 북문에서는 만호 최득량崔得良과 군관 이눌李訥이 죽을힘을 다해 싸웠다. 왜적은 쉬지 않고 공격했으나 성문은 단단했고 사상자가 산처럼 쌓이기 시작했다. 성 밖에서는 곽재우와 최경회가 이끄는 의병들이 신출귀몰하면서 적의 후방을 괴롭혔다. 왜적들은 앞으로 나아가면 성안에서 쏟아지는 활과 진천뢰震天雷, 질려포蒺藜砲, 불에 달군 쇠붙이에 목숨을 잃었고, 뒤로 물러나면 날랜 의병들의 활과 창에 목이 날아가거나 팔과 다리가 썽둥썽둥 잘려나갔다.

"공격하라!"

도대체 누구의 공격 명령인지 알지도 못한 채 쌍방은 죽기 살기로 적을 공격했다. 시간이 흐르면서 장강충흥은 아군의 숫자가 눈에 띄게 줄어들고 있음을 깨달았다.

"더 이상 승산은 없습니다."

"나도 알고 있다. 하지만 이대로 물러나면 우리는 본국으로 돌아가기도 전에 처형당할지 모른다. 병사들을 희생하더라도 용감하게 공격했다는 무훈을 세워야 한다. 내일, 최후의 결전을 벌인다."

군량을 박박 끌어모아 아침밥을 든든히 먹인 뒤 장강충홍은 최후의 공격 명령을 내렸다.

"총공격하랏!"

둥, 둥, 북소리가 울리고 왜적들은 성곽 위로 기어올랐다. 성안의 병사는 이제 3000명도 되지 않는다는 사실이 힘을 실어주었다. 그러나 가까스로 성에 올랐으나 기다리는 것은 혈기 넘치는 조선군들이었다. 죽고 죽이는 백병전이 치열하게 전개되었다. 왜적들은 차차 뒤로 밀려났다. 성곽을 오르기는커녕 성문에서도 밀려나기 시작했다. 김시민은 피로 얼룩진 갑옷을 입고 사력을 다해 칼을 휘둘렀다.

"저놈이다. 저놈을 맞혀라."

장곡천수일은 사격술이 가장 뛰어난 병졸에게 한 장수를 창으로 가리켰다. 눈이 가느다란 왜병은 조총을 왼손에 들고 오른손으로 방아쇠를 살며시 당겼다.

탕! 김시민은 조약돌에 맞았다고 생각했다. 그 조약돌이 갑옷을 뚫고 몸에 상처를 입힌 것이 참으로 기묘하다 생각하며 털썩 무릎을 꿇었다. '와!' 함성을 내지르는 조선군들과 허둥지둥 쫓겨나는 왜적들을 보며 스르르 눈을 감았다. 진주의 청명한 10월 하늘이 잠깐 그의 눈에 어리다 사라졌다.

힘겹게 눈을 뜨자 곽재우의 얼굴이 어른거렸다.

"이겼소이다, 장군. 왜놈들을 모조리 물리쳤습니다!"

"참으로 고맙소…‥. 내 이 은혜는…‥."

말을 다 마치지 못하고 김시민은 또 한 번 스르르 눈을 감았다. 그리고 다시는 뜨지 못했다. 6일 동안 벌어진 처참한 1차 진주성 전투는 그렇게 끝났다. 관민과 의병이 하나 되어 목숨을 걸고 지켜 낸 쾌거였다. 우희다수가는 전라도 진출이 좌절되자, 이 전쟁은 길고 지루한 싸움이 될 것이며 일본을 좀먹는 무모한 전쟁이 될 것이라 생각했다. 가등청정, 소서행장, 흑전장정, 모리승신毛利勝信(모리 가쓰노부), 복도정칙, 소조천륭경, 풍신수승豊臣秀勝(도요토미 히데카쓰) 모두 똑같은 생각이었으나 입을 열어 말하는 사람은 아무도 없었다.

선조의 얼굴에 웃음꽃이 피었다.

"장합니다, 참으로 장합니다. 명나라 원군이 도착하기도 전에 왜적을 물리치다니 정말 감격할 일입니다."

정철이 잠시 틈을 보아 주청했다.

"이 기회를 이용해 평양성을 치시옵소서. 진주성의 승전보로 우리 군과 의병의 사기는 하늘을 찌르고 있고, 반대로 적의 기세는 완전히 꺾였습니다. 게다가 평양성의 왜적들은 아직도 풍토병에 시달리고 있다 하니, 지금이야말로 평양성을 수복하는 데 적기라 할 수 있습니다."

그런데 뜻밖에도 류성룡이 반대하고 나섰다.

"성급한 판단입니다. 평양성에 있는 왜적들이 풍토병을 앓고 있다고는 하나, 전염병은 아니라 들었습니다. 게다가 소서행장은 군사를 진주로 보내지 않아 여전히 대군을 보유하고 있습니다. 가장 큰 문제는 우리가 공격하고 적이 수성한다는 점입니다. 성을 공격하는 입장에서는 열 배의 군사력을 지녀도 함락하기 쉽지 않은 법인데, 하물며 군사 수도 적은 우리로서는 무리입니다."

괜한 모험을 하고 싶지 않은 선조는 그 말을 따랐다.

"우선 기다립시다. 명의 대군이 곧 올 겁니다."

정철과 윤두수가 얼굴을 찌푸리다가 류성룡을 노려보았다. 두 사람은 직책도 없는 자가 국사에 사사건건 관여한다고 생각해 불쾌해했다.

조선에서 돌아온 심유경은 자신의 공적부터 자랑했다.

"왜국은 대동강 이남을 전부 달라 했지만 무리한 요구라고 일단은 거절했습니다. 그리고 50일의 휴전을 제안했습지요."

석성은 이 교활한 자가 어떤 꿍꿍이속인지 알 수 없지만 50일 휴전은 마음에 들었다.

"우리 원군이 도착하기 전까지 시일을 번 것은 잘한 일이기는 해도, 대동강 이남은 너무 무리한 요구야."

"왜놈들의 요구일 뿐입니다. 허나 전쟁을 끝낼 수 있다면 조선 땅 일부를 주는 것도 나쁘지 않습니다. 일단 전쟁을 끝내고 훗날, 그 땅을 되찾고 말고는 조선이 알아서 할 일이지요."

석성이 어찌할까 망설일 때 부관이 보고했다.

"이여송 장군이 난을 진압하고 입궁했습니다."

석성은 이제 심유경을 내쳐도 되겠다는 생각이 들었다.

"수고 많았소, 일단 기다리시오."

짧은 말로 심유경을 내보내고 이여송을 데리고 황제에게 갔다. 만력제는 이여송의 어깨를 건성으로 다독여주었다.

"고생했어요, 참으로 고생 많았어요."

"모두 황상 폐하의 홍복이옵니다."

그 말을 귓전으로 들으며 만력제는 환관에게 고갯짓했다. 은자가 든 함이 이여송 앞으로 옮겨졌다.

"황상께서 하사하시는 겁니다."

"황은이 망극하옵니다, 폐하."

"근데 쉬질 못해서 어떡하나? 병부상서가 조선을 도우라고 난리를 쳐서, 또다시 수고하게 생겼으니 말이야."

"수고랄 게 뭐 있습니까? 그깟 왜적 놈들, 제 칼바람 한 번이면

모조리 날려버릴 수 있습니다. 조선에 도착하는 즉시 한 달 안에
전쟁을 끝내겠습니다."

한 달이 어디에 근거한 셈법인지는 알 수 없으나 이여송은 전쟁
을 끝낼 자신이 있었다.

광해 역시 전쟁이 곧 끝날 것 같다는 마음이 들었다. 광해는 붓
을 들어 차근차근 써 내려갔다.

의병장 곽재우에게 드리오. 난중지난難中之難**임에도 전력을 다해 진주
성을 지킨 그대에게 깊이 감복하였소. 조정은 그대의 공을 높이 치하하고
그 높은 충심을 잊지 않겠소. 당장은 백척간두**百尺竿頭**일지라도 관민이 합
심해 왜적을 이 강토에서 물리칠 것이며……**

서탁 위에는 각지의 의병장들에게 보내는 치하 서찰들이 쌓여
있었다. 그 모습을 보며 대신들이 흐뭇하게 미소를 지었다. 붓을 내
려놓고 광해가 진지하게 의견을 구했다.

"아무래도 분조를 옮겨야겠습니다. 성천에 너무 오래 머문 듯합
니다. 적들도 이미 이곳의 존재를 알고 있을 테니…… 용강龍岡이 어
떨까 싶은데."

정탁이 불안해했다.

"평양과 너무 가깝지 않습니까? 위험합니다."

광해는 빙그레 웃었다.

"등잔 밑이 어두운 법입니다. 그리고 평양과 한성에 가까이 있어야 수복에 대비할 수 있지 않겠습니까?"

이원익은 그 배포가 마음에 들었다.

"이동하실 때 연통을 주십시오. 신이 호위하겠습니다."

김명원도 나섰다.

"신 또한 저하를 호위하겠습니다."

두 사람의 충정은 곧 선조의 귀에 들어갔다. 귀인 김씨와 선조 앞에 쭈그리고 앉은 김공량이 은밀하게 속삭였다.

"진주성 싸움 이후, 조선 팔도의 민심은 물론 대신들의 마음이 급속히 세자 쪽으로 기울고 있습니다. 이원익과 김명원도 광해에게 붙었습니다."

선조의 얼굴이 벌겋게 달아올랐다.

"이자들이 정말…… 윤두수, 정철이 날뛰더니, 이제는 이원익, 김명원까지!"

흔들거리는 촛불을 응시하다가 문득 내뱉었다.

"선위禪位를 해야겠군."

두 사람은 화들짝 놀랐다. 김씨가 눈을 휘둥그레 떴다.

"선위라니요? 어찌 그런 말씀을."

"과거 태종 대왕께서 선위를 공표하셔서 어린 세자를 끼고 정권을 농락하려 한 민무구閔無咎, 민무질閔無疾 형제를 숙청한 적이 있지. 그때처럼 과인이 선위하겠다 하면 대신들이 어느 편에 서려는지 확실히 알 수 있지 않겠소? 그런 연후에…… 한꺼번에 정리해야겠소. 그리되면 결국 세자도 힘이 좀 빠지겠지."

김씨가 몸을 앞으로 숙여 나지막이 소곤댔다.

"선위의 빌미를 마련하셔야지요. 유생을 통해 상소를 하게 하시지요. 전하께 불만을 가진 유생들을 자극하면 되옵니다."

말끝에 김공량을 음흉하게 바라보았다.

며칠 후 성균관 유생이 상소를 올렸다. 대신들을 모아놓고 김응남은 선조 앞에서 떨리는 목소리로 상소를 읽어 내려갔다.

전하께서 천하의 인심을 잃어 오늘의 화를 초래하였는데 어찌하여 세자에게 보위를 전하지 아니하시옵니까. 진작 세자에게 보위를 전했다면 벌써 왜적을 평정하였을 것입니다. 하루속히 세자에게 선위하시어 적을 섬멸하길 청합니다. 유학幼學 남이순南以順이 올립니다.

선조가 대수롭지 않다는 듯 이죽거렸다.

"남이순뿐만 아니라 송희록宋希祿도 똑같은 상소를 올렸소."

홍여순이 팔짝 뛰었다.

"전하, 남이순과 송희록을 박살 내시옵소서! 이런 극악무도한 상소를 올리는 것이 말이 되옵니까!"

그러나 다른 대신들은 모두 딴 곳을 바라보며 반응이 없었다. 당황하는 홍여순을 무시하고 윤두수가 진언했다.

"참으로 망극한 상소이옵니다만…… 상소를 올렸다 하여 죄를 줄 수는 없습니다. 혈기방장血氣方壯한 젊은 유생의 객기로 여기시옵소서."

"아니오. 눈치 보지 않고 올린 직언이라 가슴이 아픕니다. 과인이 부족하여 전란의 책임이 모두 내게 있으니…… 더 무슨 변명이 필요하겠소. 다행히 세자가 백성들의 신망을 얻어 국사를 잘 이끌어가고 있다니 그나마 마음이 놓이오. 해서…… 내 이참에 세자에게 선위할까 하오. 선위 문제를 비변사에 올려 심사숙고해주시오."

정철은 진즉부터 왕이 비열하다고 생각해왔지만 이러한 일이 생긴 것은 참으로 비극이라 생각하면서도 내친김에 선위를 받아들이자고 결심했다. 비변사에 모인 대신들에게 속을 터놓고 말했다.

"선위하시겠다는데 망설일 게 무엇입니까. 이번 기회에 선위를 받읍시다. 전하께서도 민심이라 인정하지 않았습니까!"

윤두수는 그것은 그렇지 않다고 생각했다.

"그리 간단한 문제가 아닙니다. 전하께서 우리의 충심을 떠보시려는 것을 모르겠습니까?"

"그러니 더욱 선위를 받아야 합니다. 모두 지켜봐서 알겠지만…… 의심이 많은 전하십니다. 선위를 빌미로 세자 저하와 신하들을 시험하는 일이 이번 한 번으로 끝날 것 같습니까? 그러니 지금 선위를 받아야 합니다."

류성룡은 선위가 진정이 아님을 처음부터 간파하고 있었다. 그러나 며칠 전 윤두수와 정철이 국가의 직책을 맡고 있지 않다는 이유를 들어 류성룡을 비변사에 참여하지 못하게 했다. 그 탓에 이덕형이 전후 사정을 들려주었다.

"정철 대감은 찬성하고, 윤두수 대감은 반대하고 있습니다."

찬반이 중요한 것이 아니라 그 배후를 캐는 것이 급선무였다.

"상소를 올린 자가 누구라 했지?"

"남이순과 송희록입니다."

"남이순이라면 경인년庚寅年(1590)에 장원급제한 남이공南以恭의 아우 아닌가?"

"그렇습니다. 장인어른 이산해李山海의 문하생으로 제 처남과 함께 급제했습니다."

"자넨 어서 남이순이 상소를 올린 배경을 좀 알아보게."

행재소에 희뿌옇게 날이 밝아왔다. 비변사에서 꼬박 밤을 새운 윤두수, 정철, 이항복, 이원익, 김응남 모두 지쳐 있었다. 피곤이 가득한 정철이 벌떡 일어섰다.

"이 사람은 뜻을 정했습니다! 죽을 각오도 되어 있습니다. 그대들은 남아서 부디 부귀영화를 누리시오!"

미련 없이 나가려 하자 이항복이 일어섰다.

"함께 가겠습니다."

김응남과 이원익도 그 뒤를 따랐다.

"그래요. 가십시다."

"죽더라도 같이 죽지요."

우르르 몰려가려다가 문 앞에 서서 윤두수를 빤히 바라보았다. 긴 한숨을 한 번 내쉬고 윤두수는 몸을 일으켰다.

"내 뜻이 중요한 게 아니라…… 선위가 진심이시기를 바랄 뿐입니다."

그 시각 류성룡은 반듯하게 앉아 귀인 김씨를 차갑게 노려보았다. 김씨는 꼿꼿하게 그 시선을 받다가 슬며시 고개를 돌렸으나 류성룡의 날카로운 추문推問을 피할 수는 없었다.

"남이순은 아계鵝溪(이산해의 호) 문하에서 동문수학한 지기知己의 호소를 받았고, 그 지기는 김공량이 매수했더군요. 비록 김공량

254

은 잡지 못했으나 사건의 발단은 귀인이 아니겠습니까?"

전쟁 통에도 옷을 곱게 차려입은 김씨는 그 말에 얼굴빛이 새하얗게 질렸다.

"나는 모르는 일입니다."

준엄한 꾸짖음이 날아왔다.

"천벌을 받습니다! 백척간두에 서 있는 나라를 구하려고 수많은 군사와 백성들이 죽고 있습니다. 모두 힘을 모아도 부족할 판에 조정에 피바람을 일으키면 어쩌자는 겁니까! 전하를 모시려거든 똑바로 모시세요!"

더 이상 참을 수 없어 김씨가 벌떡 일어났다. 일개 신하 주제에 왕의 후궁을 꾸짖다니! 분통이 터졌다.

"내 전하께 이 무례함을 모두 고할 것입니다."

그때 방문이 와락 열리고 중전 박씨와 이덕형이 성큼 들어섰다. 김씨가 기겁하자 중전이 호되게 나무랐다.

"주상 전하의 총애를 앞세워 다시 한 번 방자하게 군다면 내 목숨을 걸고 너를 내칠 것이다!"

김씨가 더욱 사색이 되어 어찌할 바를 모를 때 박 상궁이 부다다 달려왔다. 지엄한 중전은 안중에도 없는 듯 횡설수설했다.

"신성군, 신성군께서 말을, 낙마하셨는데……. 숨을 쉬지 않습…… 숨을 거두셨습니다."

선조는 저만치 떨어져 앉아 있는 윤두수, 정철, 이항복, 이원익, 김응남, 홍여순을 일별했다.

"논의해보았소?"

홍여순이 먼저 답했다.

"선위는 있을 수 없는 망극한 일이옵니다. 뜻을 거두어주시옵소서."

그러나 나머지 대신들은 동조하지 않는 낯빛이었다. 선조는 뜨끔했으나 태연히 물었다.

"경들의 생각은 어떠오?"

정철이 심호흡을 하고는 비장하게 입을 열었다.

"신들이 논의한바, 전하께서 선위하시겠다는 그 뜻을…….."

선조는 자신도 모르게 침을 꿀꺽 삼켰다. 별안간 문이 와락 열리고 이봉정이 뛰어들었다.

"전하! 큰일 났사옵니다"

"무슨 일이냐?"

"신성군이…… 숨을 거두었습니다!"

선위 소동이 귀인 김씨의 모사謀事이며 선조가 신하들의 충심을 저울질하려 한 계략임이 밝혀지자 대신들은 허탈하기 그지없었다. 정철은 아쉬운 듯 하늘을 올려다보았다. 그러나 선조의 선위 파동은 그 한 번으로 그치지 않았다. 간질병 앓듯 14번이나 선위하겠다는 어지를 내려 대신들을 혼란에 빠뜨렸고 조정의 힘을 국난 극복에 집중하지 못하게 하는 근인이 되었다. 남인순의 상소에 선조는 비망기備忘記로 이렇게 답했다.

그만둘 수가 없다. 나는 평소 고질이 있어 날로 심해지는데 사십이 되도록 죽지 않을 줄은 평소 생각조차 못 했다. 근일에는 두 눈이 침침하여 곧 장님이 될 상황이니 비록 그대로 왕위에 있고자 해도 그 형세가 어찌할 수 없다. …… 이곳에서는 다만 사대事大와 청병請兵하는 일 하나만을 조치할 것이니, 이 역시 적을 토벌하는 일이다. 내선하는 일 또한 내 평소 뜻으로서 즉시 행하고 싶지 않은 것은 아니다. 다만 …… 이 일은 마땅히 적을 섬멸하기를 기다려 시행해야 하니, 이런 뜻을 아울러 알라.

이렇게 왕위를 지킬 것을 분명히 밝혔으나 실제 행동은 그렇지 않았으니 그 용렬함을 일러 말해 무엇하랴.

16.
이여송,
평양성을 되찾다

"이곳이 압록강에서 강폭이 가장 좁은 안평하연安平河沿입니다."

이여송은 들뜬 표정으로 고개를 끄덕였다.

"강을 건너 10리만 가면 의주입니다."

"머뭇거릴 시간이 없다. 곧바로 도하하도록 하라."

4만 3000여 대군이 강을 건너는 일은 쉽지 않았다. 명군은 수많은 배와 뗏목을 이용해 반나절이나 걸쳐 강을 건너서야 의주 땅에 들어섰다. 이여송은 검은 말 위에 올라 위풍당당하게 조선 땅을 향해 행진했다. 말 뒤에 '提督軍務 都督同知 防海禦倭 總兵官 李如松(제독군무 도독동지 방해어왜 총병관 이여송)'이라는 글자가 적힌 깃발이 바람에 휘날렸다. 뒤로는 부총병 조승훈, 중군부총병 이여백李如栢, 좌군부총병 양호楊鎬, 유격 척금戚金, 참장 낙상지駱尙志와 군사들이 말을 몰았다. 이여송이 동생 이여백을 바라보며 흐뭇하게 말했다.

"여백아, 이 조선 땅이 우리 5대 조부의 고향이다. 마땅히 우리가 조상 땅을 유린하는 왜놈들을 모두 도륙해야 하지 않겠느냐!"

이여송은 성주 이씨 이천년李千年의 후손으로 5대조인 이영李英은 평안도 초산 사람이었다. 살인을 저지르고 압록강을 건너 요동에 정착하여 살았는데, 다행히 손자이자 이여송의 아버지인 이성량李成樑은 무술이 뛰어나 명나라 요동총병관遼東總兵官이 되었고 여진족을 방어해 요동을 안정하게 하는 데 큰 공을 세웠다. 아버지의 피를 물려받은 이여송과 이여백 형제 역시 무장으로 출세해 조상 땅을 구하러 온 것이다.

그런 그가 대군을 이끌고 온다는 사실을 알 리 없는 선조는 침소에 혼자 앉아 침울하게 술잔을 기울였다. 정녕 왕이라는 자리가 싫었다. 평범한 촌민이었다면 깊은 산골에 처박혀 전쟁 같은 것은 나 몰라라 하고 살았을 것이었다. 쓰디쓴 술이 목구멍으로 넘어갈 때 이봉정이 다급히 들어왔다.

"전하, 이여송 장군이 왔습니다."

선조는 누가 왔든 아무런 관심이 없었다.

"…… 이여송이 누구기에 이 호들갑이냐?"

"명나라 제독 이여송이 4만 군사를 이끌고 압록강을 넘었사옵니다."

그 말을 듣는 순간 아들을 잃은 슬픔 따위는 까마득하게 사라졌다. 바보처럼 웃는 입술 사이로 술이 주르륵 흘러내렸다.

"그, 그게 정말이냐!"

이여송은 말에서 내려 선조에게 반쯤 허리를 숙였다. 대명의 장군이라 하지만 임금에게 허리를 반만 숙이는 것은 예의에 어긋났다. 그러나 지금은 그것을 따질 계제가 아니었다.

"이여송이 전하를 뵈옵니다."

선조의 얼굴에 기쁨의 웃음꽃이 활짝 피었다. 엊그제 왕자가 죽었다는 사실은 이미 기억에 없었으며, 함경도에서 두 왕자가 포로로 잡혔다는 사실도 까마득히 잊었고, 백성들이 무참히 죽어가고 있다는 사실도 지금 이 순간만큼은 머리에서 지워졌다.

"어서 오시오, 장군! 기다렸습니다."

"전하의 애타는 마음 짐작하고도 남습니다. 이제 마음 놓으십시오. 제가 가뭄을 해소하는 빗줄기처럼 전하의 근심을 모두 없애드리겠습니다."

"고맙소, 장군. 참으로 고맙소."

이여송의 대군이 오자 선조는 정철과 윤두수의 뜻과 달리 류성룡을 평안도 도체찰사都體察使로 임명해 군국의 기무를 모두 맡게 했다. 그렇게 한시름 놓으면서도 걱정이 되어 류성룡을 은밀히 불러 물었다.

"조선군이 명군의 휘하로 들어가는 것을 윤두수와 정철이 반대하는데, 어찌 생각하오."

류성룡은 담담하게 아뢰었다.

"궁극적으로는 그 주장이 틀리지 않습니다. 허나, 일의 경중을 따져야 하옵니다. 집 안에 불이 났는데 내 집 우물을 쓰든, 옆집 우물을 빌리든, 우선 불부터 꺼야 하지 않겠습니까? 무조건 명분을 내세우기보다 먼저 평양성을 수복하는 것이 급선무입니다. 그런 연후 우리 힘으로 적을 꺾을 수 있다는 걸 보여주면 명군도 물러날 것입니다."

선조는 역시 류성룡이 명재상이라 여겼다. 도체찰사에 오른 류성룡은 1592년 겨울, 조선 군영에 있는 세작細作 40여 명을 잡아 모두 처형했다. 나라가 이미 망했다고 여긴 일부 병졸들은 왜적에게 은자나 비단을 받으며 첩보를 제공했는데 숙천, 안주, 의주에 이르기까지 잠입하지 않은 곳이 없었다. 기민한 병사들을 진영 곳곳에 보내 순왜한 세작을 색출한 다음 모두 일망타진했다. 이제 남은 급선무는 평양성을 탈환하는 일이었다. 류성룡의 부름으로 안주 관아에 제장들이 모여들었다. 조선 측에는 이일, 김명원, 사명대사 유정惟政, 서산대사 휴정休靜, 정희현鄭希賢이 나왔고, 명 측에는 이여송,

조승훈, 장세작張世爵, 낙상지가 나왔다. 류성룡은 지도를 펼쳐놓고 평양성에 관해 설명했다.

"평양성은 4개의 성으로 이루어져 있습니다. 모란봉을 두른 북성北城과 만수대를 에워싼 내성內城, 창광산과 해방산을 두른 중성中城, 마지막으로 중성 남쪽 벌판을 넓게 감싼 외성外城입니다."

이여송이 지도를 한참 들여다보더니 혼잣말로 중얼거렸다.

"성벽은 모두 석재인가……?"

"제방을 겸한 외성은 토벽으로 이루어졌고, 그 외 나머지는 모두 석재입니다. 우리가 몰래 정탐해보니 성을 수비하는 병력이 늘었다는 움직임은 없습니다."

김명원이 한편으로는 부끄러워하면서도 또 한편으로는 자랑스레 덧붙였다.

"도체찰사께서 세작들을 없앤 덕분입니다. 적들이 명의 대군이 온 줄 모른 채 무방비인 지금…… 바로 진격해야 합니다."

야전에서 대부분의 삶을 살아온 이여송은 조승훈과 달리 공격을 두려워하지 않았고, 심유경처럼 간사한 꾀도 내지 않았다. 굳은 얼굴로 작전을 하달했다.

"우리 명의 4만 군사와 조선의 8000명의 군사는 평양성을 포위한 뒤 가운데 중성으로 통하는 보통문과 내성의 칠성문을 공격한다. 그리고 사명대사와 서산대사께서는 대동강 남쪽에 진을 치고 평양과 중화를 왕래하는 적들을 차단해주십시오……. 적의 수가 얼마인지는 상관없다. 왜놈들이 믿는 것이야 조총뿐이다. 우리는 대포를 쏠 것인데, 어찌 적이 우리의 공격을 감당할 수 있겠는가. 전군 출정 준비하라."

명군 4만 명과 조선군 8000명, 그리고 승병 2000명이 드디어 진 밖으로 출격했다.

평양성은 고요했다. 무료함에 하품하던 성 위의 보초병이 갑자기 허둥대다가 소서행장에게 달려갔다.

"조선과 명나라 대군이 평양성을 향해 오고 있습니다."

순간 소서행장은 심유경의 얄팍한 얼굴이 떠올랐다. 그가 제안한 50일 휴전은 전부 거짓이었다. 대군을 내려보내기 위한 기만술에 불과했던 것이다. 얼굴을 일그러뜨리며 부장에게 명했다.

"모두 전투태세를 갖춰라! 그리고 황해도 봉산에 있는 오토모 요시무네大友吉統에게 지원을 요청하라!"

날랜 말 한 필이 남문을 빠져나와 봉산으로 바람처럼 달릴 때 조명연합군은 평양성을 완전히 포위했다. 풍토병에서 아직 회복되지 못한 왜적들은 우왕좌왕하면서 조총을 꺼내 들고 성루에 올라 전투태세를 갖추었다. 백전노장임에도 소서행장은 엄청나게 많은 병사 숫자에 기가 질렸다.

이여송은 낮지만 단호하게 하명했다.

"공격하라."

공격하기 전 '조용히 물러나면 목숨을 보전해주마'라는 의례적인 협상도 없었다. 둥, 둥, 북이 울리고 역사상 처음으로 조명연합군이 일제히 함성을 지르며 평양성을 공격했다. 동시에 불랑기포佛狼機砲와 불화살이 평양성을 향해 날아갔다. 왜적의 저항은 만만치 않았다. 조총 부대가 연이어 탄환을 날리고 화살을 쏟아냈다. 성벽에 닿기도 전에 병사들 수십 명이 목숨을 잃었다. 그러나 이여송은 이까짓 전투는 전투도 아니라고 생각했다. 북이 울리고 또 다른 병사들이 성벽으로 돌진했다. 조총과 불화살, 불랑기포가 터지고, 작렬하고, 죽고, 쓰러지고, 기어오르고……. 그렇게 서서히 연합군은 성을 함락해나갔다.

"그것이 사실이더냐?"

선조는 이봉정의 말이 믿기지 않았다.

"밤에는 불화살을 쏘아 공격하는 모습이 흡사 대낮과 같으며, 성안에서 나오지 않는 적들은 유인책으로 끌어내 목을 베는 등 우리가 승기를 잡았다 하옵니다."

선조는 감격해서 눈을 감았다.

"그래야지, 그래야지. 명나라 군사는 하늘이 내린 천군이고 신군이다. 황상 폐하…… 황은이 망극하옵니다."

사흘째 되는 날인 계사년癸巳年(1593) 1월 8일 이윽고 연합군은 칠성문, 보통문, 함구문으로 진격해 들어갔다. 조승훈은 보통문을 공격하고, 낙상지와 이일은 함구문을 에워쌌으며, 장세작은 칠성문으로 거세게 밀어붙였다.

소서행장은 이를 부드득 갈았다.

"칠성문을 반드시 지켜라. 칠성문이 뚫리면 바로 우리가 주둔한 내성이다."

그 말이 끝나기도 전에 밖에서 외침이 들렸다.

"장군, 칠성문이 뚫렸습니다!"

장세작의 부대가 밀물처럼 쏟아져 들어와 저항하는 왜병들을 우수수 베어나갔다. 말에 오른 이여송은 칼을 들고 사정없이 휘둘러댔다. 그 서슬에 한꺼번에 두세 개의 목이 허공으로 날아갔다. 마지막 왜병의 목이 잘리는 순간 탕, 어쩌면 마지막일지 모를 조총 소리가 났다. 총탄은 직선으로 뻗어 이여송의 말에 박혔다. 히힝, 단말마의 비명과 함께 이여송은 땅바닥에 꼬꾸라졌다. 이여송이 조선 땅에서 왜적에게 받은 첫 번째 선물이었다.

"공격을 중단하라!"

조총의 무서움을 처음으로 깨달은 이여송은 더 이상의 공격은 무모하다고 여겼다. 어깨에 총을 맞은 장세작 역시 그 판단이 현명

하다고 여겼다. 구사일생으로 목숨을 보전한 소서행장은 연광정練
光亭 토굴로 숨어들었다. 이곳에서 구원병을 기다리거나 협상하거나
죽거나, 셋 중 하나였다. 다행히 명군은 더 이상 공격하지 않았다.
흰 깃발을 내세워 평의지를 보내자 곧 서찰을 받아 왔다.

**적장은 들어라. 우리가 한번 거사하면 너희를 충분히 섬멸할 수 있지
만 차마 인명을 모두 죽일 수 없어 살 길을 열어줄 테니 속히 나와서 분부
를 듣도록 하라.**

소서행장은 콧방귀를 뀌었으나 이 제안이 나쁘지 않다고 생각
했다. 현소의 행낭에서 붓과 먹을 꺼내 짧게 답글을 썼다.

평양성에서 퇴군할 터이니 뒷길을 차단치 마라.

이여송은 두 번 생각할 필요도 없이 명을 내렸다.
"공격을 멈추고 대동강에 주둔한 우리 병력을 철수해 퇴로를 확
보해주도록 하라."
류성룡의 눈에서 불이 활활 타올랐다.
"장군. 어찌 눈앞의 적을 섬멸치 않고 외면하려 하십니까."
"적을 모두 섬멸하는 것보다 아군의 피해를 최소화하는 승리가

가장 큰 것이오! 이미 적의 사기를 꺾었으니, 아군의 희생을 줄이는 것이 중요하오."

소서행장은 남은 병력을 이끌고 평양성을 빠져나와 남쪽으로 질주했다. 적군은 1만 8000명에서 6000명으로 줄어들었지만, 류성룡의 마음은 편치 않았다. 승리의 여세를 몰아 황해도 좌방어사 이시언과 우방어사 김경로金敬老에게 퇴각하는 왜적을 공격해 소서행장을 생포하라 명했으나 뜻을 이루지 못했다. 이시언은 왜적을 공격했지만 김경로는 '이여송이 반대한다'는 이유를 들어 그대로 돌아왔다. 분에 겨운 류성룡이 김경로를 처벌하려 했으나 그 역시 이여송의 반대로 무산되고 말았다. 나약한 조선의 현실이었다.

선조는 퇴각하는 소서행장쯤이야 아무래도 좋았다. 그저 평양성을 탈환했다는 사실만이 기쁠 뿐이었다.

"역시 대명국의 군대는 뭐가 달라도 달라요. 평양성의 왜적을 일거에 섬멸해내는 걸 보시오. 그들이 아니었다면 우리 군사만으로 가당키나 했겠소?"

윤두수는 그 말이 매우 언짢았다.

"그렇지 않사옵니다. 이번 평양성 전투에서는 우리 조선군이 그어느 때보다 분전했습니다. 결코 그 공이 작다 할 수 없습니다."

"든든한 명군이 있으니 열심히 싸운 것 아니오? 아니면 원군이

오기 전에 진작 그리 싸웠어야지……. 내가 의주까지 파천 와서 갖은 수모를 당하기 전에 말이오. 아니 그렇소?"

착잡하기 그지없었으나 그 말에 대꾸하는 것보다 차후의 일을 논하는 것이 더 급했다.

"전하……. 평양성을 수복하고 전쟁의 기세를 잡았으니 한성을 수복해야 합니다. 이제 조선군 편제를 명군 휘하에 두는 명을 거두시옵소서. 명군보다 먼저 우리 조선군이 한성으로 진격해야 하지 않겠습니까."

그러나 선조는 조선군의 실력을 여전히 의심했다.

"명군이 있었기에 그 보호 속에서 조선군이 열심히 싸울 수 있었던 게 아니오. 더구나 명군이 평양성을 수복하는 데 실패했다면 모를까, 대체 무엇이 문제란 말이오. 내가 보기엔 김명원이나 이일이 이끄는 조선군보다 이여송이 이끄는 조선군이 훨씬 나아요. 앞으로 군사에 관한 일은 일체 명에 맡길 것이니 그리 아시오."

이슥한 밤, 한성의 왜군 진영에서 보고서를 읽는 우희다수가의 손이 바들바들 떨렸다.

"펴, 평양성이 함락당했다는군."

그 옆에서 석전삼성은 입술을 잘근잘근 깨물었다.

"서둘러 태합 전하께 보고하고, 한성 이북에 흩어져 있는 고바야카와, 구로다, 가토의 병력을 한성으로 총집결해야 합니다. 적이 노리는 건 당연히 한성입니다."

우키타의 눈에 일말의 공포심이 서렸다.

"각 진영에 전령을 보내라! 무슨 일이 있어도 명나라 군대보다 우리 군사들이 먼저 한성에 집결해야 한다."

그 시각 이여송의 대군은 평양에서 출발해 중화, 황주, 평산을 거쳐 개성으로 진격했다. 류성룡은 그 장대한 모습이 한없이 기쁘면서도 마음은 불편하고 어두웠다. 자신의 힘으로 국난을 극복하지 못하는 참담함과 4만 명을 먹일 군량을 당장 마련해야 한다는 걱정 때문이었다. 이원익의 말이 그 걱정을 더 무겁게 했다.

"급한 대로 평안도 곡식을 청룡포를 지나 황해도까지 배로 운반케 했습니다. 한데, 급하게 준비한 것이라 얼마 되지 않습니다."

류성룡은 밤새 골똘히 생각하다가 날이 밝자마자 분조로 말을 몰았다. 광해는 류성룡의 제안이 너무 파격적이기에 망설여졌다.

"이참에 서원과 왕실 종친에게 세금을 걷자고요?"

정탁이 거들고 나섰다.

"참으로 좋은 생각입니다. 아직 피해를 당하지 않은 서원과 향교, 왕실 종친의 전답이 많습니다. 대토지를 소유한 그들이 비축한 미곡을 내준다면, 큰 도움이 될 것이옵니다."

파격적인 제안이 담긴 광해의 장계를 접한 선조는 바로 고개를 내저었다.

"세자가 군량미를 마련하려고 서원, 향교, 왕실 종친한테 세금을 물리고 공명첩까지 시행하겠다 하는데, 반발이 있지 않겠소? 태평한 시절에도 아니 내던 세금을 이 어려운 시기에 선뜻 내겠느냐 이 말이오."

윤두수는 시일이 흐를수록 광해가 통치자로서 그릇이 커지고 있다고 확신했다.

"어려운 시기이니 세금을 내라는 것이옵니다. 이미 전시라는 명목하에 굶주린 백성들에게서는 약탈하다시피 세금을 징수했사옵니다. 이제 더 이상 백성들에게서는 군량미를 조달할 수 없습니다. 전란 속에 성역을 두어서는 아니 되옵니다."

정철도 찬동했다.

"그렇사옵니다. 군량 없이는 군사를 움직일 수 없고, 한성을 수복하는 일도 불가능함을 유념하여주시옵소서."

선조는 난감하지만 그 말을 따랐다.

"군량은 그렇게 해결하도록 하오. 그리고 이제 도성으로 돌아갈 준비를 해야겠으니 우선 대조를 정주로 옮기기로 했소. 그곳에서 조정을 합칠 것이오."

그 명에 따라 대조와 분조는 7개월 만에 정주에서 하나로 합쳐졌으니 광해의 힘은 약해지고 말았다.

물결이 찰랑거리는 임진강 북쪽 상류에 막사 수천 개를 지어놓고 이여송은 처음과 달리 밥만 축낼 뿐 천하태평이었다. 이제나저제나 기다리던 류성룡은 참다못해 아침 일찍 찾아가 간청하듯 물었다.

"장군, 임진강만 넘으면 한성인데, 어찌 나아가지 않으십니까?"

이여송은 옆에 세워둔 긴 칼을 건성으로 만지작거리며 심드렁하게 대꾸했다.

"그렇지 않아도 정찰병을 보냈소. 임진강에 얼음이 얼지 않아 강을 건널 수가 없어요. 도체찰사도 알다시피 우리의 주력 부대는 기마병이오. 말을 타고 얼지 않은 강을 어찌 건널 것이며, 또 대포는 어찌 옮길 것이오."

류성룡은 한참을 고심하다가 결연하게 대답했다.

"우리가 다리를 놓겠습니다."

이여송은 설마 그런 일을 해낼 수 있을까 싶어 비웃음을 가득 지었다.

"다리만 놓인다면야 진군하지 못할 이유가 뭐 있겠소. 한데, 다리를 놓으려면 몇 달은 걸릴 텐데, 강이 어는 걸 기다리는 것이 더 빠르지 않겠소?"

"해볼 테니 약조나 지켜주시오."

또 한 번 당부하고 밖으로 나왔으나 한없이 답답했다. 이 황폐한 전쟁 통에 갑작스레 다리를 놓는다는 것은 거의 불가능했다. 다리, 다리, 다리를 되뇌며 천천히 걸어 관아로 돌아가는 그의 눈에 허물어진 흙 담장 아래에 모여 무언가를 게걸스레 먹고 있는 추레한 아이들이 들어왔다. 그것은 칡이었다. 무심코 쯧쯧 혀를 차다가 문득 묘책이 떠올랐다. 서둘러 관아로 돌아와 하인들을 모두 불러 놓고 일렀다.

"지금 즉시 산으로 가서 칡넝쿨을 거두어 오너라. 많이 가져오는 만큼 상을 줄 것이다."

그 용도가 무엇인지는 모르겠지만 상을 준다는 말에 하인들은 가족과 친구들까지 이끌고 산으로 올라가 며칠 동안 칡넝쿨을 베어 왔다. 그 넝쿨로 어른 팔목만 한 새끼를 꼬고, 그 새끼로 더 두꺼운 새끼줄을 꼬았다. 그렇게 강폭보다 긴 동아줄을 15개 만들었다. 사람들은 처음에 이 양반이 도대체 무얼 하는 것인지 의아심이 들었으나 모양이 완성되자 다들 무릎을 쳤다. 이윽고 강 양쪽에 굵은 기둥을 여러 개 박고 칡넝쿨로 만든 동아줄을 연결하니 튼튼한 다리가 완성되었다. 그 위에 버드나무 잎과 싸리, 갈대를 깔고 흙을 덮자 병사는 물론이고 말과 대포, 군량까지 모두 옮길 수 있었다. 이여송은 혀를 휘휘 내두르다가 약속을 지키지 않을 수 없어 임진강을 건넜으나 이번에는 파주에 진을 치고 더 이상 나아가지 않았

272

다. 평양성 전투에서 맛본 왜적의 조총이 머릿속에 큰 두려움으로 남았기 때문이었다. 류성룡은 또 그를 찾아가 애걸하다시피 할 수밖에 없었다.

"장군, 진격하지 않고 어찌 이러고 계십니까. 강을 건너면 곧바로 나아가겠다고 약조하지 않았습니까."

"지금 나아가지 않는 것이 아니라 적을 한 번에 물리칠 작전을 진행하고 있어요. 손자병법에 이일대로以逸待勞라 했소. 적은 긴장하고 있고, 곧 피로해질 것이오. 그 틈에 우리는 힘을 비축하고 있다가 단 한 번의 공격으로 적을 물리칠 것이오! 정 답답하시면 한성 안의 사정이나 좀 파악해두시든가."

'단 한 번의 공격'이라는 말을 믿고 류성룡은 이천리와 신명철을 보내 도성의 형편을 알아보게 했다. 3만 명이 약간 넘는 백성들이 있었으나 왜적들은 조명연합군이 곧 한성을 공격할 것을 알고 남자들을 무차별 참살하기 시작했다. 심지어 어린아이들까지 학살했는데 이날의 참변을《선조실록》에서는 이렇게 기록했다.

이날의 참변으로 한성에서는 대를 이을 남자가 없는 집이 허다하였고, 훗날 해마다 1월 24일이 오면 집집이 제사를 지내고 통곡을 하니 그 소리가 애절하기 이를 데 없었다.

"허허. 이런 죽일 놈들이 있나."

이여송은 그 소식을 듣고 장탄식을 하면서도 엉덩이를 떼지 않았다. 아무리 애걸하고 요청해도 꿈쩍도 하지 않자 류성룡은 조선군이 단독으로 공격하겠다고 결심했다. 김명원과 이일은 망설임 없이 출정을 받아들였다. 말에 막 올랐을때 이여송이 나타났다.

"멈추지 못할까!"

호통과 동시에 장세작이 이일의 목에 칼을 겨누었다.

"어디 한 발자국이라도 움직여보아라. 항명은 곧 죽음이다!"

모두 당황해하자 이여송이 시혜를 베풀듯 일렀다.

"그대들의 진으로 가서 기다리시오. 조선인들의 한은, 내가 풀어줄 것이오."

말은 그렇게 너그럽게 하면서도 꼼짝도 하지 않는 이여송처럼 선조는 평양을 되찾고 조명연합군이 임진강을 건넜건만 여전히 정주에 머물러 있었다. 선조도 한성 백성들이 학살당한다는 소식에 매일 밤 눈물을 흘리면서도 행여 왜적들이 다시 쳐들어올까 봐 평양으로 들어갈 생각은 전혀 하지 않았다. 광해는 골똘히 생각하다가 이여송과 심유경 사이에 밀약이 있을 수도 있다는 의심이 들어 깊은 밤에 심유경을 찾아갔다. 그러나 심유경은 펄쩍 뛰었다.

"뭐요? 내가 왜적과 싸우지 말라고 한 게 아니냐고요?"

"평양성에서 대승을 거뒀으니 왜적은 위축되었을 것이고, 협상과 휴전을 하기에는 훨씬 더 좋은 상황 아니오?"

"그런 일 없습니다! 하지만 우리가 유리한 상황인데, 왜 우리 명군이 피를 흘리며 싸워야 한단 말입니까. 협상으로 전쟁을 끝내면 더 좋은 것 아닙니까?"

그때 밖에서 엄청난 고함이 들려왔다.

"이놈! 지금 무슨 소릴 지껄이는 것이냐!"

두 사람이 깜짝 놀라 고개를 돌리자 한 사내가 부장 두엇을 거느리고 서 있었다. 심유경이 사색이 되어 벌떡 일어섰다.

"경, 경략 대인!"

경략經略 송응창宋應昌은 대뜸 호통을 쏟아냈다.

"왜놈들을 남쪽으로 밀어붙여 모두 바다에 빠뜨려 죽여도 시원찮을 판에 협상이라니, 네놈이 정신이 있는 것이냐!"

조선에서 삼국의 전쟁이 지지부진하자 만력제는 송응창에게 '欽差 經略 遼薊 保定 山東 等處 防海 禦倭 軍務 兵部 右侍郎(흠차 경략 요계 보정 산동 등처 방해 어왜 군무 병부 우시랑)' 직책을 주어 하루라도 빨리 전쟁을 끝내도록 했다. 다행히 송응창은 그 자리에서 광해의 간곡한 요청을 받고 이여송에게 진격하라는 명령을 내렸다.

명을 받은 이여송은 투덜거리며 장수들을 돌아보았다.

"이런 제기랄! 출정하라는 명령이다. 당장 공격하지 않으면 우리 목이 날아갈 수 있다."

조승훈과 장수들은 잔뜩 얼굴을 찌푸렸으나 칼을 쥐고 일어서지 않을 수 없었다. 그때 척후병이 마침맞은 보고를 했다.

"지금 한성의 왜군들이 성을 나와 벽제관 여석령礪石嶺(숫돌고개)으로 이동하고 있습니다."

이때다 싶어 조승훈은 선봉대를 이끌고 달려가 왜적 100여 명을 베었고, 뒤따라온 이여송이 합세했으나 소서행장의 매복 작전에 걸려 대패하고 말았다. 위풍당당하게 병사들을 지휘하다가 또 한 번 조총을 가까스로 피한 이여송은 말을 돌려 본진으로 줄행랑을 놓았다. 소서행장은 비록 이여송은 놓쳤으나 명의 기마병 1000여 명을 사살하는 전과를 올렸다.

"대일본을 하찮게 여긴 보답이다. 이제 함부로 덤비지 못하겠지. 하핫!"

선조는 그 소식이 믿기지 않았다. 허탈하게 천장만 바라볼 때 정철의 탄식이 더 가슴을 쓰라리게 했다.

"이기고 지는 것은 병가지상사라 합니다. 기가 막힌 것은 후퇴를 막는 이일 장군을 무참하게 짓밟고 폭행했다는 것입니다."

윤두수는 분을 삭이지 못했다.

"한성으로 진군하는 데 늦장을 부려 백성들이 학살당하게 내버려둔 것도 모자라, 이제 조선 장수를 명나라 병사보다 못한 노예

취급을 하고 있으니 그들이 과연 원군인지…… 아니면 적군인지."

선조의 미간이 꿈틀거렸다.

"내 조선의 군주로서 경략에게 엄히 따져 다시는 이런 일이 일어나지 않도록 하겠소!"

그러나 송응창은 그런 일이 있었느냐는 듯 뚱한 표정을 짓고 마지못해 응수했다.

"이여송 장군이 벽제관에서 패했다는 보고는 들었으나, 그런 황당한 일이 있었는지는 듣지 못했습니다. 당장 사람을 보내 이여송을 엄히 문책하지요."

선조는 내친김에 하나를 더 요구했다.

"우리 조선군이 명군의 지휘를 받지 않고 독립된 부대로 움직여야겠소."

송응창의 얼굴에 비웃음이 서렸다.

"그렇게 하시지요. 조선군은 독립 부대로 더욱 잘 싸울 것이고 반드시 왜적을 물리칠 것입니다. 이제 이 몸은 원군을 데리고 우리 땅으로 돌아가겠습니다."

선조는 기겁했다.

"그, 그런 뜻이 아니오. 우리 힘으로만 어찌 왜적을 물리칠 수 있단 말이오."

"지금 조선군이 더 잘 싸울 수 있다 하지 않았습니까? 해서 우리는 돌아가겠다는 것입니다."

"이, 이러지 마시오."

한 나라의 왕으로서 당연한 것을 요구했다가 본전도 건지지 못한 선조는 송응창을 달래느라 비지땀을 흘렸다. 결국, 조선군의 독립은 물 건너가고 말았지만, 대신들은 이대로 물러설 수 없다고 생각했다. 이항복이 묘책을 냈다.

"지금 북쪽에 있는 군사는 명의 휘하에 있지만, 한강 이남의 군사는 그렇지 않습니다. 특히 수원 독성禿城산성에 있는 권율은 군사 4000명을 거느리고 있습니다. 권율에게 명하여 연합군이 한성을 공격할 때 후방에서 왜적을 치라 하시옵소서. 만약 그리하여 한성을 수복하면 우리 군은 명의 통제와 상관없이 큰 공을 세우게 될 것이고, 명군 또한 우리 조선군을 가벼이 여기지 못할 것입니다."

톡톡히 모멸당한 선조는 한참이나 망설였으나 어떻게든 임금의 체통을 세워야겠다는 마음이 솟아나 그 진언을 받아들였다. 또한, 류성룡을 전라도, 충청도, 경상도를 관할하는 삼도 도체찰사로 임명해 하삼도의 조선군을 지휘토록 했다.

17.
위대한 전투,
행주산성

깊은 밤, 앙상한 나뭇가지가 그나마 남아 있는 잎마저 떨어뜨리어낼 때 권율은 홀로 앉아 촛불 아래에서 서찰을 읽었다.

전라순찰사 권율에게 보내오. 조명연합군이 한성을 공격할 때 측면에서 적을 쳐 공격한다면 한성을 수복할 수 있소. 적을 신속히 공격하려면 지금의 독성산성보다는 행주산성이 지리적으로 가까우니, 그쪽으로 이동하여 한성 수복에 대비하길 바라오.

삼도 도체찰사 류성룡

권율은 서찰을 밀어놓고 지도를 펼쳤다. 수원에서 왜적의 후방을 치는 것과 파주에서 공격하는 전략을 놓고 저울질했다. 각기 장단점이 있으나 임진강을 끼고 공격하는 것이 훨씬 낫다고 판단했다. 류성룡의 서찰을 촛불에 태우고 밖을 향해 외쳤다.

"부장들을 모두 들라 하라."

이슥한 밤인데도 갑옷을 벗지 않은 장수들이 권율의 처소로 모여들었다. 권율은 그들의 얼굴을 그윽하고 무겁게 바라보다 명을 내렸다.

"우리는 행주산성으로 본진을 옮길 것이다. 날이 밝는 대로 조방장助防將 조경趙儆은 즉시 행주로 출발해 산성을 세우고 목책을 만들라. 시흥에 있는 선거이宣居怡와 강화에 있는 김천일에게 통문을 띄워 지원케 하고, 충청감사 허욱許頊은 김포에서 군사를 이끌고 오도록 파발마를 보내라."

"왜적이 행주로 온다 하였습니까?"

"함경도와 평안도, 강원도에 흩어져 있는 왜적들이 총퇴각하여 한성으로 모여들고 있다. 그때 우리가 후방을 공격하여 궤멸해야 한다."

"총퇴각이라면…… 병사 수가 적지 않을 텐데……."

"3만 명이 넘을 것이지만…… 두려운가?"

장수들이 일제히 대답했다.

"두렵지 않습니다!"

"조선의 명운이 이 전투에 달렸다. 우리 모두 목숨을 바쳐 나라를 구해야 한다."

권율의 전령이 각지로 내달리자 소모사召募使 변이중邊以中은 1000명을 거느리고 양천에 주둔했고, 승장僧將 처영處英은 승병 1000명을 이끌고 권율 진영에 합류했다. 그렇게 모아도 병사 수는 1만 명이 되지 못했다.

이 전투에 나라의 명운이 걸린 것은 왜군도 마찬가지였다. 우희다수가는 석전삼성, 소서행장, 대곡길계大谷吉繼(오타니 요시쓰구), 증전장성增田長盛(마쓰다 나가모리), 흑전장정, 길천광가吉川廣家(깃카와 히로이에), 모리수원毛利秀元(모리 히데모토), 소조천수포小早川秀包(고바야카와 히데카네), 소조천륭경과 함께 7개 부대를 편성해 행주산성으로 진격했다.

2월 12일, 왜적은 새벽에 일어나 완전무장을 갖추고 대공세를 퍼부었다. 죽고 죽이는 혈전이 벌어져 임진강은 피로 물들었다. 조선군의 방어는 완강했다. 일본의 7개 부대가 차례로 돌격했으나 그때마다 조선 병사와 백성들에게 처참한 죽임을 당했다.

총사령관 우희다수가는 산처럼 쌓여가는 시체를 보면서 망연자실했다. 명색이 총사령관일 뿐 평양 왕성탄에서 기습 공격을 당한 이후 전투에 처음으로 나선 그는 체면이 구겨질 대로 구겨졌다. 조선군과 전투를 하는 데 이골이 난 소서행장이 진심으로 진언했다.

"장군⋯⋯. 더 이상의 공격은 더 많은 죽음을 불러올 뿐입니다. 퇴각하여야 합니다."

"무슨 망발이냐! 나에게 퇴각이란 없다. 다시 총공격한다."

말에 올라 칼을 휘두르며 병사들을 독려할 때 피융, 화살 하나가 날아와 다리에 박혔다. 컥! 비명을 내지르며 땅바닥으로 곤두박질쳤다. 쏟아지는 화살은 석전삼성과 길천광가의 팔도 꿰뚫었다. 허겁지겁 일어서며 우희다수가는 미친 듯 소리 질렀다.

"퇴각, 퇴각하라. 모두 후퇴하라."

허둥지둥 도망치는 왜적들은 후퇴도 쉽지 않았다. 승기가 충천한 조선군은 산 아래로 밀려 내려와 왜적들을 마구 베기 시작했다. 퇴각하는 길에서만 130여 명의 목이 날아갔으니 그 지옥 같은 아수라장은 왜장들에게 통분을 안겨주었다. 행주에서의 대첩으로 조선은 전쟁의 방향을 완전히 바꾸었으며, 왜적은 조선을 손아귀에 넣는 것이 귀어허지歸於虛地의 헛된 꿈임을 절실히 깨달았다.

선조는 심유경을 만나 왜적과 화의는 절대 있을 수 없음을 여러 차례 강조했으나 심유경은 겉으로는 지당하다고 말하면서도 속으로는 다른 꿍꿍이를 갖고 있었다. 조일전쟁에서 더 이상 명군이 피를 흘리지 않으면서도 자신의 공적을 세울 꿈에 부풀어 소서행장을 만나 철수를 강력히 요청했다.

"이제 한성을 비우고 본토로 돌아가시오. 어차피 군량미도 바닥 났을 텐데, 한성에서 버틸 수는 없지 않소?"

"우리가 본토로 돌아가면 하삼도를 주겠소?"

"하핫, 그것은 내가 결정할 수 없소. 우리 황상께서 결정하실 문제요. 단, 당신의 주군을 일본 왕에 봉한다는 칙서를 내리고 우리 명과 무역할 길을 열 수 있게 해주겠소."

소서행장은 화를 벌컥 냈다.

"우리가 겨우 그따위 것을 얻으려고 이 땅에서 수많은 피를 흘린 줄 아시오!"

"더 많은 피를 흘리는 것보다 낫지 않소. 우리 솔직하게 얘기합시다. 나도 더 이상 이 전쟁을 원하지 않소. 이겨봐야 조선 땅을 조선 왕에게 돌려주는 것 말고는 남는 게 없단 말이오. 조선 왕은 우리에게 끝까지 적을 죽여달라 하지만, 어차피 우리 군사들이 피 흘리는 일. 누구 좋으라고 계속 이 짓을 한단 말이오. 내가 알기로는 그쪽도 마찬가지일 것 같은데…… 이기지도 못할 전쟁, 그대의 주군 때문에 떠밀려 온 것이라면 이제 이쯤에서 그만두고 살아 돌아가야 하지 않겠소?"

"…… 솔직히 나도 군사들과 고향으로 돌아가고 싶소. 하지만 얻는 것 하나 없이 돌아가면 주군의 칼에 내 목이 떨어지오! 이왕 우리 모두 전쟁을 멈추고 싶다면 서로 각자의 살길을 열어주어야 할 것이오."

심유경은 그 말이 틀리지 않았기에 고개를 끄덕였다.

"그렇다면 상대의 나라에 항복한다는 사신을 보냅시다. 물론 그 사신은 본국의 훈령을 받은 사신이 아니라 우리 뜻에 따라 움직일 사신이어야 하오."

소서행장은 몸을 앞으로 기울여 낮게 물었다.

"본국 사신처럼 위장하자는 뜻이오?"

덩달아 심유경도 몸을 앞으로 숙여 소곤댔다.

"그렇소. 그대의 사신은 우리 황상께 가 항복을 아뢰고 본국으로 군사를 물릴 테니 그대 주군의 국왕 책봉과 조공 무역을 원한다 청하는 것이오. 우리 명나라 사신은 그대의…… 태합을 만나 일본을 조선과 동등하게 대우해주고 한강 남쪽의 땅을 일본에 할지한다는 뜻을 전하면 되오."

나쁘지 않은 계략이었다. 장사꾼 출신인 소서행장은 심유경이 대단한 모략가라는 점을 인정했다. 가토였다면 분명 그 자리에서 심유경의 목을 쳤을 것이었다.

"좋소. 협상이 타결될 때까지 우리는 남해안에 머물겠소! 오늘 이 얘기는 무덤까지 가져가야 할 것이오! 대신 우리가 한성에서 퇴각할 때, 조선군의 추격을 막아주시오! 또한, 남해안에 주둔해 있는 동안 서로 절대 공격해서도 아니 될 것이고, 명군도 반드시 요동으로 물러나야 하오!"

"걱정하지 마시오. 나는 한 입으로 두말하는 사내가 아니오."

보고를 받은 풍신수길은 도로아미타불이 이런 경우라 생각했다. 뜨거운 차 한 모금을 홀짝 마시고는 씁쓸하게 물었다.

"우키타, 고니시, 이시다, 가토까지 모든 장수가 한성을 비우고 남해로 후퇴하겠다고?"

전전리가는 풍신수길의 눈주름이 실룩거리는 모습을 보면서 차분하게 말했다.

"제가 건너가서 전쟁을 독려하겠습니다."

"아니야. 그럴 필요 없어. 한성에서 철수하라 해……. 한강 이남의 땅을 우리 땅으로 인정해준다면 그리 나쁠 것은 없지. 애들이 너무 지친 것 같아. 명나라를 공략하는 일은 숨 좀 고르고 진행해도 돼."

"참으로 잘 생각하셨습니다. 강화는 또 하나의 전략입니다. 우리가 조선에 주둔만 해 있으면 언제든 다시 반격을 가할 수 있지 않습니까?"

풍신수길은 손바닥에 전해지는 차의 따스한 기운을 느끼다가 갑자기 내려놓았다.

"지도! 조선 지도를 가져와라."

펼쳐진 조선방역지도를 한참 살피고 한 곳을 가리켰다.

"부산포와 상주 중간에 주둔할 성을 확보하라고 해. 주변의 성도 모두 보수하고……. 그리고 무엇보다 중요한 것은 강화를 체결하기 전에, 무슨 수를 써서든 진주성을 점령하라고 햇! 지난가을에 당한 패배를 이번에는 어떤 일이 있어도 설욕해야 한다."

우희다수가는 발목에 붕대를 친친 감고 대열의 중간에서 동대문으로 빠져나왔다. 비록 조명군이 공격하지 않겠다고 약조를 했다 해도 분풀이를 하는 병사나 백성은 반드시 있기 마련이어서 언제 어느 곳에서 화살이 날아올지 알 수 없었다. 위엄 있게 맨 앞에서 말을 타고 달리는 것은 어리석기 짝이 없다고 생각했다. 소서행장은 아쉬움은 있지만 속이 시원했고, 가등청정은 지금까지 헛짓했다는 생각에 화가 머리끝까지 치솟았다. 다른 장수들은 그저 어서빨리 고향으로 돌아가고 싶었다. 장수들의 생각이 그러할진대 병사들은 일러 말할 것이 없었다. 왜적들은 그렇게 오만 가지 생각을하면서 쥐 떼처럼 한성에서 철수했다.

"꼭 1년 만이로구나."

류성룡은 남대문에 발을 내디디며 회한에 잠겼다. 도성에서 허겁지겁 도망친 지 1년여 만에 조명연합군을 이끌고 한성으로 돌아왔지만, 그곳은 이미 도성이 아니었다. 경복궁은 불에 타 흉물스럽기 그지없었고, 태조 개국 이래 200년 동안 간직해왔던 궁궐의 보물과 집기는 남김없이 사라진 뒤였다. 민가는 대부분 파괴되었고, 시체들은 여기저기 널브러져 있었다. 파리가 들끓고, 썩은 냄새가 진동했다. 그나마 목숨을 부지한 백성들은 영락없는 귀신의 몰골이었다.

"이곳이 이승이냐…… 아니면 지옥이냐……. 이들이 정녕 조선 백성들이란 말인가."

그의 야윈 볼 위로 하염없이 눈물이 흘러내렸다.

＊ 3권으로 이어집니다.

KI 신서 6110

징비록 2

1판 1쇄 인쇄 2015년 6월 19일
1판 1쇄 발행 2015년 6월 26일

극본 정형수 · 정지연 **소설** 김호경
펴낸이 김영곤 **펴낸곳** (주)북이십일 21세기북스
미디어사업본부장 윤군석
책임편집 김성현 **디자인** 오혜진 김현주
영업본부장 안형태 **영업** 권장규 정병철 오하나
마케팅본부장 이희정 **마케팅** 김한성 최소라

출판등록 2000년 5월 6일 제10-1965호
주소 (413-120) 경기도 파주시 회동길 201(문발동)
대표전화 031-955-2100 **팩스** 031-955-2151 **이메일** book21@book21.co.kr
홈페이지 www.book21.com **블로그** b.book21.com
트위터 @21cbook **페이스북** facebook.com/21cbook

© KBS, 정형수 정지연
본 책자의 출판권은 KBS미디어(주)를 통해 KBS 및 정형수, 정지연과 저작권 계약을 맺은 (주)북이십일에 있습니다.

ISBN 978-89-509-6057-5 03810

책값은 뒤표지에 있습니다.

이 책 내용의 일부 또는 전부를 재사용하려면 반드시 (주)북이십일의 동의를 얻어야 합니다.
잘못 만들어진 책은 구입하신 서점에서 교환해 드립니다.